Émile Gaboriau

Der Fall Lerouge

Kriminalroman

Verlag Das Neue Berlin

Nach einer alten Übersetzung
neu erzählt und herausgegeben
von Karl Heinz Berger

ISBN 3-360-00192-3

1.

Es war am 6. März 1862, dem Donnerstag nach Aschermittwoch, als auf dem Kommissariat in Bougival Frauen aus dem Dorf Jonchère mitteilten, die Witwe Lerouge, die in ihrem Dorf in einem abgelegenen kleinen Haus wohnte, sei seit zwei Tagen nicht mehr gesehen worden. Auf Klopfen habe niemand geantwortet, die Tür und die Fensterläden seien verschlossen. Natürlich seien sie darüber beunruhigt. Vielleicht sei ein Verbrechen oder ein Unfall im Spiel. Die Polizei täte gut daran, mit Gewalt in das Haus einzudringen.

Der Kommissar nahm den Bericht zunächst nicht ernst, da sich in seinem Distrikt Verbrechen kaum ereigneten, rief aber dann doch einen Schlosser, den Polizeiwachtmeister und zwei Polizisten und ging mit ihnen nach Jonchère.

Dieses Dörfchen, an dem eine Eisenbahnlinie vorüberführt, liegt an den Hängen eines Hügels an der Seine. Die Chaussee von Paris nach St-Germain führt etwa zwanzig Minuten an Jonchère vorbei.

Das einfache, aber gemütlich aussehende Haus der Madame Lerouge, vielleicht hundert Meter abseits der Straße inmitten eines ziemlich verwilderten Gartens

gelegen, bestand aus zwei Zimmern zu ebener Erde, die von einem Bogen gekrönt wurden. Die rings um das Anwesen führende niedrige Mauer war bröcklig und zudem nur durch ein windschiefes Holztor geschützt. Ein ungebetener Gast hätte sich jederzeit Zutritt verschaffen können.
Der Kommissar, dem eine Schar von Neugierigen folgte, sah sich um und sagte schließlich: »Keiner betritt den Garten!« Und er stellte die beiden Polizisten als Wache an das Tor, während er mit dem Wachtmeister und dem Schlosser zur Haustür ging. Er rief ein paarmal, schlug mit seinem Knüttel an die Tür und an die Läden, und als er keine Antwort vernahm, befahl er dem Schlosser, sich ans Werk zu machen. Doch noch während der in seinen Werkzeugen kramte, kam ein kleiner Junge, der einen Schlüssel wichtigtuerisch hochhielt. Er hätte ihn im Straßengraben gefunden, sagte er.
Der Schlüssel paßte, und man betrat das Haus, indes die Neugierigen die beiden Posten bedrängten.
Ein Schreibtisch und zwei große Koffer in dem ersten Zimmer, das der Kommissar betrat, waren erbrochen; im zweiten Zimmer herrschte eine heillose Unordnung, wie von böswilliger Hand angerichtet. Und hier lag auch, am Kamin, die Madame Lerouge, das Gesicht in der Asche. Eine Gesichtshälfte und ein Teil der Haare waren verbrannt. Die Kleider jedoch hatten nicht Feuer gefangen.
»Ich sehe keine Wunde«, sagte der Kommissar.
»Doch, hier«, sagte der Wachtmeister, »zwei.« Und er deutete zwischen die Schulterblätter der toten Frau. »Kalt«, fügte er hinzu, nachdem er sich gebückt und die

Leiche berührt hatte. »Mindestens seit anderthalb Tagen tot.«
Der Kommissar waltete nun seines Amtes, das heißt, er verfaßte einen Bericht. »Benachrichtigen Sie den Richter, und sorgen Sie dafür, daß dieser Bericht so schnell wie möglich an das Kriminalgericht in Paris gelangt«, sagte er zu dem Wachtmeister. »Bis der Untersuchungsrichter hier ist, werde ich eine vorläufige Recherche anstellen. Hier muß alles so bleiben, wie es ist.« Und er ging in den anderen Raum und begann seine Arbeit, nachdem der eine Polizist auf den Weg geschickt worden war.
Er machte sich daran, zu ergründen, wer Madame Lerouge war, welchen Ruf sie genoß, ob sie Feinde hatte, mit wem sie verkehrte, ob sie reich war und so weiter. Aber die Aussagen der Nachbarn ergaben nichts Wesentliches über sie, die vor einigen Jahren zugezogen und immer so etwas wie eine Fremde geblieben war.
Nach dreistündiger Befragung stand nur soviel als sicher fest: Anfang 1850 war Madame Lerouge in einem Gasthof abgestiegen und hatte nach einem Haus gesucht, bis sie dieses leerstehende fand und es sofort und ohne den Versuch, um den Zins zu handeln, mietete. Sie bezahlte im voraus, wollte aber seltsamerweise keinen Mietvertrag abschließen.
Sie mochte damals Mitte der Fünfzig gewesen sein, sah noch leidlich gut aus und war bei bester Gesundheit. Woher sie stammte, warum sie sich hier niedergelassen hatte, das erfuhr niemand, und auch der Umstand, daß sie hin und wieder eine normannische Haube trug, ließ keinen sicheren Schluß auf ihre Herkunft zu. Denn genausogut schmückte sie sich mit bunten Schleifen,

Ansteckblumen und Straßzeug nach Zigeunerart. Fest schien nur zu stehen, daß sie nah dem Meer gelebt hatte; denn sie sprach viel von Seeleuten und der Seefahrt. Ihr Mann, sagte sie, sei auf dem Meer geblieben; doch sprach sie nur selten und, wie es schien, ungern von ihm.

Sie galt als wohlhabend, leistete sich gutes Essen und Wein, den sie in erstaunlichen Mengen kaufte. Sie führte ein gastfreies Haus, und mehrmals hörte man sie sagen, daß sie habe, was sie brauche, auch wenn sie nicht Land oder Häuser besitze, und jederzeit mehr haben könne, wenn sie nur wolle. Ansonsten blieb ihr früheres Leben im dunkeln.

Abends, wenn sie ihr Haus verbarrikadiert hatte, gab sie sich, das war bekannt, dem Weingenuß hin und ging bald darauf zu Bett. Fremde hatte man kaum je bei ihr gesehen, einige Male eine Dame in Begleitung eines jungen Mannes und einmal einen älteren, ordensgeschmückten Herrn, der mit einem jüngeren, vornehm aussehenden in einer Prunkkutsche angekommen war.

Die Tote schien in keinem sehr guten Ruf zu stehen, und die Begründung, mit der sie einmal die ernsthaften Werbungen eines Fleischers ausgeschlagen, hatte ihr Renommee nicht erhöht: *Eine* Ehe sei ihr genug. Und überhaupt sollte sie oft seltsame Reden geführt haben. Zwei Männer, die sie ab und an besuchten und von denen der jüngere wie ein Bahnarbeiter aussah und der andere, sehr viel ältere und größere eine graue Bluse und einen gewaltigen braunen Backenbart trug und von furchterregendem Aussehen war, galten als ihre Liebhaber.

Der Untersuchungsrichter aus Paris traf mit dem Chef der Detektivabteilung und einem Detektiv ein, als der Kommissar all dies zusammengetragen hatte.
Monsieur Daburon, der Untersuchungsrichter, ein Mann von knapp vierzig Jahren, sah vornehm und freundlich drein, wenn auch ein Schatten von Melancholie über seinem Gesicht lag. Seit drei Jahren übte er sein Amt aus und galt als ein geduldiger, genauer und scharfsinniger Beamter. Ein Fall mit einem unbekannten Täter war genau nach seinem Geschmack, da er ihm Gelegenheit bot, seinem ungewöhnlichen Scharfsinn die Zügel schießen zu lassen, bis er unbedeutende Einzelheiten zu einem Mosaik von Beweisen zusammengefügt hatte. Dennoch war er dem eigenen Urteil gegenüber sehr mißtrauisch, und er machte von seinen Befugnissen nur sehr zurückhaltend Gebrauch. Er liebte die großen Gesten nicht, mit denen manche seiner Kollegen Verbrechen aufzuklären suchten, war fair gegenüber den verdächtigen Personen und würde ihnen nie eine Falle gestellt haben. Schon die Möglichkeit, einem Justizirrtum Vorschub leisten zu können, war ihm ein Alptraum, weshalb er sich nicht mit der eigenen Überzeugung begnügte, sondern Gewißheit haben mußte. So ruhte er nicht, bis der Beschuldigte angesichts der Beweise seine Schuld eingestand.
Der Chef der Detektivabteilung war der berühmte Gevrol, ein fähiger, origineller Mann ohne Ausdauer, der nie einen Irrtum zugab. Dabei war er mutig und besonnen zugleich und von ungeheurer körperlicher Kraft, so daß er keinen noch so gefährlichen Verbrecher zu fürchten brauchte. Sein großer Vorzug aber

bestand darin, daß er ein phänomenales Personengedächtnis besaß, dem sich jedes Gesicht sofort einprägte, wobei er besonderen Wert auf Form, Größe, Farbe und Ausdruck der Augen legte.
Gevrol wurde von Lecoq begleitet, einem ehemaligen, inzwischen mit dem Gesetz ausgesöhnten Verbrecher, der ein gerissener, fröhlicher Kerl war. Nur von den Fähigkeiten seines Vorgesetzten hielt er nichts und war im geheimen eifersüchtig auf Gevrol.
Der Kommissar, froh, aus der Verantwortung entlassen zu sein, unterbreitete den Herren aus Paris die Resultate seiner Untersuchungen.
»Ausgezeichnete Arbeit, Monsieur«, sagte Daburon, »doch haben Sie vergessen herauszufinden, wann Madame Lerouge zuletzt gesehen worden ist.«
»Gerade davon wollte ich Ihnen berichten, Monsieur! Es war am Karnevalsdienstag, zwanzig nach fünf. Sie war mit einem Korb auf dem Rückweg von ihren Einkäufen in Bougival.«
»Und Sie sind sicher, daß die Zeit stimmt?« fragte Gevrol.
»Zwei Zeugen, eine Frau mit Namen Tellier und ein Küfer, stiegen aus der Postkutsche, als sie die Witwe an der Straßenkreuzung sahen. Sie gingen mit ihr ins Dorf und unterhielten sich mit ihr.«
Daran, was Madame Lerouge im Korb hatte, konnten sich die Zeugen nicht genau erinnern. Sie hatten nur erkannt, daß sich unter anderem zwei Weinflaschen und eine Flasche Cognac in ihm befanden. Auch erklärten sie, die Frau habe über Kopfschmerzen geklagt und erwähnt, sie werde, obwohl Karneval sei, wohl früh zu Bett gehen.

Der Chefdetektiv hob den Zeigefinger und sagte: »Wir müssen den Mann suchen, für den Wein und Cognac gekauft worden sind. Madame Lerouge hat den Kerl mit der Bluse erwartet, ihren Galan.«

»Aber sie war alt und häßlich!« sagte der Gendarm des Dorfes.

Gevrol sah den braven Mann mitleidig an. »Eine Frau mit Geld ist immer jung und schön«, beschied er ihn.

»Viellleicht ist das die richtige Spur«, sagte Daburon, »wenngleich ich bisher nicht daran gedacht habe. Mich hat vielmehr die Bemerkung stutzig gemacht, daß sie jederzeit mehr haben könne, als sie hatte.«

Aber diese Worte waren an Gevrol verschwendet. Er hatte bereits eine Theorie und durchschnüffelte jeden Winkel des Zimmers. Plötzlich stutzte er und sagte: »Fing es nicht am Dienstag zu regnen an, am Abend, nach einer vierzehntägigen Trockenperiode? Um wieviel Uhr fing es hier an?«

»Um halb zehn«, sagte der Wachtmeister, »ich hatte gerade zu Abend gegessen und machte meine Runde durch die Lokale, als es zu gießen anfing. Im Nu waren die Straßen überflutet.«

»Wenn der Mann nach halb zehn gekommen ist«, sagte Gevrol, »müssen seine Schuhe naß und schmutzig gewesen sein. Ist er dagegen vor halb zehn gekommen, waren sie trocken. Haben Sie Fußspuren festgestellt, Herr Kommissar?«

»Darauf habe ich nicht geachtet«, sagte der Kommissar.

»Sehr ärgerlich!« Gevrol schüttelte den Kopf und schnalzte mit der Zunge.

»Da fällt mir ein«, rief da der Kommissar, »in dem

anderen Raum sind nur der Wachtmeister und ich gewesen und haben nichts angerührt. Unsere Spuren müssen leicht erkennbar sein. Vielleicht finden Sie dort noch etwas, das Ihnen weiterhilft.«

»Dann bitte ich um die Erlaubnis, diesen Raum allein untersuchen zu dürfen, bevor jemand anders hineingeht«, wandte Gevrol sich an Daburon.

Als dieser nickte, ging Gevrol in das andere Zimmer, wo es aussah, als habe ein Verrückter hier gehaust. Nur der Tisch, für eine Person gedeckt, war unberührt. Auf einem blütenweißen Tuch stand ein Teller von feinstem Porzellan, daneben ein kunstvoll geschliffenes Weinglas. Eine geöffnete Weinflasche war kaum angerührt, während aus der Cognac-Flasche daneben fünf oder sechs Gläser getrunken worden waren.

Der Inhalt zweier schöner Schränke aus Nußbaum zu beiden Seiten des Fensters – Kleider, Wäsche und andere Gegenstände – lag verstreut auf dem Boden umher. Ein kleiner Wandschrank neben dem Kamin, in dem das Porzellan aufbewahrt wurde, war erbrochen, die Mamorplatte des Schreibtischs auf der anderen Seite des Kamins war in Stücke geschlagen. Jemand hatte die Schubladen herausgezogen und auf den Boden entleert. In der Matratze des Betts klaffte ein großer Längsschnitt, und jemand schien in der Strohfüllung gewühlt zu haben.

»Keine Spur«, murmelte Gevrol, nachdem er die Unordnung gemustert hatte. »Er muß vor halb zehn gekommen sein.«

Er kniete neben der toten Madame Lerouge nieder und untersuchte sie. »Das war kein Anfänger«, knurrte er. Er sah sich um und kam dann zu dem Schluß: »Die Frau muß beim Kochen gewesen sein, als der Mörder zuschlug. Da sind noch die Eier in der Pfanne.«

Dann rief er die anderen ins Zimmer.

»Offensichtlich ein Raubmord«, sagte der Kommissar.

»Wahrscheinlich«, antwortete Gevrol. »Auf dem Tisch fehlt ja auch das Silber.«

Plötzlich rief Lecoq, der sich auf eigene Faust an die Untersuchung gemacht hatte: »Hier in der Schublade liegt Geld. Etwas über dreihundert Francs!«

Gevrols Erstaunen währte nicht lange. »Er wird sie vergessen haben«, sagte er. »Ich habe mehr als einen Raubmörder gekannt, der seine Beute vergaß mitzunehmen. Vielleicht war er zu aufgeregt, vielleicht ist er gestört worden. Sehen Sie: Die Kerze ist ausgelöscht. Mag sein, jemand hat an die Tür geklopft.«

»Oder der Mörder war auch nur ein sparsamer Mann«, sagte Lecoq trocken.

Trotz aller weitern sorgfältigen Untersuchung des Hauses ergab sich kein Hinweis auf den Mörder oder auf sein Motiv. Kein Brief, nicht einmal ein Zettel fand sich.

»Wie ist Ihre abschließende Meinung, Monsieur?« wollte Daburon wissen.

»Im Moment tappe ich noch im dunkeln«, sagte Gevrol. »Der Kerl war gerissen und vorsichtig. Aber er wird meinen Leuten nicht entkommen. Er hat das Tafelsilber und den Schmuck mitgenommen – damit wird er sich verraten.«

»Also«, stellte Daburon fest, »sind wir nicht weiter als bei unserer Ankunft.«

»Wenn nur, zum Teufel, Vater Tabaret hier wäre«, sagte Lecoq leise; aber man verstand ihn doch. Und er

registrierte mit Befriedigung den wütenden Blick, den Gevrol ihm zuwarf.
»Wer ist dieser Vater Tabaret?« fragte Daburon.
»Ein außergewöhnlicher Mann« gab Lecoq bereitwillig Auskunft.
»Früher hat er in einer Pfandleihe gearbeitet«, sagte Gevrol. »Im Alter ist er wohlhabend geworden und beschäftigt sich in seiner Freizeit als Amateurdetektiv, so wie andere malen oder musizieren.«
»Geht er dabei auf Gewinn aus?« fragte der Kommissar.
»Im Gegenteil«, sagte Lecoq. »Seine Liebhaberei kostet ihn manchen Franc. Er ist mit allen Wassern gewaschen. Erinnern Sie sich noch an die Bankiersfrau, die sich selber bestohlen hat? Ihr ist Tabaret auf die Schliche gekommen.«
»Und der arme Derème hat es ihm zu verdanken, daß er wegen Mordes an seiner Frau auf die Guillotine kam, da er doch, wie sich später herausstellte, völlig unschuldig war«, warf Gevrol bissig ein.
»Verschwenden wir nicht unsere Zeit«, unterbrach Daburon die beiden. »Holen Sie Vater Tabaret, Lecoq. Ich möchte, daß er uns hilft.«
Lecoq machte sich sofort auf den Weg, während Gevrol gekränkt sagte: »Sie können hinzuziehen, wen Sie wollen, aber ...«
»Ich will Ihre Fähigkeiten nicht bezweifeln. In diesem Fall aber sind wir unterschiedlicher Auffassung. Ich glaube nicht, daß Ihr Liebhaber mit der Bluse der Täter ist.«
»Ich hoffe, es Ihnen zu beweisen. Darf ich Ihnen im übrigen einen Rat geben?«
»Ja.«

»Seien Sie vorsichtig gegenüber Vater Tabaret.«
»Und warum?«
»Der Alte ist nur darauf aus, Eindruck zu schinden. Er tut so, als könnte er sofort alles erklären, und er macht sich zu jedem Verbrechen eine Geschichte zurecht. Wie ein Paläontologe anhand eines einzelnen Knochens ein ganzes Tier rekonstruiert, hängt er eine Geschichte an einer Kleinigkeit auf. Manchmal hat er recht, oft genug aber geht er völlig in die Irre.«
»Ich werde Ihre Worte beherzigen«, sagte Daburon. »Im Augenblick aber gilt es vor allem, den Herkunftsort von Madame Lerouge festzustellen.«
Und also wurden noch einmal alle Zeugen vernommen, jedoch ohne Erfolg. Trotz ihrer Gesprächigkeit hatte die Frau nichts über ihr Vorleben laut werden lassen. Die Zeigen hatten nichts als Mutmaßungen zu bieten und waren in der Mehrzahl Gevrols Meinung, als Täter käme nur der Mann in der grauen Bluse in Frage, der so wild ausgesehen habe und von dem man wissen wollte, er habe eines Abends eine Frau bedroht und ein andermal ein Kind geschlagen.
Daburon wollte schier verzweifeln über all dem ungereimten Zeug, als sich die Ladenbesitzerin aus Bougival meldete, bei der Madame Lerouge ihre Einkäufe machte, und dazu ein dreizehnjähriger Junge, der etwas beobachtet haben wollte. Die Ladenbesitzerin hatte die Witwe von einem Sohn sprechen hören.
»Von einem Sohn?« fragte Daburon.
»Eines Abends«, sagte die Frau, »war sie ein bißchen – na, sagen wir – angetrunken. Über eine Stunde blieb sie in meinem Laden. Sie lehnte an der Theke und

sprach mit Vater Husson, einem Fischer. Er wird es Ihnen bestätigen. ›Mein Mann‹, sagte sie, ›war ein richtiger Matrose. Der blieb manchmal jahrelang auf See und brachte mir Kokosnüsse mit! Ich habe auch einen Sohn, der ist bei der Marine.‹ «
»Sagte sie auch, wie der Sohn hieß?«
»An dem Abend nicht; aber als sie mal richtig besoffen war, da sagte sie, ihr Sohn heißt Jacques, und sie sagte auch, sie hätte ihn seit vielen Jahren nicht gesehen.«
»Und was sagte sie von ihrem Mann?«
»Nur, daß er eifersüchtig und brutal gewesen wäre und sie oft verprügelt hätte.«
»Hat ihr Sohn sie schon einmal hier besucht?«
»Davon hat sie nie gesprochen.«
»Wieviel Geld ließ sie durchschnittlich bei Ihnen?«
»So um die sechzig Francs im Monat, manchmal mehr, wenn sie guten Cognac kaufte.«
Das war alles, was die Frau zu berichten wußte.
Der Junge war groß und kräftig und hatte ein intelligentes Gesicht, auf dem sich keine Spur von Scheu vor den Polizisten zeigte.
»Erzähl uns mal, was du weißt«, sagte Daburon ermunternd.
»Am Sonntag, Monsieur, habe ich einen Mann an Madame Lerouges Gartentür gesehen.«
»Wann war das?«
»Ich ging in die zweite Messe.«
»War es ein großer Mann mit braunem Backenbart und in einer grauen Bluse?«
»Nein, er war sehr klein und dick. Ein alter Mann.«
»Und das weißt du genau?«

»Ich habe doch mit ihm gesprochen, als er an der Gartentür stand.«
»Hat er dich angesprochen?«
»Er rief: ›Komm mal her!‹ Und er war sehr aufgeregt und ganz rot im Gesicht. Dann fragte er mich, ob ich einen Botengang für ihn machen wolle. Er gab mir zehn Sous und trug mir auf, zum Kai zu laufen und auf einem Schleppkahn nach Kapitän Gervaise zu fragen. ›Sag ihm, ich bin bereit, er soll abstoßen.‹ Dann bin ich davongelaufen.«
»Und was hast du dann getan?« fragte Daburon.
»Die Bestellung ausgerichtet.«
Gevrol wollte wissen: »Würdest du den alten Mann wiedererkennen?«
»Bestimmt, Monsieur. Sein Gesicht war doch so rot.«
»Wie war er angezogen? Trug er eine graue Bluse?«
»Er trug eine Jacke, und aus seiner Brusttasche sah ein blaugewürfeltes Taschentuch heraus.«
»Trug er eine Weste?«
Der Junge dachte nach. »Ich glaube, er trug keine Weste, aber eine Krawatte, die am Hals mit einem Ring befestigt war.«
»Ich wette, daß du dich an noch mehr Einzelheiten erinnern kannst, wenn du nachdenkst«, sagte Gevrol.
Und der Junge dachte nach – plötzlich schlug er sich mit der Hand gegen die Stirn. »Natürlich! Er trug Ohrringe, sehr große Ohrringe!«
»Gut so, mein Sohn.« Gevrol war sehr zufrieden. »Den Kerl mit den Ohrringen werde ich finden.«
Daburon wandte sich wieder dem Jungen zu und wollte wissen: »Fuhr der Kahn flußaufwärts oder flußabwärts?«

»Er fuhr gar nicht, er lag vor Anker.«
»Ich meine: Wies der Bug nach Paris oder nach Marly?«
»Ich weiß nicht, wo bei einem Kahn der Bug ist.«
»Hast du den Namen des Schiffs lesen können?«
»Nein, Monsieur.«
»Wahrscheinlich haben einige Einwohner von Bougival den Namen gelesen«, sagte Daburon.
»Außerdem werden wohl auch die Schiffsleute an Land gegangen sein«, fügte Gevrol hinzu. »Das kriege ich schon 'raus. Aber sag mir noch, mein Sohn, wie sah denn Kapitän Gervaise aus?«
»Wie alle Schiffer aussehen, Monsieur.« Das war alles, was der Junge antworten konnte, und er wollte schon das Zimmer verlassen.
»Hast du jemandem von diesem Erlebnis erzählt?« wollte Daburon noch wissen.
»Meiner Mama. Und ich gab ihr dann auch die zehn Sous.«
«Und du hast uns auch die Wahrheit gesagt?« fuhr der Untersuchungsrichter fort. »Das Gesetz ist sehr streng gegen Lügner.«
Da wurde der Kleine feuerrot und stammelte: »Bestrafen Sie mich nicht! Ich will es gewiß nicht wieder tun! Der Mann hat mir zwanzig Sous gegeben ... die anderen zehn hab' ich behalten ...«

2.

Diese beiden Aussagen ließen wieder Hoffnung in Daburon keimen. »Am Sonntag also ist der alte Mann gesehen worden«, sagte er zu Gevrol. »Wir müssen

herausbekommen, was Madame Lerouge an dem Tag getan hat.«
Drei Nachbarn, die man befragte, sagten aus, die Witwe sei den ganzen Tag im Bett geblieben. Zu einer Nachbarin, die zu einem Krankenbesuch zu ihr gegangen war, hatte sie gesagt: »Heute habe ich etwas Schlimmes erlebt.« Aber keiner hatte den Worten irgendwelche Bedeutung beigemessen.
»Monsieur«, sagte Gevrol, »in einer Woche habe ich den Mann mit den Ohrringen, und wenn ich jeden Kahn auf der Seine durchstöbern muß.«
In diesem Augenblick kam Lecoq atemlos ins Zimmer und meldete: »Hier ist Vater Tabaret. Er wollte ausgehen, als ich ihn traf. Er nahm sich nicht einmal die Zeit, auf den Zug zu warten, sondern hat ein Heidengeld für eine Kutsche ausgegeben.«
Ihm folgte ein alter Mann, der so gar nicht dem Bild von einem Agenten der Polizei entsprach. Sein Gesicht, auf dem eine Mischung aus ständigem Staunen und Unbehagen lag, hatte ein zurückweichendes Kinn, dicke Lippen und eine Nase, deren Spitze nach oben wies. Seine kleinen grauen, rotumränderten Augen waren ohne bemerkenswerten Ausdruck, jedoch stets in Bewegung. Sein schütteres Haar ließ sehr große und abstehende Ohren sehen. Ausgesuchte Kleidung, weiße Wäsche, feinste Seidenhandschuhe und eine goldene, dreimal um den Hals geschlungene und in einer Westentasche endende Kette bestimmten im übrigen die Erscheinung.
Mit einer tiefen Verbeugung fragte Tabaret: »Sic haben nach mir gesandt?«
Daburon war noch ganz in Verwunderung über die

merkwürdige Gestalt versunken, als er antwortete: »Vielleicht gelingt es Ihnen, ein paar Spuren zu entdecken, die den Tatbestand aufklären helfen.«

»Lecoq hat mir schon über alles Wichtige berichtet. Erlauben Sie, daß ich mich sofort ans Werk mache. Meine eigenen Eindrücke sind die besten. Meinungen anderer beeinflussen mich immer zu sehr, ob ich es will oder nicht.«

Die Augen des sonderbaren Mannes begannen, während er so sprach, wie im Fieber zu glänzen, und er verschwand im Nebenzimmer, ohne eine Antwort abzuwarten.

Dort blieb er eine halbe Stunde, kam eilig einmal zum Vorschein, verschwand wieder, erschien noch einmal und noch ein drittes Mal für Sekunden. Er kam Daburon wie ein Jagdhund auf einer Fährte vor. Dabei führte er Gespräche mit sich selbst, gestikulierte, seufzte oder gab Laute der Befriedigung von sich. Lecoq mußte ihm die ganze Zeit über zu Diensten sein, dies und jenes herbeiholen – einmal Papier und Bleistift, dann einen Spaten –, und schließlich wollte er Gips und eine Flasche Öl, und mit diesen Utensilien versehen, ging er ins Freie.

Nach einer Stunde fing der Richter an, ungeduldig zu werden. Er fragte den Wachtmeister, was aus dem Alten geworden sei.

»Er liegt im Straßendreck«, antwortete der, »und hat den Gips in einem Teller angerührt.«

Als Tabaret bald darauf wieder ins Zimmer trat, sah er fast um zwanzig Jahre jünger aus.

Lecoq folgte ihm, vorsichtig einen flachen Korb tragend.

»Das wär's!« rief Tabaret strahlend. »Stell den Korb auf den Tisch, Lecoq.«
Fast gleichzeitig kam auch Gevrol zurück, mit zufriedener Miene.
»Dem Mann mit den Ohrringen bin ich auf der Spur«, sagte er. »Der Kahn fuhr flußabwärts. Und eine Beschreibung des Kapitäns Gervaise habe ich auch«.
«Und Sie, Monsieur Tabaret, was haben Sie herausgefunden?« fragte Daburon.
Tabaret entnahm dem Korb einen Lehmklumpen, ein paar Bogen Papier und einige Stücke Gips, die noch nicht ganz trocken waren.
»Also«, begann er, »ein Raubmord liegt nicht vor.« Und er ließ sich von Gevrol nicht beirren, der entrüstet den Kopf schüttelte. »Der Mörder muß vor halb zehn hier angekommen sein, vor dem Regen. Fußspuren habe ich nicht entdeckt, aber unterm Tisch, wo der Täter seine Füße hatte, lagen Staub und Sandkörner. Die Witwe scheint den Gast nicht erwartet zu haben. Wahrscheinlich wollte sie vorm Zubettgehen ihre Kuckucksuhr aufziehen. Da klopfte es. Es ist ferner wahrscheinlich, daß die Witwe die Uhr jeden Abend vor dem Schlafengehen aufzog, weil solche Uhren höchstens vierzehn Stunden laufen. Der kleine Zeiger aber stand auf der Neun. Wie ist das möglich? Sie muß um diese Zeit den Zeiger angehalten haben, und in dem Augenblick, als sie die Gewichte hochziehen wollte, klopfte es. Auf diesem Stuhl unter der Uhr ist noch die Spur eines Fußes erkennbar. Was die Bekleidung von Madame Lerouge angeht: Sie hatte die Bluse bereits ausgezogen. Um zu öffnen, warf sie sich einen Schal über die Schultern.«

»Donnerwetter!« rief der Wachtmeister bewundernd.
»Die Frau«, fuhr Tabaret fort, »mußte wissen, wer der Besucher war; sonst hätte sie sich wohl nicht so eilig zur Tür begeben und ihn nicht ohne weiteres eingelassen. Er war ein junger, elegant gekleideter, mittelgroßer Mann mit Zylinder und Regenschirm, der ein Zigarillo aus einer Spitze rauchte.«
»Sonst noch Einzelheiten?« fragte Gevrol spöttisch.
»Es ist nicht meine Schuld«, sagte Vater Tabaret, »wenn Sie weniger gründlich recherchiert haben. Sehen Sie sich diese Gipsform an. Es ist der Abdruck eines Absatzes, den ich nahe der Stelle entdeckte, wo der Schlüssel gefunden wurde. Sie sehen: Es ist der Abdruck eines hohen und schmalen Absatzes von einem eleganten Schuh. Denselben Abdruck habe ich noch zweimal auf der Straße und fünfmal im Garten gefunden. Die Richtung der Spur beweist, daß der Besucher nicht an die Tür geklopft hat, sondern an einen Fensterladen. Ein tiefer Abdruck am Eingang des Gartens beweist, daß der Mann über ein Blumenbeet gesprungen ist. Es war ein Sprung von über zwei Metern, also muß der Mann entschlossen und kräftig gewesen sein, folglich jung.«
Obwohl Vater Tabaret leise sprach, setzte er seine Worte klar und eindringlich, so daß keine Silbe verlorenging.
»Was den Hut angeht«, fuhr er fort, »so brauchen Sie nur den Kreis im Staub auf der Mamorplatte hier zu betrachten. Da kann nur ein Zylinder gelegen haben. Und zur Größe des Mannes: Er tastete mit den Händen das oberste Fach des Wandschranks ab. Wäre er sehr groß gewesen, so hätte er hineinsehen können, ohne das

Fach zu berühren; wäre er klein gewesen, so hätte er auf einen Stuhl steigen müssen. Also war er mittelgroß. Da Ihnen, Gevrol, die Behauptung über den Schirm und die Zigarrenspitze besonders lächerlich erschienen ist, will ich den Beweis antreten. Dieser Lehmklumpen zeigt noch den Einstich der Schirmspitze bis zu dem Ring, an dem die Seide befestigt ist. Und das Ende dieses Zigarillos – Sie sehen: nicht zerkaut, nicht feucht – fand ich in der Kaminasche. Also rauchte der Mann aus einer Spitze.«

Lecoq zeigte sein Vergnügen offen, der Kommissar brachte vor Staunen den Mund nicht mehr zu; Daburon war sichtlich befriedigt. Gevrol sah recht betreten drein.

Nach einer Weile fuhr Vater Tabaret fort: »Wie der junge Mann, dem wir ins Haus gefolgt sind, sein Erscheinen begründete, weiß ich nicht. Sicherlich aber sagte er, er habe noch nicht zu Abend gegessen. Denn die Frau machte sich daran, ihm ein Mahl zu bereiten. Daß sie selbst schon gegessen hatte, und zwar Fisch, beweisen die Reste im Speiseschrank, und die Obduktion wird das bestätigen. Auf dem Tisch standen auch nur ein Glas und ein Teller. Weiter: Der junge Mann muß von besserem Stand gewesen sein; denn Madame Lerouge holte für den Gast ein Tischtuch von feinstem Leinen heraus und ihr einziges geschliffenes Glas – vielleicht ein Geschenk.«

»Erstaunlich!« murmelte Daburon.

»Der junge Mann setzte sich und goß sich ein Glas Wein ein, indes die Frau die Pfanne aufs Feuer setzte. Vielleicht mußte er sich Mut antrinken, und da der Wein dazu nicht ausreichte, bat er um Cognac, von dem er fünf Gläschen trank. Nach etwa zehn Minuten – so lange brauchten nämlich die Eier und der Schinken, um so gar zu werden, wie sie jetzt sind – näherte er sich der Frau, die über die Pfanne gebeugt war, und stach zweimal zu. Der Tod scheint jedoch nicht sofort eingetreten zu sein, denn die Frau richtete sich halb auf, umklammerte die Hände des Mannes, der sie dann in die Stellung zurückwarf, in der sie jetzt noch liegt. Das alles schließe ich daraus, daß sie, mit den Wunden im Rücken, nach hinten hätte fallen müssen. Die Tatwaffe war scharf und spitz, wahrscheinlich das abgebrochene und geschärfte Ende eines Floretts, was aus den Spuren zu lesen ist, die zurückgeblieben sind, als der Mörder sie am Rock der Ermordeten abwischte. Der Mörder ist unverletzt geblieben, auch wenn sein Opfer sich in seine Hände festgekrallt hat. Er trug nämlich graue Handschuhe.«

»Graue Handschuhe?« Gevrol war außer sich. »Sie phantasieren!«

»Ich irre mich wohl nicht, wenn ich annehme, daß Sie die Fingernägel der Toten nicht untersucht haben, Monsieur. Sonst könnten Sie nicht behaupten, ich phantasierte. Aber wichtiger ist das Motiv. War es Geld? Wertsachen? Nein! Der Mörder hat Dokumente, Briefe gesucht und wahrscheinlich gefunden. Und was hat er getan, nachdem er sie gefunden hat? Natürlich hat er sie verbrannt, nicht im Kamin, sondern in dem kleinen Ofen im Vorderzimmer. Dann, um einen Raub vorzutäuschen, ramschte er alles Wertvolle zusammen, wickelte es in eine Serviette, löschte die Kerze, schloß die Tür von außen ab und warf den Schlüssel fort. So, das wäre alles.«

»Monsieur Tabaret«, sagte Daburon, »ich bin tief beeindruckt von Ihrer Methode und den Resultaten.«
»Vater Tabaret, Sie sind der Größte!« rief Lecoq.
»Der Größte!« Gevrols Echo sollte ironisch sein. »Und war dem eleganten jungen Mann das Bündel nicht lästig?«
»Ich glaube nicht lange«, antwortete Tabaret, »er hat es weggeworfen auf dem Weg zur Bahnstation, als er am Wasser vorbeiging. Da liegt es jetzt wahrscheinlich, auf dem Grund der Seine. Drei Leute suchen schon auf meinen Auftrag hin den Fluß mit Netzen ab. Und sie bekommen eine Belohnung, wenn sie das Bündel finden.«
»Wohl aus Ihrer Tasche, wie?«
»Erraten, Monsieur Gevrol.«
Gerade in diesem Augenblick trat ein Polizist ein. Er sagte: »Hier sind drei Männer, die eine Serviette mit Silber und Schmuck bringen. Sie haben sie aus dem Wasser gefischt, sagen sie, und sie fragen nach der Belohnung.«
Tabaret gab dem Polizisten eine Hundertfrancnote. Dann fragte er, ohne Gevrol zu beachten: »Nun, Monsieur Daburon, wie finden Sie das alles?«
»Ich finde ...« Monsieur Daburon kam nicht dazu, auszusprechen, was er fand. Der Arzt kam zur Leichenschau, und er bestätigte die Annahme Vater Tabarets, nach der ein kurzer heftiger Kampf stattgefunden hatte. Auch bestätigte er, daß die Ermordete bereits einige Stunden vor ihrem Tode zu Abend gegessen hatte.
Jetzt lag der Tathergang zutage. Es fehlte nur noch der Täter.

Sorgfältig untersuchte Tabaret die Finger der Toten und entfernte einige winzige Stücke grauen Wildleders unter den Nägeln. Alles in allem war es nicht viel, was an Tatsächlichem festgestellt worden war; aber für Daburon stand doch so viel Wesentliches fest, daß er Hoffnung hegte, den Verbrecher zu finden. Er vertraute darauf, daß Vater Tabaret ihn auf die richtige Fährte gebracht hatte.
Die Nacht war angebrochen, Daburons Mission in Jonchère beendet. Gevrol wollte noch bleiben, um der Spur, dem Mann mit den Ohrringen, zu folgen. Also gab Daburon das Zeichen zum Aufbruch, und er bat Tabaret, ihn zu begleiten.
»Gerade wollte ich Sie um diese Ehre bitten«, sagte der alte Mann, und so verließen sie gemeinsam den Ort des Verbrechens, das natürlich Gegenstand ihrer Unterhaltung blieb.
»Alles hängt davon ab«, sagte Tabaret, »ob wir das Vorleben dieser Frau ermitteln können.«
»Wenn die Witwe Lerouge, wie die Ladenbesitzerin behauptet hat, mit einem Seemann verheiratet gewesen ist und einen Sohn mit Namen Jacques bei der Marine hat, müßten wir im Marineministerium Auskunft erhalten können. Heute nacht noch werde ich an das Ministerium schreiben.«
Im Zug fanden sie ein leeres Abteil. Doch Tabaret war nicht sonderlich zu einer Unterhaltung aufgelegt. Daburon, der sich von diesem sonderbaren Mann mit der originellen Neigung, seine Dienste der Polizei in der Rue de Jerusalem zur Verfügung zu stellen, angezogen fühlte, fragte ihn: »Sind Sie eigentlich schon lange bei der Polizei?«

»Mehr als neun Jahre, und ich bin einigermaßen erstaunt, daß Sie bisher nichts von mir gehört haben.«
»Vom Hörensagen kenne ich Sie«, antwortete Daburon, «und gerade weil ich von Ihren Fähigkeiten wußte, kam mir die Idee, Sie um Ihre Mitarbeit zu bitten. Was ich nicht verstehe, ist: Warum haben Sie sich diese Beschäftigung erwählt?«
»Sagen wir: Einsamkeit oder Langeweile.«
»Es heißt, Sie sind wohlhabend.«
»Ich stehe mich jetzt gut, Monsieur«, sagte Tabaret mit einem Seufzer. »Aber es war nicht immer so; bis zu meinem fünfundvierzigsten Lebensjahr war mein Dasein gewissermaßen sinnlos, voll von sinnlosen Entbehrungen. Mein Vater hat meine Jugend und meine besten Mannesjahre zerstört...
Ich habe ihm längst verziehen... Ich werde Ihnen meine Geschichte erzählen: Mit fünfundzwanzig arbeitete ich als Schreiber bei einem Pfandleiher und verdiente zweitausend Francs im Jahr, und eines Morgens kam mein Vater in meine Wohnung und erklärte mir, er sei ruiniert. Er bat um Nahrung und Wohnung. Ich liebte meinen Vater und konnte seine Verzweiflung nicht ertragen. So schwor ich ihm, es sollte ihm an nichts mangeln. Fortan – darauf bestand ich – würden wir zusammen leben. Und zwanzig Jahre war er eine schwere Last für mich. Es gab keine Vergnügungen mehr für mich, keine Freunde. Nach des Tages Arbeit kopierte ich Akten für einen Advokaten. Und doch konnte ich meinen Vater nie zufriedenstellen. Er jammerte nur seinem verlorenen Vermögen nach und verlangte andauernd Geld von mir. Ich war an ihn gekettet, und wenn mich der Gedanke an Liebe und eine

Familie ankam, sagte ich mir, daß ich ein Hundsfott von einem Sohn wäre, wenn ich ihn im Stich ließe. Die Frau, die ich heiraten wollte, wartete Jahre. Sie war arm. Ich hätte nicht sie und den Vater ernähren können... Ich verlor sie aus den Augen. Ich war ein ausgepowerter Mann, als mein Vater starb. Dieser verfluchte Alte!«
»Monsieur!«
»Ach, ich habe ihm längst vergeben. Als Christ muß man das wohl. Aber meinen Zorn habe ich behalten. Als ich an seinem Todestage seine Papiere durchblätterte – vielleicht, dachte ich, finde ich wenigstens das Geld für seine Beerdigung –, stieß ich auf eine Obligation, die eine Rente von zwanzigtausend Francs im Jahr abwarf.«
»Dann war er nicht ruiniert?«
»Diese Rente war nicht alles. Bei Orleans besaß er ein Anwesen, das sechstausend Francs Pacht abwarf. Außerdem gehörte ihm noch das Haus, in dem ich jetzt wohne und in dem ich auch mit ihm zusammen gelebt hatte. Ich Narr hatte all die Jahre die Miete an den Verwalter bezahlt!«
Daburon fühlte sich nicht wohl angesichts dieser Enthüllungen. »Ein seltsames Geschick«, sagte er.
»Und wie mir zum Hohn erklärte er in seinem Testament, er hätte bei allem nur meinen Vorteil im Auge gehabt. Ich hätte Sparen lernen sollen! So war ich mit fünfundvierzig ein reicher Mann, der zwanzig Jahre lang nicht einen Sou für sich verwandt hatte. Mein Glück war dahin.«
Daburon konnte sich des Mitleids mit dem Alten nicht erwehren, und wie zum Trost sagte er: »Es muß Ihnen doch Freude gemacht haben, plötzlich reich zu sein.«

»Es kam zu spät. Ich gab meine Stellung bei dem Pfandleiher auf und wurde ein Lebemann und langweilte mich dabei. So entschloß ich mich, einer Passion nachzugehen, und ich begann Bücher zu sammeln. Ich baute eine Sammlung auf, die alles Gedruckte umfaßt, was mit der Polizei zu tun hat, und sei es auch nur am Rand. Und ich las auch, was ich zusammentrug, und je mehr ich las, desto mehr fühlte ich mich von den Männern angezogen, die die Menschen vor Betrug und Gewalt schützen sollen. Ich spürte den Drang in mir, gleichfalls ein Teil dieses Apparats zu werden und dazu beizutragen, das Verbrechen zu verfolgen. Heute kann ich mit Stolz von mir behaupten, daß ich dieses Ziel erreicht habe.«

»So haben Sie denn Ihre Befriedigung gefunden?«

»Der Kriminalistik verdanke ich den Sinn meines Lebens. Ach, diese Jagd auf einen Verbrecher! Wenn die Leute nur ermessen könnten, wie prickelnd dieses Verstecken und Aufstöbern ist. Leider werden die raffinierten Verbrechen immer seltener.«

»Unser Mann«, sagte Daburon mit einem Lächeln, »scheint da eine Ausnahme zu machen.«

»Da haben Sie recht, Monsieur. Dieser Fall ist eine Ausnahme, und ich brenne darauf, ihn zu lösen.«

Für den Rest der Fahrt war das Verbrechen der einzige Gesprächsgegenstand. Gevrol sollte sich in Bourgival niederlassen, um alle Bauern in einer Woche zu vernehmen. Daburon versprach, ihn sofort zu informieren, falls Papiere gefunden würden, die über die Vergangenheit der Witwe Lerouge Auskunft geben konnten.

In Paris angekommen, winkte sich Daburon eine

Droschke herbei und bot Vater Tabaret einen Platz an.
»Das lohnt nicht«, sagte der Alte, »die Rue Saint-Lazare, wo ich wohne, liegt nur ein paar Minuten von hier.«
»Dann bis morgen«, sagte Daburon zum Abschied.

3.

Vater Tabaret gehörte ein gut erhaltenes Haus, das für ihn allein viel zu groß gewesen wäre. So bewohnte er nur einige schöne Zimmer, gut möbliert und vor allem bemerkenswert durch seine Bibliothek, im Erdgeschoß. Er lebte bescheiden und wurde von Nanette, einer alten Haushälterin, umsorgt. Seine Leidenschaft für die Kriminalistik prägte auch seinen Lebensstil. Er verließ und betrat das Haus zu jeder Tag- und Nachtstunde, blieb oft die Nächte über weg und war manchmal wochenlang nicht anzutreffen. Nicht selten empfing er merkwürdige Besucher: finstere Männer mit verdächtigem Äußeren, furchterregende Kerle. Viele Nachbarn glaubten, Tabaret nutze seine Freiheit hemmungslos aus und vertue sein Geld. Tabaret lachte nur darüber.
Mit seinen Mietern pflegte er wenig Verkehr, mit einer Ausnahme, und diese Ausnahme galt der verwitweten Madame Gerdy, die seit mehr als fünfzehn Jahren gemeinsam mit ihrem Sohn die dritte Etage bewohnte. Dieser Sohn, Noel Gerdy, war ein gutaussehender Mann von dreiunddreißig Jahren, mit einem intelligenten Gesicht, großen schwarzen Augen und ge-

locktem schwarzem Haar. Als Anwalt galt er als talentiert und rührig. Er war ganz seinem Beruf ergeben, was eine gewisse Grundsatzstrenge mit sich brachte.
Bei Madame Gerdy fühlte sich Vater Tabaret wie zu Hause, und Noel betrachtete er als seinen Sohn. Daß er Madame Gerdy trotz ihrer fünfzig Jahre nicht um ihre Hand bat, geschah weniger deshalb, weil er einen Korb zu bekommen fürchtete, als vielmehr weil er vor den Konsequenzen einer Ehe zurückschreckte. Jedoch hatte er in seinem Testament Noel zum Alleinerben eingesetzt.
An diesem Abend auf dem Heimweg kreisten seine Gedanken nur um den Mordfall. Immer wieder rief er sich die Bemerkung der Madame Lerouge ins Gedächtnis, daß sie habe, was sie brauche, und jederzeit mehr bekommen könne, wenn sie nur wolle. Die Witwe hatte offensichtlich etwas gewußt, an dessen Geheimhaltung reiche Leute brennend interessiert waren. Das war ihre Stärke gewesen, und sie mußte diese ihre Stärke wohl mißbraucht haben und war deshalb für immer zum Schweigen gebracht worden. Aber was war das für ein Geheimnis? Und wie war sie in seinen Besitz gekommen? Vielleicht hatte sie in jüngeren Jahren in einem vornehmen Haus in Diensten gestanden, vielleicht war sie die Vertraute ihrer Herrin in einer Liebesaffäre gewesen. Für den Fall müßte nicht nur diese Frau, sondern auch noch der Liebhaber gefunden werden. Jedenfalls hatte Gevrol unrecht, wenn er Raub als Mordmotiv annahm. Die Zukunft würde es beweisen.
Als Vater Tabaret vor sein Haus kam, sagte die

Pförtnerin in der Loge zu ihrem Mann: »Er sieht heut so nachdenklich aus.«
»Es ist eine Schande«, entgegnete der Mann, »sich in seinem Alter so zu benehmen. Sieh nur: Auf offener Straße gestikuliert er, und er spricht mit sich selbst. Als ob er betrunken wäre.«
Nachdem die Pförtnerin ihn eingelassen hatte, ging Tabaret auf die Tür seiner Wohnung zu und klingelte.
»Ich dachte schon«, sagte die Haushälterin, als sie öffnete, »Sie kämen heute nicht mehr. Haben Sie schon gegessen?«
»Noch nicht.«
»Ein Glück, daß ich Ihr Essen warm gehalten habe.«
Als er dann aber vor der Suppe saß, war er so in Gedanken versunken, daß er zu essen vergaß. Wild fuhr er, als ihm plötzlich ein Gedanke kam, mit dem Löffel durch die Luft.
Jetzt hat's ihn erwischt! dachte Nanette, und ungehalten fuhr sie ihn an: »Haben Sie denn keinen Hunger?«
»Doch, doch«, sagte er. »Ich bin schließlich seit heute morgen bis über beide Ohren in der Arbeit...«
Dann verharrte er wieder mit offenem Mund und abwesendem Blick.
»Sie haben gearbeitet?« fragte Nanette ungläubig, da sie wie fast alle, die Vater Tabaret kannten, nichts oder so gut wie nichts von seinen Aktivitäten ahnte.
»Ich hab's!« schrie Tabaret plötzlich und warf die Hände so heftig hoch, daß die Haushälterin in die entgegengesetzte Zimmerecke floh.
»Da ist ein Kind im Spiel!«
»Ein Kind?« fragte Nanette verwirrt.

»Was wollen Sie denn noch hier?« schrie Tabaret in Wut. »Gehen Sie in die Küche!«
Nanette verließ eilends das Zimmer. Sie dachte: Jetzt ist er ganz verrückt geworden.
Vater Tabaret löffelte inzwischen gedankenlos die kalt gewordene Suppe. Dann rief er nach dem Braten und schickte die Frau wieder hinaus.
»So muß es sein«, murmelte er, während er an einer Hammelkeule säbelte. »Die Lerouge war bei einer vornehmen Dame in Stellung. Ihr Mann, ein Seefahrer, war auf einer längeren Fahrt, und die Dame hatte einen Galan und wurde von ihm schwanger. Und die Lerouge hat ihr geholfen, das Kind heimlich zur Welt zu bringen.«
Er schlang den Braten hinunter, rief nach dem Dessert und schickte Nanette sofort wieder aus dem Zimmer.
Eine Schande ist es, dachte Nanette, der weiß bestimmt nicht, was er gegessen hat.
Tabaret sinnierte weiterhin laut: »Und was wurde aus dem Kind? Hat man es umgebracht? Unwahrscheinlich. Sicherlich hat Madame Lerouge es aufgezogen. Das Kind konnte man ihr zwar wieder nehmen, aber nicht ihr Wissen um seine Existenz. Der Vater ist der Herr, der mit der feinen Karosse vorfuhr, die Dame in Begleitung des hübschen jungen Mannes ist die Mutter! Die Alte hat sich ihr Schweigen bezahlen lassen. Aber dann ist sie immer unverschämter geworden, bis es den Leuten zuviel wurde. Aber wer hat die Tat vollbracht? Der Vater? – Nein, der ist zu alt. Oder... Donnerwetter, der Sohn, das Kind selbst? Vielleicht wollte er die Mutter schützen?«
Nanette, die am Schlüsselloch horchte, konnte kaum

etwas verstehen und glaubte, daß dem Alten Weiber im Kopf herumspukten. Um besser verstehen zu können, was ihr Herr da vor sich hin sprach, öffnete sie die Tür einen Spalt. Dabei wurde sie von Tabaret erwischt, und ihr blieb nichts, als zu fragen, ob sie den Kaffee bringen solle.

»Bringen Sie ihn.«

Als er zu hastig trank, verbrühte er sich die Zunge, fluchte, sprang vom Tisch auf und nahm Stock und Hut.

»Sie gehen noch aus?« fragte Nanette erstaunt.

»Ja«, beschied Tabaret sie kurz und verließ die Wohnung.

Wenig später klingelte er an der Wohnungstür von Madame Gerdy.

Madame Gerdy hatte ein gutes Einkommen, und ihr Sohn verdiente viel. Dabei lebten Mutter und Sohn sehr zurückgezogen. In den fünfzehn Jahren, die Tabaret schon in der Familie verkehrte, waren ihm nur der Pfarrer, ein alter Professor und Madame Gerdys Bruder, ein verabschiedeter Oberst, begegnet, mit denen er sich, trafen sie einmal alle zusammen, zu einer Partie Whist niederließ. Tabaret achtete Noel besonders wegen der Liebe und der Fürsorge, die er seiner Mutter zuteil werden ließ, und Madame Gerdy lebte nur für ihren Sohn, in dem sie den Inbegriff aller guten Eigenschaften sah.

Vater Tabaret ging an dem jungen Mädchen, das ihm öffnete, vorbei, ohne auf die Antwort auf seine Frage zu warten, ob Madame Gerdy zu Haus sei. So bewegt sich nur jemand in einer fremden Wohnung, der weiß, daß er jederzeit willkommen ist.

Im Salon brannte nur eine Lampe, auch stand der

Spieltisch nicht, wie üblich, in der Mitte des Zimmers, und Madame Gerdys Lehnsessel war ans Fenster gerückt. Vor dem Sessel lag, völlig zerknüllt, eine Zeitung. Mit detektivischem Scharfblick erfaßte Tabaret die ungewohnte Szene.

»Ist hier etwas passiert?« fragte er das Mädchen.

»Madame kränkelt doch seit einem Monat«, erwiderte das verstörte Mädchen. »Sie ißt kaum mehr etwas. Und heute morgen ...«

»Was heute abend gewesen ist, will ich wissen.«

»Madame ging wie immer nach dem Souper in den Salon und wollte die Zeitung von Monsieur Noel lesen. Aber kaum hatte sie angefangen, als sie einen gellenden Schrei ausstieß und wie vom Blitz getroffen zu Boden stürzte. Monsieur Noel trug sie in ihr Zimmer, wollte aber keinen Arzt holen und sagte, er wisse, was Madame fehle.«

«Und jetzt?«

»Ist sie wieder bei Besinnung, genau weiß ich das allerdings nicht. Monsieur Noel hat mich aus dem Zimmer geschickt. Aber sie hat die ganze Zeit vor sich hin gesprochen, ziemlich laut und ziemlich merkwürdiges Zeug.«

»Sie haben also an der Tür gelauscht.«

»Ich schwöre ... aber Madame schrie so laut.«

»Fragen Sie mal Nanette, wie schlecht man an Türen hört. Und nun: Gehen Sie wieder an Ihre Arbeit! Ich werde hier auf Monsieur Noel warten.«

Tabaret setzte sich mit der Zeitung neben den Kamin, hatte aber noch keine Minute gelesen, als er einen Ruf des Erstaunens ausstieß und aus dem Sessel sprang. Und das war die Notiz, die ihn so erregt hatte:

Ein schreckliches Verbrechen hat die Bevölkerung des Dorfs Jonchère in Verwirrung gestürzt. Eine Witwe namens Lerouge wurde in ihrem Haus ermordet aufgefunden. Die Polizei nahm sofort die Untersuchungen auf. Nach unseren Informationen sind die Behörden dem Täter auf der Spur.

»Sollte Madame Gerdy...?« fragte sich Tabaret. Doch sofort wies er den Gedanken von sich und setzte sich achselzuckend wieder in den Sessel. Dabei murmelte er: »Ich kann schon nur noch an die Geschichte in Jonchère denken.«

Während er die Zeitung durchblätterte und nichts Aufregendes mehr fand, dachte er, daß es aber doch eigentümlich sei, daß Madame Gerdy...

Ehe er den Gedanken zu Ende denken konnte, wurde die Tür zu Madame Gerdys Zimmer geöffnet, und Noel betrat den Raum. Er war blaß und machte einen niedergeschlagenen Eindruck.

»Ah, wie geht es Ihrer Mutter, mein lieber Noel?«

»Madame Gerdy geht es den Umständen entsprechend.«

»Madame Gerdy?« wiederholte Tabaret erstaunt, ehe er fortfuhr: »Sie haben sich wohl sehr um sie gesorgt.«

»Den Schrecken können Sie sich vorstellen«, antwortete der Anwalt, bemüht, beherrscht zu erscheinen.

»Wie ist denn alles passiert?«

Noel zögerte, ehe er antwortete: »Madame Gerdy erlitt einen furchtbaren Schock, als sie davon las, daß eine Frau, eine Witwe Lerouge, an der sie großes Interesse hatte, ermordet aufgefunden worden ist.«

Vater Tabaret mußte mit aller Gewalt an sich halten, um nicht seine Erregung zu zeigen und Noel mit Fragen zu

bestürmen. Aber er durfte kein übermäßiges Interesse zeigen, durfte seine Zusammenarbeit mit der Polizei nicht verraten.
»Ihre Mutter kannte also die Witwe Lerouge?« fragte er so ruhig wie möglich.
»Die Ermordete war Madame Gerdy mit Leib und Seele ergeben.«
»Kannten Sie die Frau auch?«
»Das kann man wohl sagen. Ich liebte sie, auch wenn ich sie seit langem nicht mehr gesehen habe. Sie war meine Amme.«
»Was... diese Frau... Ihre Amme?« Tabaret war, als hätte ihn der Blitz getroffen. Madame Lerouge Noels Amme! Er fühlte sich, als habe die Vorsehung ihn auf diese Fährte geführt. Wo er zuvor noch mit Vermutungen hatte auskommen müssen, würde er bald von Gewißheit geleitet werden. Um seine Erregung über die Wendung nicht zu zeigen, sagte er: »Das muß ein schwerer Schlag für Madame Gerdy sein.«
»Für Madame Gerdy? Das weiß ich nicht. Aber für mich bedeutet dieser Tod das Ende meiner Hoffnungen. Mir bleibt nur noch, diesen Mord zu rächen, der meine Zukunftsträume zerstört hat. Ich bin sehr unglücklich, Vater Tabaret.«
»Sie?« Tabaret ging der Kummer seines geliebten Noel zu Herzen. »Erklären Sie mir, um Gottes willen, wie Sie das meinen.«
»Man hat mir nicht nur ein nicht wiedergutzumachendes Unrecht zugefügt. Ich muß dazu noch befürchten, daß man mir vorwirft, ein Lügner und Intrigant zu sein. Und ich kann mich nicht einmal dagegen wehren.«
Tabaret war verwirrt. Was für ein Zusammenhang

konnte zwischen Noels Ehre und dem Verbrechen von Jonchère bestehen?

»Nehmen Sie sich zusammen«, sagte er. »Was sollten Sie schon zu befürchten haben? Ich bin doch Ihr Freund, Noel!«

»Und darum sollen Sie auch das Geheimnis erfahren«, sagte der Anwalt mit plötzlichem Entschluß. »Ich brauche einen Freund, der mir raten und mir Mut machen kann. Aber was ich Ihnen zu sagen habe, darf keiner hören. Gehen wir in mein Arbeitszimmer.«

4.

Tabaret hatte ein ungutes Gefühl, als sie die Tür zu Noels Arbeitszimmer hinter sich geschlossen und Platz genommen hatten.

»Wenn Ihre Mutter Hilfe braucht...«, sagte er.

»Das Mädchen kümmert sich um sie.«

Die Kälte, die in diesen Worten lag, ließ Tabaret stutzen.

»Sie scheinen etwas gegen Ihre Mutter zu haben. Aber das ist morgen schon vergessen. Also sprechen Sie nicht so kühl von ihr. Und dann: Nennen Sie Ihre Mutter nicht immer Madame Gerdy.«

»Wenn aber... Ich meine, wenn...« Er sprang von seinem Stuhl auf. »Monsieur Tabaret, Madame Gerdy ist nicht meine Mutter.«

Der Alte war wie gelähmt. »Ist Ihnen klar«, sagte er, »was Sie da behaupten? Das ist doch unwahrscheinlich.«

»Es ist aber wahr«, sagte Noel mit Nachdruck. »Diese

Frau hat seit meiner Geburt eine unwürdige Komödie gespielt, um ihren wirklichen Sohn im adligen Stand und um ihn seinen Wohlstand zu erhalten.«

Tabaret wollte etwas erwidern, aber Noel, erfüllt von Erregung, ließ ihn nicht zu Wort kommen. »Noch nie ist ein Mann grausamer getäuscht worden als ich. Und ich habe diese Frau verehrt! Und dabei begann ihre Falschheit schon, als sie mich das erste Mal auf den Schoß nahm. Nichts als Heuchelei! Könnte ich doch die unschuldigen Küsse meiner Kindheit ungeschehen machen! Sie hat mich meiner Rechte beraubt, um ihrem Bankert alles zuzuschanzen, was mir zusteht: einen adligen Namen und eine reiche Erbschaft.«

»Sie erheben da einen schweren Vorwurf. Wenn das stimmt, was Sie behaupten, dann müßte Madame Gerdy ein hohes Maß an Mut und Geschicklichkeit besitzen. Vermutlich hat sie Helfer gehabt, vielleicht hat man sie zu ihrer Handlungsweise gezwungen. Wer aber waren ihre Helfer? Vielleicht ihr Mann?«

»Sie halten sie, wie alle, für eine Witwe!« Noel lachte bitter. »Einen Monsieur Gerdy hat es nie gegeben. Ich gelte als unehelich.«

»Ist deshalb Ihre Verbindung mit Mademoiselle Lervernois immer wieder hinausgeschoben worden?«

»Aus ebendiesem Grund. Madame Gerdy war die Geliebte des Grafen Commarin. Als er sie verließ, entlohnte er sie mit dreihunderttausend Francs.«

Fast hätte Vater Tabaret vergessen, Anteilnahme an dem widrigen Geschick des Freundes zu zeigen; so sehr schmeichelte es seinem Stolz, dem Hintergrund des Verbrechens so nahe gekommen zu sein. Doch er besann sich noch und sagte: »Mein lieber Junge, vielleicht kann ich Ihnen der beste Ratgeber sein. Zur Sache: Haben Sie denn auch Beweise für die Geschichte?«

»Ich weiß die Wahrheit seit drei Wochen, und ich habe sie durch einen Zufall entdeckt. Doch so schwerwiegend meine Beweise sind, sie stützen sich im wesentlichen auf Vermutungen. Ein einziges Wort von Madame Lerouge hätte mein Material unanfechtbar machen können. Aber dieses Wort wird nun nie mehr ausgesprochen. Sie hat es mir zwar gesagt, doch was nützt es? Ich kenne Madame Gerdy, sie wird um nichs in der Welt die Wahrheit gestehen. Und auch mein Vater würde mir nicht helfen, mein Recht zu erlangen. Also habe ich nichts davon, daß ich meiner Sache sicher bin. Der Mord hat mir jede Möglichkeit des Beweises aus der Hand geschlagen.«

»Erklären Sie mir alles in Ruhe.«

»Als ich vor drei Wochen in Madame Gerdys Schreibtisch nach alten Papieren suchte und dabei versehentlich eine Schublade zu weit herauszog, fiel ein Bündel Briefe in meine Hand. Fast automatisch löste ich die Schnur und las einen Brief.«

»Das durften Sie nicht«, sagte Tabaret streng.

»Ich weiß. Jedenfalls las ich. Schon nach den ersten Zeilen hatte ich die Gewißheit: Das war die Korrespondenz mit meinem Vater, dessen Namen mir Madame Gerdy trotz allen Bittens bisher verheimlicht hatte. Erregt las ich nun alle Briefe.«

»Sind sie noch in Ihrem Besitz?«

»Hier habe ich sie, und ich werde sie Ihnen vorlesen, damit Sie sich ein Bild machen können. Schließlich habe ich Sie, einen Freund, um Rat gefragt. Alles Nebensächliche will ich auslassen und Sie nur mit dem bekannt machen, was wichtig ist.«

Tabaret war aufs äußerste gespannt, als der Anwalt mit ein wenig zitternder Stimme zu lesen begann: *»Meine geliebte Valerie...* Valerie, das ist Madame Gerdy«, unterbrach er sich.

»Ich weiß«, sagte Tabaret. »Fahren Sie fort.«

»Du weißt nicht, wie glücklich ich war, als ich heute Deinen lieben Brief bekam. Ich habe ihn geküßt und immer und immer wieder gelesen. Ja, es hat so sein müssen, der Himmel mußte unsere Liebe belohnen: Wir werden ein Kind haben, ein Abbild meiner geliebten Valerie! Noch nie so wie jetzt habe ich die Verbindung verflucht, in die mich meine hartherzigen Eltern gezwungen haben, und meine Abscheu vor der Frau, die meinen Namen trägt, kennt keine Grenzen. Und gerade jetzt trägt auch sie ein Kind von mir unterm Herzen! Mir fehlen die Worte, um Dir das Chaos meiner Gefühle begreiflich zu machen, wenn ich mir den Lebensweg dieser beiden Kinder vor Augen führe. Das Kind, das meiner innigsten Liebe entsprossen ist, wird meinen Namen nicht tragen können, wird weder Vater noch Familie haben. Doch das Kind der anderen, die ich verabscheue, es wird allein durch seine Geburt vermögend, adlig und in einer Umgebung aufwachsen, die ihm eine angesehene Stellung in der Gesellschaft garantiert. Eine furchtbare Ungerechtigkeit! Ich kann sie nicht ertragen! Ich werde einen Weg finden, das zu ändern.«

»Wann und wo ist der Brief geschrieben?« fragte Tabaret.

»Venedig, im Dezember achtzehnhundertachtund-

zwanzig.« Der Anwalt wurde nun sachlich und fuhr fort: »Einige Briefe, die ohne besonderen Belang sind, übergehe ich und lese Ihnen ein paar wichtige Stellen aus einem Schreiben vom dreiundzwanzigsten Januar achtzehnhundertneunundzwanzig vor. Auch von ihm interessiert das meiste in unserem Zusammenhang nicht, aber zwei Stellen beweisen, daß sich der Gedanke, der im ersten Brief angedeutet war, weiterentwickelt hatte.« Und Noel las vor: *»Ein Verhängnis, meine liebe Valerie, hält mich an diesem Ort fest; aber meine Seele ist bei Dir. Mein Denken kreist nur um unser Glück* und so weiter und so weiter... *Meine Abscheu vor meiner Frau, der Gräfin, wächst von Tag zu Tag. Dabei bemitleide ich sie zugleich, sie, die mit Demut und gleichbleibender Freundlichkeit um Vergebung für unsere unglückliche Verbindung zu bitten scheint. Auch sie ist ja gezwungen worden, und auch sie hätte sicher lieber ihre Gefühle an einen anderen Mann verschwendet...«* Noel machte eine Pause und sagte dann mit bebender Stimme: »Die Gräfin war meine Mutter.« Und fast tonlos fügte er hinzu: »Sie ist tot.«
Tabaret empfand den Schmerz des jungen Freundes nach, obwohl er begierig war, mehr zu erfahren.
»In allen folgenden Briefen beschäftigt sich mein Vater mit dem Problem, wie er die Folgen der unehelichen Geburt vom Kind der Geliebten abwenden könnte«, fuhr Noel nach einer kurzen Pause fort. »Am fünften März achtzehnhundertneunundzwanzig bedauert er sogar, daß der König nicht mehr, wie vor der Revolution, einen Bastard adeln könne. Und dann schreibt er noch: *Unser Sohn, er wird die Gefühlstiefe, den*

Geist, die Schönheit seiner Mutter erben, vom Vater den Stolz und den alten Adel. Beim Gedanken daran, wie das Kind der anderen sein wird, zittere ich. Damit meint er mich, das Scheusal!« rief der Anwalt, noch ehe er sachlich fortfuhr: »Es folgt nun eine einfache Nachricht, datiert von Anfang Mai aus Venedig: *Liebste Valerie, nach Deiner Antwort, die günstiger ausgefallen ist, als ich hoffen durfte, sehe ich meinen Plan Gestalt annehmen. Dein Sohn wird meinen Namen tragen, in meinem Haus wird er aufwachsen, unter meinen Augen! Morgen geht's nach Neapel, aber in der entscheidenden Stunde werde ich in Paris sein, um Dir zur Seite zu stehen, und müßte ich auch meine wichtige Angelegenheit im Stich lassen.*«

»Was war das für eine wichtige Angelegenheit?« fragte Tabaret.

»Mein Vater, der Graf Rheteau de Commarin, war ein Vertrauter Karls des Zehnten und weilte in geheimer Mission in Italien«, antwortete Noel. »Aber hören Sie nur, was dieser Mann, ein Diplomat und Aristokrat, dem Papier anvertraut hat: *Liebste! Mein treuer Kammerdiener Germain überbringt Dir diesen Brief, der Dich mit dem Plan, unseren Sohn betreffend, bekannt macht. Spätestens in drei Wochen bin ich in Paris. Dieweil habe ich folgendes veranlaßt: Die beiden Knaben werden von zwei Ammen auf meine Besitzungen in der Normandie gebracht. Eine der Ammen, die Germain ausgewählt hat, ist eingeweiht, und ihrer Obhut wird unser Kind anvertraut. Beide Ammen verlassen Paris am gleichen Tag; Germain wird die Amme begleiten, die den Sohn der Gräfin betreut. Er wird es so einrichten, daß ein Unglücksfall die beiden Frauen zwingt, eine Nacht unterwegs im selben Gasthof und in ein und demselben Zimmer zuzubringen. In dieser Nacht wird die Amme, die ins Vertrauen gezogen worden ist, die Kinder vertauschen. Germain hat die Order, für Dein Kind Wiege und Kleidung zu besorgen, wie sie das Kind der Gräfin hat. – Du siehst, es ist an alles gedacht. Setz Dich mit ihm in Verbindung, auch wenn Dein Mutterherz bei dem Gedanken, Dein Kind zu verlieren, vor Schmerz verkrampft. Denke daran, daß Dein Opfer seinem Leben zugute kommt. Den anderen Knaben wirst Du, ich weiß es, um seines Vaters willen lieben, und er wird nichts entbehren. An Geld wird es ihm nicht mangeln. Sage nicht, dies alles sei ein Verbrechen. Wenn unser Plan glückt, dann ist es vom Himmel so bestimmt.«*

»So ähnlich habe ich mir das ausgemalt«, murmelte Tabaret.

»Und dieser Elende hatte die Stirn, den Himmel in den Betrug einzubeziehen!« rief Noel.

»Aber Ihre... Ich meine: Wie hat Madame Gerdy reagiert?«

»Zunächst scheint sie ablehnend gewesen zu sein. Doch der Graf hat sie mit zwei Dutzend Briefen umgestimmt. Diese Verräterin an ihrem eigenen Blut!«

»Seien Sie nicht ungerecht«, sagte Tabaret. »Den Grafen trifft die größere Schuld.«

»Mag sein«, erwiderte Noel heftig, »aber seine Leidenschaft erklärt manches. Madame Gerdy war es, die mir jede Stunde meines Lebens etwas vorgemacht hat, über dreißig Jahre lang! Der Graf hat zudem seine Strafe bekommen.«

»Wie das?«

»Davon später. Lassen Sie mich erst einmal weiterberichten: Ende Mai oder Anfang Juni scheint der Graf wieder in Paris gewesen zu sein. Jedenfalls gibt es aus dieser Zeit keinen Briefwechsel. Die Ausführung der Verschwörung muß sich verzögert haben. Hier ist ein Schreiben, das der Graf an Madame Gerdy gerichtet hat, als er eines Tages in den Tuilerien unabkömmlich war. Er hat das Papier des Königs benützt: *Liebste Valerie! Soeben meldet mir Germain, daß die Amme unseres Sohnes eingetroffen ist und daß sie sich bei Dir vorstellen wird. Durch reichliche Zuwendungen ist sie von uns völlig abhängig, und sie hält sich an die Absprache, daß Du von allem nichts weißt. Die Verantwortung für die Tat trage ich allein. Die Amme stammt aus der Normandie; sie ist auf unseren Gütern geboren und mit einem achtbaren Matrosen verheiratet. Sie heißt Claudine Lerouge.*«
Recherchen über das Vorleben der Witwe Lerouge erübrigten sich nun. Tabaret brummte zufrieden: »Na also!«
»Dieses ist der letzte Brief des Grafen Commarin«, sagte Noel.
»Mehr Material haben Sie nicht?« fragte Tabaret enttäuscht.
»Nur noch ein paar Zeilen, die viele Jahre später geschrieben sind. Ihr Wert ist aber mehr theoretischer Natur.« Nach einer Pause fuhr Noel fort: »Was würden Sie mir raten, wenn mit dem, was ich Ihnen vorgelesen habe, mein Beweismaterial erschöpft wäre?«
Nach längerem Überlegen antwortete Tabaret: »Sie können nicht der Sohn von Madame Gerdy sein.«
»Sie hätten doch so gehandelt wie ich«, fragte Noel

eifrig, »nachdem Sie mit diesen Briefen bekannt geworden wären? Ich habe Claudine nämlich aufgesucht und befragt. Sie hat sofort alles zugegeben, weil ihr Gewissen sie noch immer plagte. Und aus ihrer Gewissensnot heraus versprach sie mir, das ganze finstere Geschehen zu bezeugen, wenn ich meine Rechte geltend machen würde. Jetzt bleibt mir nur noch eine Hoffnung: daß die Briefe gefunden werden, die Claudine vom Grafen und von Madame Gerdy besaß. Ich habe sie gelesen, und Claudine hätte sie mir gegeben; aber ich Narr habe sie nicht genommen.«

Niemand wußte besser als Vater Tabaret, wie gering diese Hoffnung war. Denn um diese Briefe aus der Welt zu schaffen, war der Mord verübt worden. Der Mörder hatte sie in dem kleinen Ofen verbrannt.

»Mich erstaunt nur«, sagte Tabaret, »daß der Graf sich nicht um Ihre Zukunft gekümmert hat.«

»Er hat sein Verhältnis zu Madame Gerdy schon vor langer Zeit gelöst, und das aus guten Gründen. Sie hat ihn betrogen, und als er ihr auf die Schliche kam, hat er sie davongejagt.«

Noel suchte unter den Papieren und sagte, als er einen Brief hervorzog: »Das ist das letzte Schreiben des Grafen. In ihm steht kein Wort mehr von der ›liebsten Valerie‹. Hören Sie: *Ich habe dem Freund, der mir die Augen geöffnet hat, zunächst mißtraut, weil ich an Dich glaubte. Jetzt ist jeder Zweifel ausgeschlossen: Du bist beobachtet worden. Ich habe Dir mehr als mein Leben geschenkt. Du hintergehst mich seit langem. Woher soll ich nun wissen, daß ich der Vater Deines Sohnes bin?«*

»Sie haben recht, lieber Noel!« rief Tabaret. »Der Graf ist schwer bestraft worden.«

»Natürlich hat Madame Gerdy sich brieflich zu rechtfertigen versucht«, erklärte Noel weiter. »Der Graf sandte ihr das Schreiben ungeöffnet zurück. Dann wollte sie eine Begegnung mit ihm herbeiführen. Der Versuch blieb vergebens. Als ihr der Graf ein Legat von fünfzehntausend Francs im Jahr aussetzte, wußte sie, was die Glocke geschlagen hatte. Ihr Sohn war nun endgültig an meinem Platz, ich war um meine Stellung betrogen!«

Ein Klopfen unterbrach die Unterredung, gleichzeitig ließ sich die Stimme des Dienstmädchens vernehmen: »Monsieur, Madame verlangt nach Ihnen.«

Widerstrebend und nach einigem Zögern stand Noel auf und verließ den Raum.

Das muß für den armen Kerl ein schwerer Schock sein, dachte Tabaret. Naiv, wie er ist, merkt er nicht einmal, wer diesen Anschlag gegen ihn verübt hat. Aber ich weiß Bescheid. Jetzt liegt alles ganz klar vor mir. Jeder Dummkopf könnte jetzt ahnen, wer die Tat begangen hat, damit eine Mitwisserin aus der Welt kommt. Seltsam, daß Noel, ohne es zu wissen, nun bei der Aufklärung eines schweren Verbrechens mithilft! Aber ich brauche Beweise. Mir genügte es, nur einen dieser Briefe einen Tag lang in Händen zu haben. Ob er sie gezählt hat? Ich könnte ihn ja um einen bitten; aber dann müßte ich offenbaren, daß ich mit der Polizei zusammenarbeite, und das möchte ich nicht. Eher nehme ich mir einen Brief, ganz gleich, ob ich entdeckt werde. Die Echtheit der Schrift muß geprüft werden.

Gerade hatte Tabaret einen der Briefe in eine seiner tiefen Taschen gestopft, da kam Noel zurück. Er sah sehr beherrscht drein.

Als sei nichts von Bedeutung geschehen, nahm er ruhig in einem Sessel Platz.
»Wie befindet sie sich?« fragte Tabaret.
»Es geht ihr schlecht«, antwortete der Anwalt. »Sie rast im Fieber. Die gemeinsten Anschuldigungen hat sie mir entgegengeschleudert und mir vorgeworfen, ich sei der schlechteste Mensch unter der Sonne. Sie muß den Verstand verloren haben.«
»Holen Sie einen Arzt«, sagte Tabaret.
»Gleich«, erwiderte Noel, während er die Briefe wieder ordnete. Das Bedürfnis, mit Tabaret weiter seine Lage zu diskutieren, hatte er anscheinend nicht mehr. Tabaret aber wollte um jeden Preis die Unterredung fortsetzen, und so begann er: »Ihre Geschichte verwirrt mich, je mehr ich über sie nachdenke. Wäre ich an Ihrer Stelle, ich wüßte nicht, was ich tun sollte.«
»Das glaube ich Ihnen«, sagte Noel. »Eine solche Lage gäbe auch einem Scharfsinnigeren, als Sie es sind, Rätsel auf.«
Vater Tabaret saß ein kleines Lächeln in den Mundwinkeln. »Da haben Sie recht«, sagte er. Dann fuhr er fort: »Sind Sie schon irgendwie aktiv geworden? Haben Sie Madame Gerdy zur Rede gestellt?«
Noel war die Fortsetzung des Gesprächs offensichtlich unangenehm; aber Tabaret, der mehr wissen wollte, tat so, als bemerke er Noels Zögern nicht.
»Ich war gerade dabei, sie zu fragen«, sagte er.
»Und?«
»Was soll sie schon erwidern. Die Entdeckung muß sie umgeworfen haben.«
»Hat sie nicht versucht, sich zu rechtfertigen?«
»Doch, doch. Das Lügen ist sie schließlich gewohnt. Sie

wollte mir den Briefwechsel auf ihre Weise deuten. Dabei rutschte sie wieder in Gott weiß wie viele Lügen.«
Umständlich band der Anwalt das Bündel Briefe wieder zusammen und legte es in die Schublade seines Sekretärs. Daß ein Brief fehlte, merkte er nicht. »Die Kinder seien nie vertauscht worden, wollte sie mir einreden«, fuhr Noel fort. »Bei den Beweisen, die ich in der Hand habe, ist das ein schwieriges Unterfangen. Vielleicht rührt ihre Krankheit daher. Bedenken Sie: Es geht um ihren heißgeliebten Sohn, der mir Namen und Vermögen zurückgeben müßte. Das bringt sie um. Ja, mich konnte sie berauben. Doch nur der Gedanke daran, ihr Sohn müßte seine jetzige Stellung aufgeben, ist zuviel für sie.«
»Ob sie wohl den Grafen davon unterrichtet hat, daß Sie die Briefe haben?« fragte der Amateurdetektiv, der sich in Gedanken die ganze Zeit über mit dem Mord an der Witwe beschäftigte.
»Der Graf weilt bereits länger als einen Monat außerhalb von Paris. Vor Ende dieser Woche wird er nicht zurückerwartet.«
»Das wissen Sie?«
»Ich wollte ihn sprechen.«
»Ihn sprechen?«
»Ich muß mich doch um mein Recht kümmern, kann mich doch nicht so mir nichts, dir nichts bestehlen lassen. Was denn soll mich davon abhalten, das Unrecht, das man mir angetan hat, in die Welt hinauszuschreien? Ich werde mich meiner Haut wehren.«
»So sind Sie zu Graf Commarin gegangen?«
»Nicht sofort. Nach der Entdeckung war ich erst einmal

ganz verwirrt, blind vor Aufregung und mutlos. Ich schwankte, ob ich den Besuch überhaupt machen sollte. Der Skandal – denn einen Skandal wird die Entdeckung auslösen – schreckte mich. Und ich möchte nicht, daß mein wiedererlangter Name sogleich befleckt wird. Es müßte doch einen Weg geben, der alle Beteiligten zufriedenstellt, eine Reglung unter Ausschluß der Öffentlichkeit und ohne Aufsehen.«
»Aber dann haben Sie sich doch entschlossen?«
»Vierzehn Tage hat es gedauert. Während dieser zwei Wochen lebte ich wie in Trance. An ordentliche Arbeit war kaum zu denken. Zwar schuftete ich den Tag über wie ein Berserker, doch nur, um müde zu werden, und in der Hoffnung, nachts im Schlaf Vergessen zu finden. Trotzdem habe ich seit der Entdeckung kein Auge zugetan.«
Tabaret sah heimlich auf die Uhr und fragte sich, ob wohl Monsieur Daburon um diese Zeit schon im Bett wäre.
»Nachdem ich wieder einmal eine Nacht keinen Schlaf gefunden hatte«, nahm Noel seinen Bericht wieder auf, »rang ich mich dazu durch, die Ungewißheit zu beenden. Ich war verzweifelt wie ein Hasardeur, der sein letztes Geldstück setzt. Mit der Droschke fuhr ich zum Hotel de Commarin, Faubourg St-Germain.«
Tabaret begann ungeduldig zu werden.
»Der Wohnsitz des Grafen ist ein Schloß«, schwärmte Noel. »Der Hof wird von Stallungen flankiert und vom Wohntrakt nach hinten begrenzt. Die Fassade ragt überwältigend mit einem reichgeschmückten Giebel empor, und eine marmorne Freitreppe führt zum Eingang hinauf. An das Gebäude schließt sich ein großer

Park an, in dem Sie die vielleicht ältesten Bäume von ganz Paris finden.«
Die Schwärmerei nervte Tabaret, doch unterbrach er Noel nicht, weil er befürchtete, seine Verbindung mit der Polizei zu verraten.
»Können Sie sich vorstellen, was ich fühlte vor dem Haus meiner Ahnen? Hier bist du geboren, sagte ich mir, hier hättest du deine Kindheit und Jugend verbringen sollen, und hier müßtest du heute der Herr sein! Aber ich stand als Fremder vor all der Pracht! Und mir fiel mein Leben voller Arbeit ein, und ich verglich es mit dem Dasein in Pracht und Müßigkeit, das mein Stiefbruder führte. Fast wäre ich ins Haus gestürmt und hätte den Bastard einfach hinausgeworfen, diesen Sohn von Madame Gerdy. Ich beherrschte mich, ließ mich vielmehr durch einen Diener beim Grafen Commarin anmelden. Der Mann in prächtiger Livree antwortete, der Graf sei verreist; wenn ich aber seinen Sohn zu sprechen wünschte, der sei zu Hause. Ursprünglich hatte ich nichts dergleichen im Sinn. Doch da man mir nun einmal das Angebot machte, beschloß ich, den Sohn statt des Vaters zu besuchen.«
»Haben Sie ihn gesehen?« fragte Vater Tabaret, nun wieder voller Spannung.
»Der Diener überließ mich einem zweiten, der wie ein Jäger gekleidet war und einen Federhut trug. Der führte mich in ein kostbar ausgestattetes Vestibül, wo mich ein dritter Lakai in Empfang nahm, der mich über eine breite Treppe und durch eine Bildergalerie bis in einen Saal geleitete. Dort wurde ich dem Kammerdiener des Herrn Albert de Commarin überantwortet. Albert, das ist der Mann, der meinen Namen trägt. Der Kammer-

diener wollte von mir alles wissen, was es an Wissenswertem gibt: Adresse, Beruf und so weiter. Ich erklärte ihm, der Graf kenne mich nicht, ich müsse ihn dennoch in einer wichtigen Angelegenheit sprechen. Nach mehr als einer Viertelstunde kam er zurück und meldete, Monsieur geruhe, mich zu empfangen.«
Der Zorn über diese Art des Empfangs stand Noel im Gesicht geschrieben. Tabaret wunderte sich, wieso sich sein sonst so gelassener Freund von den Unverschämtheiten einer Lakaienschaft ins Bockshorn jagen ließ.
»Es ist wahrscheinlich etwas dran an der Behauptung«, sagte er, »daß das Volk die Aristokraten auch auf Grund der Arroganz der Lakaien haßt.«
»Ich wurde in ein Zimmer geführt, das einem Arsenal glich. Waffen aus allen Gegenden und Zeiten waren hier zusammengetragen.«
Unter ihnen die Waffe, mit der Madame Lerouge ermordet wurde, dachte Tabaret unwillkürlich.
»Der Graf«, fuhr der Anwalt fort, »lümmelte auf einem Diwan, in samtener Jacke und Hose und einen sehr weißen, seidenen Schal um den Hals. Da ich keinen Groll gegen den Mann empfinde, da er schließlich mit dem Verbrechen seines Vaters nichts zu tun hat, kann ich ihn auch richtig einschätzen. Vom Äußeren her macht er dem Namen, der ihm nicht zusteht, keine Schande. Er ist ungefähr so groß wie ich, und ohne Bart würde er mir sogar ähneln. Nur, daß er jünger aussieht, mindestens um fünf Jahre... Schließlich hat er sein Leben lang nicht arbeiten müssen. Er stand auf und begrüßte mich mit Herablassung.«
»Waren Sie aufgeregt?«
»Kaum. Jedenfalls weniger als jetzt. Ich hatte mich zwei

Wochen lang auf diese Begegnung gefaßt machen können. Ehe er noch fragen konnte, sagte ich: ›Daß Sie mich nicht kennen, tut nichts zur Sache. Ich bin in einer ernsten Angelegenheit zu Ihnen gekommen, die Ihren Ruf und die Ehre des Namens, den Sie tragen, angeht.‹

Er nahm mich wohl nicht ganz ernst, denn er fragte frech und kalt: ›Dauert es lange?‹

Ich blieb auch kalt und antwortete: ›Ja.‹ «

»Ich bin an allen Einzelheiten interessiert«, warf Vater Tabaret ein, »sie könnten sehr wichtig sein.«

»Meine Gelassenheit schien ihn unsicher zu machen. Er wurde höflich und sagte: ›Meine Zeit ist knapp bemessen. Ich bin mit Mademoiselle d'Arlanges, meiner Braut, verabredet. Könnten wir nicht ein anderes Mal sprechen?‹ «

Noch eine Frau, dachte Tabaret.

»Obwohl ich ihm erklärte, daß die Sache keinen Aufschub dulde, schickte er sich an, mich zu entlassen. Da zog ich den Briefwechsel des Grafen aus der Tasche und reichte ihm ein Schreiben aus dem Bündel. Er wurde sofort zugänglich, als er die Handschrift seines Vaters erkannte, sagte, er stehe mir sofort zur Verfügung, müsse nur noch ein Billett an die Dame schreiben, mit der er verabredet sei. Als er dem Kammerdiener die Nachricht übergeben hatte, bat er mich in die Bibliothek.«

»Wie reagierte er auf die Briefe? Wurde er nervös?«

»Ganz und gar nicht. Er bot mir einen Stuhl an, setzte sich auch und forderte mich dann auf, mein Anliegen vorzutragen. Auf diesen Moment hatte ich lange gewartet, und ich kam sofort zur Sache, erklärte ihm, daß ich etwas zu enthüllen hätte, das kaum glaubhaft und für ihn mit Sicherheit schmerzlich sei. Er blieb gelassen und sagte nur: ›Bitte, Monsieur, fangen Sie an.‹ Es hielt mich nicht auf dem Stuhl, als ich begann: ›Leider, Monsieur, muß ich Sie mit der Tatsache konfrontieren, daß Sie nicht der legitime Sohn des Grafen Commarin sind. Diese Briefe werden es Ihnen beweisen. Sein legitimer Sohn lebt, und in seinem Auftrag bin ich hier.‹ Ich beobachtete sein Gesicht, als ich das sagte, und es schien mir für einen Augenblick so, als wolle er mich anspringen. Doch dann sagte er nur, indem er die Hand ausstreckte: ›Die Briefe!‹ Ich gab sie ihm.«

»Sie haben ihm die Briefe gegeben!« rief Tabaret bestürzt. »Wie konnten Sie so unvorsichtig sein?«

»Warum hätte ich sie ihm nicht geben sollen?«

»Und was, wenn er sie ... vernichtet hätte?« Dem alten Mann stockte der Atem.

»Ich war doch bei ihm«, sagte Noel, und in seiner Stimme war eine gespenstische Gelassenheit. »Die Briefe waren keine Sekunde in Gefahr.« Während er das sagte, hatten seine Züge einen solchen Ausdruck von wilder Entschlossenheit angenommen, daß Tabaret unwillkürlich dachte: Er hätte ihn erwürgt!

»Ich lenkte seine Aufmerksamkeit, wie ich es bei Ihnen heute abend getan habe, auf die entscheidenden Stellen. Beim Lesen überflog ein solcher Ausdruck von Trauer sein Gesicht, den ich nie vergessen werde. Wie er da so an dem kleinen Tisch saß, würde ihn sein eigener Kammerdiener nicht wiedererkannt haben. Seine Lippen preßten sich beim Lesen so fest zusammen, daß sie alle Farbe verloren; auf der Stirn bildeten sich große

Schweißperlen, die er mechanisch mit seinem Taschentuch wegwischte. Er schwieg, und keine Bewegung verriet, was in ihm vorging. Am liebsten hätte ich ihn an mich gerissen, die Briefe in das lodernde Kaminfeuer geworfen und ihm zugerufen: ›Bruder, laß uns alles vergessen und einander lieben und achten.‹ «
»Noel!« rief Vater Tabaret bewegt. »Daran erkenne ich dich!«
»Aber wußte ich, daß er mich als Bruder anerkennen würde, wenn die Briefe vernichtet waren?«
»Da hast du auch wieder recht«, sagte Tabaret ein wenig ernüchtert.
»Nach ungefähr einer halben Stunde, als er mit dem Lesen fertig war, stand er auf, sah mich fest an und erklärte: ›Monsieur, sind diese Briefe echt, dann steht fest, daß meine Mutter nicht die Gräfin Commarin ist. Jedoch können wir bis jetzt nur vermuten. Haben Sie noch anderes Beweismaterial?‹ Darauf war ich gefaßt, und ich sagte: ›Germain kann es bezeugen.‹ Der sei schon lange tot, erklärte er, und als ich auf die Amme hinwies, auf Madame Lerouge, und ihm sagte, daß sie noch lebe, und zwar nicht weit von Paris entfernt, nämlich in Jonchère ...«
»Was hat er dazu geäußert?« unterbrach ihn Tabaret.
»Nach einem Augenblick schweigenden Nachdenkens sagte er: ›Ich kenne sie. Mein Vater, den ich dreimal nach Jonchère begleitet habe, hat ihr große Summen ausgehändigt. Das habe ich gesehen.‹ Daraufhin verließ er das Zimmer und kam nach einigen Minuten zurück. ›Wo kann ich den legitimen Sohn des Grafen treffen?‹ fragte er. ›Er steht vor Ihnen‹, antwortete ich. Da

senkte er den Kopf und sagte leise: ›Ich bin Ihnen nicht feind, daß Sie diesen Schritt getan haben, bitte Sie nur darum, so lange zu warten, bis der Graf wieder in Paris ist. Ich verspreche Ihnen, daß er alles erfahren und daß das Recht siegen soll. Wenn ich auch alles verliere, meinen Namen, mein Vermögen und, das ist für mich das schlimmste, sicherlich auch Mademoiselle d'Arlanges, meine Verlobte, so werde ich dafür eine Mutter gewinnen. Was in meinen Kräften steht, werde ich tun, um sie darüber hinwegzutrösten, daß Madame Gerdy Sie verliert. Ich will um ihre Liebe durch kindlichen Eifer werben.‹ «

»Erstaunlich.«

»Ja, so hat er gesprochen.«

»Ich würde gern einmal mit ihm reden«, sagte Tabaret wie nebenher.

»Von der Verabschiedung der Madame Gerdy durch den Grafen weiß er nichts. *Den* Brief habe ich ihm nicht gezeigt, damit er nicht von vornherein eine schlechte Meinung von seiner Mutter hat.«

»Und was denken Sie nun zu tun?«

»Auf die Rückkehr des Grafen zu warten. Ihn muß ich erst hören, ehe ich Entscheidendes unternehme. Bis dahin werde ich beim Untersuchungsrichter um die Erlaubnis einkommen, die Akten über die arme Claudine einsehen zu dürfen. Vielleicht sind die Briefe noch da, und ich bin gerechtfertigt, wenn nicht ... Was raten Sie mir, Vater Tabaret?«

»Auch kurzer Rat braucht lange Überlegung.« Tabaret schien es plötzlich eilig zu haben, sich zu verabschieden. »Ich bedaure Sie aufrichtig.«

»Das können Sie auch. Und wenn Sie wüßten, daß ich

zu alledem noch in Geldschwierigkeiten bin...« Noel schlug den Blick nieder.
»Sie? Sie sind doch die Bedürfnislosigkeit in Person.«
»Ich habe jemandem einen größeren Betrag geliehen, und das gerade jetzt, da ich es nicht mehr über mich bringe, Madame Gerdys Vermögen als mein eigenes zu betrachten. Ich kann es einfach nicht mehr.«
»Das brauchen Sie auch nicht. Vielmehr könnten Sie mir einen Gefallen tun.«
»Sehr gern. Und womit?«
»Bei mir liegen ein paar tausend Francs im Schreibtisch. Die bereiten mir schon seit langem Kopfzerbrechen. Wie, wenn jemand dahinterkommt, daß ich so viel Bargeld in meiner Wohnung habe? Wie wär's, wenn ich sie Ihnen morgen zur Aufbewahrung geben würde. Oder noch besser: heute. Dieses Geld will ich nicht noch eine Nacht in meiner Wohnung haben.«
Er verließ eilends das Zimmer und kam bald darauf mit fünfzehn Tausendfrancscheinen zurück.
»Falls Ihnen das nicht genügt«, sagte er, als er das Geld an Noel übergab, »Sie können noch ein paar Scheine haben.«
»Ich schreibe Ihnen eine Quittung aus.«
»Das hat morgen noch Zeit.«
»Gesetzt den Fall, ich sterbe heute nacht?«
»Dann muß ich mich sowieso nach einem anderen Erben umsehen«, brummte Tabaret vor sich hin. Laut sagte er: »Schlafen Sie gut. Ich werde über Ihren Fall nachdenken.«
Kurz nachdem Vater Tabaret gegangen war, verließ auch Noel das Haus durch einen Hinterausgang, der

durch eine ehemalige Remise führte. Bei sich trug er ein Päckchen, das er einer Schublade seines Sekretärs entnommen hatte, und das Geld Tabarets.

5.

Auf der Straße stieg er nach einigem Zögern in eine vorüberfahrende leere Droschke. An der Ecke der Rue Provence ließ er halten, ging einige Dutzend Schritt weiter und klingelte an der Tür eines der schönsten Häuser der Straße. Er ging an der Frau, die öffnete, vorbei, stieg in die zweite Etage und schloß die Tür zur dortigen Wohnung auf, als sei er hier zu Hause.
Das Geäusch lockte eine hübsche Kammerjungfer herbei.
»Sie sind's, Monsieur!« rief sie so laut, daß es in der ganzen Wohnung zu hören war und sich wie ein verabredetes Stichwort anhörte.
»Ist Madame zu Hause?«
»Oh, Monsieur, Madame ist ärgerlich! Schon heute morgen sollte ich Sie suchen, dann wollte sie sich selbst nach Ihnen auf den Weg machen...«
»Wird wohl halb so schlimm sein«, sagte Noel.
»Wenn Sie sich ins Rauchzimmer begeben würden. Ich bereite ihr gerade Tee. Darf ich Ihnen auch eine Tasse machen?«
»Bitte, Charlotte«, sagte Noel und ging an dem Mädchen vorüber.
Nachdem er eine Flucht prächtig ausgestatteter Räume durchschritten hatte, betrat er das Rauchzimmer. Ein Diwan, von ungewöhnlichen Ausmaßen und mit vielen

Kissen bestückt, füllte einen großen Teil des Raumes, der an Stelle eines Fensters einen vom Boden bis zum Plafond reichenden Spiegel aufwies. Exotische Pflanzen und Blumen verliehen dem Ganzen das Aussehen eines üppig ausgestatteten Wintergartens.
Eine junge Frau, gehüllt in einen Kaschmirschal, lag auf dem Diwan und rauchte eine Zigarette. Sie war klein und und von der eigentümlichen Schönheit zierlicher Frauen. Ihr Gesicht zeigte einen eigenwilligen Charme, der sich dem Gedächtnis einprägt. Sie richtete sich zu halbsitzender Stellung auf, als Noel die seidene Portiere beiseite schob, die das Zimmer abschloß.
»Endlich kommst du«, sagte sie in verdrossenem Ton. »Dann kann ich mich ja freuen.«
»Die Hitze hier bringt mich um!« sagte Noel, dem es beim Betreten des Raums fast den Atem verschlug.
»Ich friere, so sehr leide ich. Vielmehr: So sehr läßt du mich leiden. Weißt du denn nicht, wie unerträglich es für mich ist, warten zu müssen? Das greift meine Nerven an. Seit gestern schon warte ich auf dich.«
»Ich konnte einfach nicht kommen.«
»Du weißt aber doch, daß heute eine Menge Rechnungen fällig geworden sind. Außerdem war der alte Halsabschneider mit dem Schuldschein über dreitausend Francs wieder da und hat Theater gemacht. Glaubst du, mir ist das angenehm?«
Noel ließ den Kopf hängen wie ein Kind, das man ausschimpft.
»Du bist ja doch nur einen Tag in Verzug geraten«, sagte er kleinlaut.
»Einen Tag!« Die junge Frau sprach in scharfem Ton. »Macht das etwa nichts aus? Ein Mann kann sich so

etwas vielleicht noch leisten, aber eine Frau...« Sie kostete seine Verlegenheit einige Sekunden lang aus, ehe sie erregt fortfuhr: »Was glaubst du eigentlich, wen du vor dir hast? Keine einzige bindende Zusage habe ich von dir erhalten, immer nur Geld. Eines Tages werde ich den Trennungsstrich zwischen uns ziehen.«

»Ich liebe dich doch, Juliette«, sagte Noel leise.

»So etwas habe ich schon oft von dir gehört«, schleuderte sie ihm entgegen. »Ich bin deine über alles geliebte Juliette, die Frau, die du anbetest. Das gilt, solange du mit mir zusammen bist. Doch wenn du Juliette den Rücken gekehrt hast, ist sie aus deinem Sinn.«

»Du bist ungerecht«, antwortete Noel. »Glaub mir, ich denke immer an dich. Als ob ich dir das nicht wieder und wieder bewiesen hätte! Sieh nur!«

Er holte das Päckchen, das er von zu Hause mitgenommen hatte, hervor, entfernte das Papier, und zum Vorschein kam ein Schmuckkästchen. »Das Armband wolltest du doch so gern haben. Erinnerst du dich, vor einer Woche beim Juwelier?«

Juliette nahm das Kästchen herablassend entgegen, ließ es aufschnappen und warf einen flüchtigen Blick auf das Schmuckstück. Als sie es wieder schloß und es gelangweilt auf ein Tischchen neben sich stellte, bemerkte sie nur: »Beim Juwelier sah es besser aus.«

»Heute kann ich dir aber auch nichts recht machen!« rief Noel gekränkt.

»Was grämt dich denn?«

»Das Armband findet nicht deinen Beifall.«

»Es ist hübsch. Und es vervollständigt meine Kollektion.«

Über diese Bemerkung hätte Noel fast die Geduld verloren. Im letzten Moment hielt er an sich, indes Juliette fortfuhr: »Braucht mein edelmütiger Wohltäter noch die Bewunderung anderer? Soll ich Charlotte rufen, daß sie dein Präsent entzückt betrachtet, oder die Köchin oder den Pförtner? Soll ich sie alle fragen, ob ich nicht einen großzügigen Geliebten habe?«
Noel zuckte resignierend die Schultern wie vor einem ungebärdigen Kind.
»Sag's mir, wenn du mich nicht mehr ertragen kannst.«
»Wenn ich dir etwas zu sagen hätte«, parierte sie, »dann dies: Mir wär' es wichtiger gewesen, du hättest statt des Armbands an die achttausend Francs gedacht, die ich brauche.«
»Ich habe an sie gedacht. Aber ich besaß keinen Sou. Daß ich heute abend über die Summe verfüge, verdanke ich einem Zufall. Und wenn ich sie dir jetzt gebe, riskiere ich viel dabei.«
»Du kannst mir doch nicht weismachen«, sagte sie, »daß es dir Schwierigkeiten bereitet hätte, das bißchen Geld aufzubringen.«
»Es ist aber so«, entgegnete Noel.
Da lachte sie lauthals los. »Deine Rolle als armer Mann spielst du zum Steinerweichen.« Und nach einer Pause setzte sie hinzu: »Es ist der Geiz, der an dir frißt. Dein Gewissen plagt dich, weil du so viel Geld an mich verschwendet hast.«
Noel verlor trotz besten Vorsatzes die Ruhe und sagte bitter: »Das alles ist nicht komisch. Ich bin wirklich am Ende, bin regelrecht ruiniert.«
»Wenn ich das nur glauben könnte«, sagte die junge Frau mit warmer Stimme.

Diese Reaktion war für Noel unverständlich, und er glaubte, es zeuge von abgrundtiefer Gleichgültigkeit, wenn sie diese Mitteilung so aufnahm. Doch täuschte er sich; denn nie hatte Juliette ihn so wie in diesem Augenblick geliebt. Die Vorstellung, er hätte sich aus Liebe zu ihr in den finanziellen Ruin gestürzt, erfüllte sie mit einem nie zuvor gekannten Behagen. Aber dies Gefühl währte nicht lange. Bald trat ein anderer, spöttischer Ausdruck in ihre Augen. »Verkauf mich nicht für dumm mit deinen Schauergeschichten. Ich glaube sie dir doch nicht. Als ob Männer deines Schlags sich ruinierten! Bei allem Leichtsinn verlierst du niemals den Kopf, mein kluger, überlegter Rechner.«
»Du mußt mir glauben«, murmelte Noel.
»Dir, der statt eines Herzens einen Kontoauszug hat?«
»Du hast recht: Ich habe mein Konto in mir«, antwortete Noel kühl. »Und so weiß ich, wie und für wen ich mein Vermögen ausgegeben habe.«
»Wirklich?« fragte Juliette spöttisch.
»Am Anfang warst du ja noch bescheiden. Aber der Appetit ist dir beim Essen gekommen. Jeden Luxus wolltest du dir gönnen, und ich verschaffte ihn dir. Eine Einrichtung nach dem letzten Schick kaufte ich dir. Dann kamen teure Toiletten an die Reihe, dieses Haus, eine Kutsche, Pferde und was weiß ich. Du hast nie vergebens gebeten. So gingen vierhunderttausend Francs drauf.«
»Vierhunderttausend Francs? Bis auf den Sou genau?«
»Du sagst es.«
»Dann, mein Freund, sind diese Rechnungen der Summe würdig.« Und sie überreichte ihm ein Bündel Papiere.

Die Kammerzofe, die den Tee brachte, unterbrach dieses unerquickliche Gespräch, und während einiger Minuten des Schweigens überdachte Juliette Chaffour ihre seltsame Karriere. Sie war in einer Dachstube in Montmartre geboren worden, hatte ihren Vater nie gekannt und eine harte Jugend durchlebt. Mit zwölf wurde sie in ein Kurzwarengeschäft gesteckt, und der Besitzer, ein alter Freund der Mutter, kannte sich in Frauen aus, und er sah in dem dürren, häßlichen Mädchen die heranwachsende Schönheit. So schickte er sie in ein Pensionat, wo sie zwar in den Wissensfächern nur spärlich unterrichtet wurde, dafür aber desto perfekter im Tanzen. Sie bezauberte einen ältlichen Gesandten, ging aber mit einem Hungerleider von Künstler durch, den sie allerdings nach drei Monaten wieder verließ, und versuchte sich einige Jahre in kleinen Rollen am Theater. Durch einen Zufall lernte sie Noel kennen und wurde seine Geliebte. Sie mochte ihn ob seiner guten Manieren, seines gesetzten Wesens, seiner Bildung und seiner Hochherzigkeit. Vor allem aber schätzte sie an ihm seine große, unerschütterliche Geduld. Dann jedoch fielen ihr auch Eigenschaften an ihm auf, die weniger bewundernswert waren. So mangelte ihm jeder Humor, und er wollte nie mit ihr in der Öffentlichkeit gesehen werden. Aus Langeweile begann sie mit der Zeit, viel von seinem Geld auszugeben, und seltsamerweise nahm ihre Abneigung gegen ihn in dem Maß zu, wie er ihre Wünsche und Launen befriedigte.

Mehr und mehr behandelte sie ihn wie einen Hund, weil er sie nicht auf die Weise liebte, in der sie geliebt werden wollte. Sie fühlte sich von ihm zum Spielzeug degradiert, und das verletzte ihren Stolz. Was sie wollte, das war ein Freund, der ihr Leben mit ihr teilte. Doch Noels Großzügigkeit schien ihr mehr der Arroganz als der Freundlichkeit entsprungen. Bei allen Extravaganzen hatte sie keine rechte Beziehung zum Geld, und Noel, hätte er offen mit ihr gesprochen und ihr seine Lage klar dargelegt, hätte vielleicht ihre wirkliche Zuneigung gewonnen. Durch seine Distanziertheit jedoch verscherzte er ihr Vertrauen. Für Noel bedeutete Juliette seine erste und einzige Liebe, die alle Dämme, die Klugheit und Mäßigung in ihm gesetzt hatten, durchbrach. Er, das Vorbild eines sparsamen und moralischen jungen Mannes von bestem Ruf, verschwendete innerhalb von vier Jahren sein und Madame Gerdys Vermögen an sie. In ihrer Nähe verließ ihn seine Klugheit und seine Selbstbeherrschung. Seine besten Vorsätze schlug er in den Wind, war er bei ihr. Und wenn sie ihn auch quälte: Ein Wort von ihr, ein Lächeln, eine Träne oder eine Zärtlichkeit ließen ihn dahinschmelzen. Vergebens sagte er sich manchmal, daß sie ihn nicht liebe, daß sie sich nur an ihm amüsiere und sich über ihn lustig mache. Er konnte sich nicht von ihr trennen. Gefühle der Eifersucht machten ihn krank, und doch fühlte er sich bei dem Gedanken an eine Trennung noch unglücklicher.

Während die Kammerjungfer den Tee servierte, hatte Noel Gelegenheit, sich wieder zu beruhigen. Sein Ärger legte sich so weit, daß er befürchtete, er könnte zu barsch zu ihr gewesen sein.

Er setzte sich neben Juliette, nachdem das Mädchen gegangen war, und legte seinen Arm um sie.

»Schmoll nicht mehr mit mir«, sagte er voller Zärtlichkeit. »Sollte ich dir ein Unrecht zugefügt haben, dann vergib mir.«

Sie aber stieß ihn von sich und sagte: »Wie oft soll ich dir noch sagen, daß ich mich nicht wohl fühle.«

»Soll ich einen Arzt holen?« fragte er besorgt.

»Meine Krankheit kann kein Arzt kurieren. Sie heißt Langeweile.«

Entmutigt ließ sich Noel ihr gegenüber nieder. »Was habe ich dir getan?«

»Nichts, als daß du mein Leben in eine andauernde Gefangenschaft verwandelt hast.« Ihre Augen funkelten vor Zorn, als sie das sagte. »Glaubst du, es ist unterhaltsam, von der Welt abgeschlossen zu leben? Und wenn du schon einmal hier auftauchst, dann lese ich nichts als Mißtrauen und Eifersucht aus deiner Miene. Wenn du dich nur selber sehen könntest!«

»Die Art, wie du mich heute begrüßt hast, kann aus dem fröhlichsten Menschen einen Sauertopf machen.«

»Also ich bin schuld! Dann such dir doch eine andere, die sich dir besser anpassen kann. Rauchen und langweiliges Zeug lesen, denkst du, das ist ein Leben? Und zur Erheiterung bietest du mir dann ein Gesicht, als hättest du alle Sorgen der Welt auf dem Hals.«

»Wenn du das hier ein Gefängnis nennst...« Er beschrieb mit einer weiten Armbewegung einen Kreis.

»Wann hast du schon einmal einen Freund mitgebracht? Wann bist du mit mir spazierengegangen? Wenn wir schon einmal gemeinsam im Wagen sitzen, ziehst du die Vorhänge zu, daß dich nur ja niemand in meiner Begleitung sieht.«

»Die alte Leier.«

Ärger stieg Noel wieder in die Kehle.

»Denkst du, ich weiß nicht, daß du dich meiner schämst? Du fürchtest um deinen Ruf. Dabei schämen sich Söhne aus den besten Familien des Landes nicht, sich mit ihren Geliebten in der Öffentlichkeit zu zeigen.«

»Hör jetzt auf!« Noel fühlte sich von diesem Vorwurf hart getroffen. »Ich habe meine Gründe, unsere Beziehungen nicht publik werden zu lassen. Dir geht doch nichts ab in deinem Leben, du genießt deine Freiheit. Warum wirfst du mir vor, ich hielte dich eingesperrt? Kann ich dafür, daß meine Stellung mich zwingt, Rücksichten zu nehmen? Meine Freunde sind es nicht gewohnt, mich in luxuriöser Umgebung zu sehen. Sie würden wissen wollen, woher ich so viel Geld habe. Bedenke: Ich gebe Geld aus, das mir nicht gehört. Und wer würde sich und seinen Besitz noch einem Advokaten anvertrauen, der selber sein Geld an eine Frau verschwendet, deren Lebensstil in Paris in aller Munde ist? Ich habe keinen großen Namen, kann kein bedeutendes Vermögen verschleudern. Ich habe nur meinen Ruf als Anwalt aufs Spiel zu setzen.«

Jetzt sah Juliette ein, daß sie ihre Laune nicht weitertreiben dürfe, und so wurde sie plötzlich freundlicher und sagte: »Habe ein Nachsehen mit mir. Du weißt, meine Nerven sind heute sehr angegriffen.«

Noels Ärger verflog bei diesen Worten.

»Ich bin nicht so mürrisch, wie du mich immer hinstellst. Denk doch an vorgestern, als wir Karneval gefeiert haben. Waren wir nicht im Theater? Habe ich dich nicht kostümiert auf den Opernball begleitet? Haben wir nicht mit zwei Freunden gespeist?«

»Du hast mir wirklich den Gipfel an Ausgelassenheit

geboten«, sagte Juliette, nun wieder spöttisch. »Im Theater durfte man uns nicht zusammen sehen. Auf dem Ball sahst du drein, als sei dir die Petersilie verhagelt. Und beim Essen mußte ich deinen Freunden gegenüber so tun, als kennte ich dich nur flüchtig. Dabei hast du getrunken wie ein Pferd, ohne lustig zu werden.«

Noel, dem das Thema unangenehm zu werden begann, sagte schnell: »Reden wir von anderem.« Dann sah er auf die Uhr. »Ich muß bald gehen.«

»Schon?«

»Meine Mutter ist erkrankt.« Er blätterte die Geldscheine, die er von Tabaret erhalten hatte, auf das Tischchen neben dem Diwan. »Das sind nicht nur achttausend, das sind zehntausend Francs. Das soll eine kleine Entschädigung dafür sein, daß ich dich die nächsten Tage nicht besuchen kann.«

»Du verläßt die Stadt?«

»Ein wichtiges Geschäft läßt mir zu nichts anderem Zeit. Wenn es gelingt, dann ist unsere Zukunft gesichert. Dann sollst du erfahren, wie ich dich liebe.«

»Liebster, sag mir, um was es geht!«

»Später.«

»Bitte, sag's mir.« Juliette erhob sich vom Diwan, legte ihm die Arme um den Hals und küßte ihn. Noel erwiderte den Kuß.

»Ich kann es nicht«, stieß er unter Aufbietung aller Kräfte hervor. »Es wäre auch töricht, Hoffnungen zu wecken, die sich dann vielleicht doch nicht erfüllen. Ich beschwöre dich: Laß dich auf keinen Fall in der Nähe meiner Wohnung sehen. Schreib mir auch nicht. All das könnte schweren Schaden für mich im Gefolge haben.

Gib mir Nachricht über Clergeot, den alten Wucherer, wenn sich etwas Wichtiges ereignen sollte.«
»Warum willst du mir nichts erzählen?«
»Ich kann heute nicht. Bald erfährst du ohnehin alles.«
»Schon wieder diese Geheimniskrämerei!« Juliette stampfte mit dem Fuß auf.
»Nur noch dieses Mal. Auf mein Wort.«
»Du verbirgst etwas vor mir«, sagte Juliette ernst. »Seit Tagen bist du nicht mehr der alte. Versuch nur nicht, mich hinters Licht zu führen. Die Rache einer Frau kann furchtbar sein. Und jetzt gute Nacht! Ich bin müde.«
Kaum hatte Noel die Wohnung verlassen, da sagte Juliette zu Charlotte: »Ich halte den Kerl nicht mehr aus. Manchmal glaube ich, er könnte mich umbringen. Dieser Blick! Vielleicht will er heiraten und mich loswerden. Aber das lasse ich nicht zu. Ich muß erfahren, was er im Schilde führt.«
Noel eilte nach Hause und betrat das Gebäude wieder durch die Tür, durch die er es verlassen hatte. In seinem Zimmer angelangt, ließ er sich in einen Sessel fallen. Das Klopfen des Dienstmädchens schreckte ihn hoch.
»Monsieur! Monsieur!«
»Was gibt's?«
»Schon zum drittenmal klopfe ich. Madame Gerdy stirbt, fürchte ich.«
Als er dann am Bett der kranken Frau stand, konnte er angesichts ihres Verfalls ein Gefühl des Mitleids nicht unterdrücken. Madame Gerdy quälte sich sehr, ihr Gesicht war blutleer, ihr Blick schien nichts mehr wahrzunehmen, das Haar hing ihr strähnig auf die

Wangen hinunter. Ab und zu stieß sie unverständliche Laute aus. Sie schien Noel nicht zu erkennen.
»Holen Sie Doktor Hervé«, befahl er dem Mädchen.
Bis der Arzt eintraf, saß er neben ihrem Bett.
»Was gibt's?« fragte Hervé, der sich in Windeseile angezogen hatte und dem Mädchen gefolgt war.
Noel deutete nur stumm auf Madame Gerdy.
Hervé machte sich sofort an die Untersuchung. Dann richtete er sich auf und fragte: »Was ist passiert? Ich muß alles wissen.«
»Wie meinen Sie das?« fragte Noel unsicher.
»So, wie ich es gesagt habe«, antwortete Hervé unwirsch. »Hier liegt ein Fall von schwerem Hirnfieber vor, die Symptome deuten darauf hin. Diese schwere Krankheit verläuft meist tödlich. Und wenn der Kranke auch mit dem Leben davonkommt, sein Hirn bleibt geschädigt. In der Regel entspringt die Krankheit einer heftigen Erregung.«
»Sie wurde von Gewissensbissen geplagt«, sagte Noel, während er den Arzt ein Stück vom Bett wegführte, mit gedämpfter Stimme. »Ein Verbrechen lastet ihr auf der Seele und die Furcht, es könnte ans Tageslicht kommen. Sie sind ein Freund des Hauses, Hervé, und so darf ich Ihnen ein Geheimnis anvertrauen: Madame Gerdy ist nicht meine Mutter. Sie hat, um ihrem Sohn mein Vermögen und meinen Namen zuzuspielen, mein Lebensglück geopfert. Zufällig bin ich alldem vor drei Wochen auf die Spur gekommen. Daraufhin sagte ich ihr die Manipulation auf den Kopf zu. Das wird wohl die von Ihnen vermutete Nervenkrise ausgelöst haben.«
Zu Noels Erstaunen fragte Hervé nicht nach Einzelheiten dieser merkwürdigen Eröffnung, sondern sagte

nur, ganz Arzt, der eine Diagnose zu stellen hat: »Vor drei Wochen? Hat sie Schmerzen gehabt?«
»Kopfschmerzen, ja, und sie konnte schlecht sehen und klagte über ein Brausen in den Ohren. Sagen Sie mir die Wahrheit, Hervé! Wie steht es um sie?«
»Sehr schlecht. Ich habe kaum Hoffnung. Nur ein Wunder könnte sie retten.«

6.

Als Vater Tabaret das Haus verließ, schlug es elf von der Uhr am Bahnhof St-Lazare. Tabaret schwirrte der Kopf von all dem Neuen, das er erfahren hatte, und so ging er, trotz der Eile, zu Daburon zu kommen, zu Fuß. Er mußte sich in frischer Luft über einiges klarwerden. »Wer hätte das gedacht?« brummte er vor sich hin. »Solch ein Zufall! Aber mit meinen Kombinationen war ich nicht allzuweit von der Wahrheit entfernt. Da erweist es sich mal wieder, daß man vor dem Unwahrscheinlichen nicht haltmachen darf. Es ist eben alles möglich. Jetzt bin ich in der Lage, sowohl das Verbrechen aufzuklären als auch Noel zu seinem Namen und seinem Vermögen zu verhelfen. Hoffentlich dreht er über all dem Geld, das ihm jetzt zufällt, nicht durch.«
Eine Weile ging Tabaret schweigend durch die Nacht. Dann lachte er leise und murmelte: »Wer hätte das von Madame Gerdy gedacht? Mein Vermögen hätte ich ihr anvertraut! Wenn ich daran denke, daß ich ihr fast einen Heiratsantrag gemacht hätte ...« Vater Tabaret schüttelte es bei der Erinnerung. Doch bald wurde er bei der

Vorstellung wieder fröhlich, wie Gevrol jetzt hinter dem Mann mit den Ohrringen herjagte. »Der schäumt, wenn er erfährt, wie weit ich schon bin.«
An der Brücke von St-Perès stockte sein Fuß bei dem Gedanken, daß er Noel nicht nach allen Einzelheiten gefragt und es dabei hatte bewenden lassen, die Geschichte nur in großen Zügen kennenzulernen. »Vielleicht haben meine Kritiker recht, wenn sie behaupten, ich ginge zu schnell vor. Ein Kreuzverhör mit Noel wäre das Richtige gewesen. Oder vielleicht doch nicht? Womöglich wäre mein junger Freund dann daraufgekommen, daß ich mit der Rue de Jerusalem kooperiere.«
Der Untersuchungsrichter Daburon, der seinem Diener befohlen hatte, Tabaret zu jeder Tages- und Nachtzeit vorzulassen, stand sofort aus dem Bett auf, warf sich einen Hausmantel über und empfing Tabaret im Schlafzimmer.
»Sie haben doch sicher etwas von Bedeutung herausgefunden?« fragte er. Und als der alte Mann nur vielsagend lächelte, drängte Daburon: »Nun reden Sie doch schon!«
»Ich weiß, wo der Mörder zu finden ist.«
Behaglich beobachtete Tabaret, wie der Richter von dem Bett hochsprang.
»Das ist doch nicht möglich!« rief er.
»Ich wiederhole: Ich weiß, wo der Mörder zu finden ist.«
»Dann«, sagte Daburon, »sind Sie der fähigste Kriminalist auf diesem Planeten, und ich werde mich von nun an immer Ihrer Mitarbeit versichern.«
»Vielen Dank, Monsieur. Aber mir kommt an der

ganzen Sache kaum ein Verdienst zu. Es ist mir fast alles in den Schoß gefallen, sozusagen.«

»Seien Sie nicht zu bescheiden, Tabaret. Glück hat nur der Tüchtige. Setzen Sie sich, und berichten Sie.«

Und Tabaret wiederholte Noels Geschichte, konnte selbst die gehörten Briefstellen fast Wort für Wort aus dem Gedächtnis zitieren. »Die Briefe habe ich gesehen«, erläuterte er, »einen von ihnen habe ich an mich genommen, damit die Schrift mit der des Grafen verglichen werden kann.« Und er händigte Daburon den gestohlenen Brief aus.

»Erstaunlich!« Daburon war tief beeindruckt. »Das Verbrechen ist aufgeklärt, ganz ohne Zweifel. Und die These ist wieder einmal erhärtet: Böse Taten gebären Böses. Die böse Tat des Vaters hat den Sohn in den Mord getrieben.«

»Absichtlich habe ich noch keine Namen genannt, weil ich Ihre unbeeinflußte Meinung hören wollte.«

»Nennen Sie sie ruhig. Und wenn noch so einflußreiche Leute in die Sache verwickelt sein sollten: Ein französischer Richter weiß, was er dem Gesetz schuldig ist.«

»Der Mann«, sagte Vater Tabaret, »der seinem ehelichen Sohn den illegitimen vorgezogen hat, ist der Graf Rheteau de Commarin. Der Mörder der Madame Lerouge kann niemand anders sein als der Mann, für den alles auf dem Spiel steht: der junge Graf Albert de Commarin!«

Diese Worte kostete Tabaret wie ein Schauspieler aus und erwartete nun mit Spannung ihre Wirkung auf den Untersuchungsrichter.

Und die war in der Tat überwältigend. Daburon saß

reglos da, als habe er einen Schlag empfangen. Seine Augen waren unnatürlich weit aufgerissen, und mehrmals wiederholte er, ohne es zu wollen, den Namen: »Albert de Commarin.«

»So ist es«, bestätigte Tabaret, »Albert de Commarin, der Mann, von dem man so etwas nie erwartet hätte.« Doch dann bemerkte er, wie bleich der Untersuchungsrichter geworden war. Er trat einen Schritt näher und fragte: »Ist Ihnen nicht gut?«

»Ich fühle mich wohl«, sagte Daburon gedankenlos. Er blickte den alten Mann aus leeren Augen an. »Lassen Sie mich bitte für einen Moment allein. Erwarten Sie mich in meinem Arbeitszimmer, dort können wir uns weiter besprechen.«

Als Tabaret das Schlafzimmer verlassen hatte, ließ Daburon sich in einen Sessel fallen. Sein Gesicht wirkte eingefallen, alle Sicherheit und Beherrschung war aus ihm gewichen. Commarin, dieser Name rief in ihm Erinnerungen wach, die er gern für immer begraben gehabt hätte, Erinnerungen an ein Erlebnis, das sein Leben zutiefst erschüttert hatte. Nun war ihm, als läge alles, was sich für ihn mit dem Namen Commarin verband, nicht zwei Jahre zurück, sondern sei erst vor wenigen Tagen geschehen.

Der Richter Pierre Marie Daburon entstammte einer alten, angesehenen Familie von Poitou, und wenn seine Ahnen ihm auch keinen adligen Namen hinterlassen hatten, so bürgte doch der ansehnliche Grundbesitz und das aristokratische Blut seiner Mutter dafür, daß er Zugang zu den besten Salons erhielt, als er seine Stellung in Paris antrat. Obwohl ihm die Talente, gesellschaftlichen Erfolg zu erlangen, abgingen, obwohl er reserviert und schüchtern war, sah man ihn doch oft auf Gesellschaften, da er es zu seiner Maxime gemacht hatte, als Jurist das Leben durch das Leben selbst und nicht durch das Studium von Pandekten kennenzulernen.

Doch plötzlich – es war zu Beginn des Winters 1860 auf 1861 – wurde Daburon nicht mehr auf Soireen gesehen. Freunde entdeckten, daß er fortan seine Abende im Palais von Madame d'Arlanges zubrachte, einer der vorgestrigen Witwen, die noch ganz in den Begriffen und Auffassungen des Ancien régime lebten und den Wandel der Zeiten nicht registriert zu haben schienen. Ein Bekannter, der ihn vorgestellt, hatte von ihr als von einer »komischen alten Nudel« und einem »Gespenst aus längst vergangenen Zeiten« gesprochen. Daburon fand Gefallen an der vermotteten alten Marquise, die ihn auch gnädigst in ihrem Salon willkommen zu heißen geruhte und ihn einlud, sooft er wolle, wiederzukommen.

Doch sein Interesse an der alten Dame wurde bald von ihrer Enkelin Claire abgelenkt, einer blutjungen Schönheit, die in seltsamem Kontrast zu der Verstaubtheit des Palais stand. Die Marquise, die an dem charakterfesten jungen Mann Gefallen gefunden hatte, bedauerte ein ums andere Mal, daß er keinen adligen Namen vorweisen und daß so eine Verbindung zwischen ihm und ihrer Enkelin nichts als eine Mesalliance sein konnte. Eines Tages sprach sie ihren Unmut offen ihm gegenüber aus: »Wie dumm von Ihren Ahnen, daß sie nie daran gedacht haben, ihren Nachkommen Titel und Wappen zu vermachen!«

»Sie wollten als Bürger unter Bürgern leben«, hatte

Daburon darauf geantwortet und im übrigen seine Bemühungen fortgesetzt, die immer offensichtlicher der siebzehnjährigen Claire galten, die ihn mit ihrer Anmut und Schönheit verzauberte. Dem Geschwätz der Alten hörte er nur zerstreut zu, er verlor beim Spiel größere Summen, weil er nur Augen für Claire hatte, und ließ es gleichgültig geschehen, daß die Marquise das Geld einstrich. Dabei waren seine Schüchternheit und die Zurückhaltung des Mädchens so groß, daß sie kaum je ein Wort miteinander wechselten. So ging der Winter dahin, und sooft er sich auch vorgenommen hatte, um ihre Hand anzuhalten, er war das Wagnis, sich eine Abfuhr von seiten der adelsbesessenen Großmutter einzuhandeln, nie eingegangen, schon aus Furcht davor, daß ihm das Haus in Zukunft verschlossen bleiben würde. Dabei bangte er Tag für Tag darum, daß ein anderer Mann an Claire Gefallen finden und auf Grund seiner adligen Herkunft bei der Bewerbung um sie Erfolg haben könnte.

So beschloß er eines Tages im Frühling, alles zu wagen. Er betrat das Palais d'Arlanges, wo er die Marquise in heller Wut darüber antraf, daß ein Lieferant sie wegen unbezahlter Rechnungen vor den Richter gebracht und Recht bekommen hatte.

»Begreifen Sie so etwas?« schrie sie. »Den schäbigen Burschen hat er angehört, und mich hat er hinausgeworfen, als ich ihm meine guten Gründe darlegen wollte.« In Rage zerschmetterte sie eine wertvolle Vase an der Wand. »Sie, Daburon, Sie müssen alle Ihre Verbindungen spielen lassen, damit dieser lausige Lieferant und der Flegel von einem Richter eins auf die Pfoten bekommen, damit sie ein für allemal lernen, wie man sich einer Marquise d'Arlanges gegenüber benimmt!«

Daburon, der um seiner Absichten willen der Marquise zustimmte, zugleich aber davon überzeugt war, daß der Lieferant und der Richter im Recht waren, versuchte, die Alte mit einem Trick von ihrem hohen Roß herunterzubringen, indem er vorschlug, den Richter damit zu strafen, daß sie die Rechnung einfach bezahlte, da es sich doch schließlich nur um einen Betrag von siebenundachtzig Francs handelte.

Doch damit hatte er in ein Wespennest gestochen.

»Und das ist kein Geld?« keifte sie. »Ich kann keinen Sou entbehren. Das bißchen, das ich noch besitze, gehört meiner Enkelin, an der ich Mutter-Stelle vertrete. Es ist für ihre Aussteuer bestimmt. Heutzutage gibt doch keiner mehr etwas auf Schönheit. Allein das Geld zählt.«

Unverhofft sah sich Daburon in einer Situation, die seinen Absichten entgegenkam. Mit schwerer Zunge sagte er: »Madame, ich kenne einen Mann, der sich glücklich schätzen würde, Mademoiselle Claire auch ohne Mitgift zur Frau nehmen zu dürfen. Er würde sie auf Händen tragen und Ihnen, Madame, alle Sorgen um ihren Unterhalt abnehmen.«

»Wer ist der Mann?« fragte die Marquise begierig.

»Er würde zudem Ihr Vermögen in vorteilhaften Rentenpapieren anlegen.«

»Her mit dem Mann! Warum kenne ich ihn noch nicht?«

Daburon nahm allen Mut zusammen und stammelte: »Ich bin dieser Mann, Madame.«

Da lachte die Alte, bis ihr die Tränen kamen. Als sie sich beruhigt hatte, sagte sie: »Sie müssen schon entschuldigen, aber das ist wirklich zu komisch.« Dann wurde sie ganz ernst, fragte: »Sie sind also sehr reich?«, und als Daburon das bejahte, erklärte sie: »Lebte mein Sohn, Claires Vater, noch, er hätte Sie hinausgeworfen. Und auch ich, obwohl alt und arm, kann dem Mädchen nicht zu solch einer Mesalliance raten. Doch verspreche ich Ihnen eines: Ich werde mich nicht gegen Sie stellen, wenn Claire Sie heiraten will. Sprechen Sie also mit ihr selbst.«

Jetzt, da er zu nächtlicher Stunde im Sessel saß, durchlebte er noch einmal das Glücksgefühl, das ihn an jenem Nachmittag belebt hatte. Er erinnerte sich, wie er in der folgenden Zeit mit Erfolg beharrlich versucht hatte, seine Schüchternheit zu überwinden und Claire die Scheu vor ihm zu nehmen. Allmählich gewann er ihr Vertrauen, sie bat ihn auch gelegentlich um die Erfüllung kleiner Aufträge, und zweimal nahm sie sogar einen Blumenstrauß von ihm an, bedeutete ihm aber zugleich, dergleichen nicht noch einmal zu tun. Als dann der Sommer kam und sie am Abend oft im Garten spazierten, vertraute sie ihm manchmal, wie einem Bruder, kleine Geheimnisse an. Doch entging ihm nicht, daß sie zu dieser Zeit von wechselnden Stimmungen heimgesucht wurde, und als sie einmal sehr traurig war, wagte er, sie nach dem Grund zu fragen.

»Vielleicht muß ich Ihnen eines Tages etwas anvertrauen, von dem selbst meine Großmutter nichts weiß«, sagte sie. »Heute kann ich es noch nicht.«

Wie gern hätte auch Daburon ihr das anvertraut, was ihm auf der Seele lag. Aber er sagte sich wie immer: Morgen spreche ich mit ihr.

Über diesem »morgen« gingen zwei Monate dahin, bis

sie an einem Augustabend im Garten schweigend beieinandersaßen. Da sammelte er Mut, ergriff ihre Hand und sagte »Claire!« mit zitternden Lippen.
Sie aber sah ihn nur überrascht an.
»Verstehen Sie mich doch«, bat er. »Ich liebe Sie!«
Entsetzt riß sie ihre Hand aus der seinen und rief: »Sie lieben mich!« Dann brach sie in Tränen aus.
Daburon ahnte, daß ein Verhängnis auf ihn zukam, das er nicht abwenden konnte. Ratlos blickte er auf das weinende Mädchen, das ihr Gesicht in den Händen verborgen hatte.
»Sie stürzen mich ins Unglück!« schluchzte sie.
»Ich?« Daburon war kaum der Sprache mächtig. »Wodurch? Sagen Sie doch ein Wort!« Und er fiel vor ihr aufs Knie und versuchte erneut, ihre Hand zu fassen. Sie aber stieß ihn zurück.
»Ich weiß«, sagte sie, »Sie werden mich hassen. Aber, bei Gott, ich habe von allem nichts geahnt. Ichwar doch nur glücklich, einen Freund gefunden zu haben, dem ich mich wie einem Vater anvertrauen konnte.«
»Wie einem Vater!« wiederholte er dumpf und stand auf.
»Ach, hätte ich Ihnen doch schon früher mein großes Geheimnis anvertraut. Dann wüßten Sie: Mein Herz gehört einem anderen!«
»Ihr Herz gehört einem anderen.« Fast tonlos kam das Echo von seinen Lippen. »Und warum machen Sie ein Geheimnis daraus? Warum weiß Ihre Großmutter nichts davon?« fragte er, als er sich wieder gesammelt hatte.
»Wir stehen vor einer großen Schwierigkeit«, antwortete Claire leise, »und ich weiß nicht, ob wir sie

jemals werden aus dem Weg räumen können. Ich bin arm, und sein Vater besitzt unvorstellbare Reichtümer, und er besteht auf einem gleichwertigen Ehepartner.«
»Und das hindert den jungen Mann, sich öffentlich zu Ihnen zu bekennen?« Zorn und Bitterkeit mischten sich in Daburons Stimme. »Mir wäre kein Opfer zu groß, das ich Ihnen bringen müßte. Was ist das für eine Liebe, die sich auf Heimlichtuerei, auf vielleicht vergebliches Warten gründet?«
»Das ist meine Liebe«, sagte Claire.
Nun verstand Daburon, daß er sich keine Hoffnung machen dürfe. Dennoch fragte er in einer Art verzweifelter Selbstkasteiung nach weiteren Einzelheiten des Verhältnisses von Claire und ihrem Liebhaber, und Claire erzählte ihm, wie sie ihn kennengelernt hatte und wie sie sich seitdem heimlich mit ihm im Salon einer Freundin der Großmutter traf und wie sehr es ihn schmerzte, daß der Vater einer Heirat seinen Widerstand entgegensetzte.
»Wer ist denn dieser Mann«, rief er, »daß er es wagen kann, Sie zurückzuweisen?«
»Es ist der Graf Commarin, und sein Sohn, Albert de Commarin...« Sie unterbrach sich, da in diesem Moment die Marquise den Garten betrat und den Richter zum Kartenspiel aufforderte. Ehe er dem Wunsch der Alten nachkommen konnte, hielt Claire ihn zurück und beschwor ihn, Verschwiegenheit in dieser Angelegenheit gegenüber der Großmutter zu wahren.
»Natürlich werde ich hinfort Ihr Haus meiden, und Sie werden den Namen eines Mannes bald vergessen, den Sie unglücklich gemacht haben«, sagte Daburon.

»Entziehen Sie mir Ihre Freundschaft nicht!«
Es dauerte eine geraume Weile, ehe er antworten konnte: »Ich werde alles tun, um den Anschein zu vermeiden, wir seien im Unfrieden auseinandergegangen. Aber was auch kommen mag, Sie werden immer einen guten Freund in mir haben.«
Mit diesen Worten verließ er sie, ging ins Haus und setzte sich zu der Marquise an den Spieltisch. Doch schon nach kurzer Zeit entschuldigte er sich unter irgendeinem Vorwand und wurde von der Alten, die das seltsame Gebaren dieses Mannes aus dem Bürgertum arg mißbilligte, ungnädig entlassen.

7.

Ziellos wanderte Daburon durch die Straßen der Stadt, ohne Hut und den Kopf voller trauriger Gedanken, die immer wieder auf dasselbe hinausliefen: daß er, der kleine Untersuchungsrichter, mit einem Sproß aus einem der ältesten Geschlechter des Landes eben nicht konkurrieren könnte. Je länger er aber so durch die Straßen streifte, desto mehr begann sich seine Niedergeschlagenheit in Zorn zu verwandeln, und nichts mehr blieb in diesen Stunden von dem klugen Richter. Gefühle der Vergeltung beherrschten ihn, und endlich faßte er den Entschluß, Albert de Commarin zu töten.
Es war schon heller Tag, als er auf einer Bank im Bois de Boulogne wieder zu sich kam. Er schleppte sich zum Maillottor und ließ sich von einer Kutsche nach Hause fahren, wo er den ganzen Tag in einer Art Trance

zubrachte. Ohne daß er es wollte, ging ihm das Erlebte wieder und wieder durch den Kopf, bis er, sorgfältig gekleidet, einen Waffenhändler aufsuchte, wo er einen Revolver erstand. Als nächstes ermittelte er den Club, in dem Albert de Commarin verkehrte, und am frühen Nachmittag hatte er einen jungen Mann aufgetrieben, der, selber Mitglied des Clubs, bereit war, ihn dort einzuführen. Auf dem Weg zum Club hielt er mit klammen Fingern den Griff des Revolvers in seiner Tasche umklammert, während sein Denken nur um den geplanten Mord kreiste. Die Vorstellung, daß man ihn verhaften und ins Gefängnis stecken würde, schreckte ihn nicht. Claire liebte ihn nicht, und vor dieser Tatsache verlor alles andere seine Bedeutung.

Im Club zeigte ihm der Freund einen blasiert dreinblickenden jungen Mann von bräunlichem Teint, der in einer Zeitung las. Das sei Albert de Commarin.

Entschlossen ging Daburon auf den Mann zu, bereit, den Revolver zu ziehen und zu feuern. Doch als er dann nahe vor Albert stand, überfiel ihn eine unerklärliche Lähmung, und wie von einer unsichtbaren Kraft bewegt, machte er auf dem Absatz kehrt und floh. Verständnislos blickte ihm der Freund, der ihn hier eingeführt hatte, nach.

Auf der Straße schwanden Daburon die Sinne. Er fiel aufs Pflaster, und Passanten und Polizisten kümmerten sich um ihn und brachten ihn nach Hause, nachdem sie in seiner Rocktasche seine Adresse gefunden hatten.

Erst sechs Wochen später, während deren er zwischen Leben und Tod geschwebt hatte, kam er wieder zu sich. Jetzt erst, meinten die Ärzte, sei er außer Lebensgefahr. Doch er war noch zu schwach, um lange wach zu bleiben; während er noch darüber nachsann, ob er zurechnungsfähig gewesen war, als er den Mord hatte begehen wollen, und ob man ihn als Mörder hätte verurteilen können, schwanden ihm wieder die Sinne. Jedoch fühlte er sich einige Tage später schon kräftig genug, um seinem Vater alles zu berichten. Der aber war von äußerst praktischem Sinn, und obwohl ihm das unglückliche Erlebnis seines Sohnes zu Herzen ging, versuchte er, ihn davon zu überzeugen, daß sich der Mordplan nur in den Phantasien des Fiebers abgespielt habe. Im übrigen ermunterte er ihn, an anderes zu denken, und er stellte ihm sein ganzes Vermögen zur Verfügung. Kurz bevor der Vater auf seine Ländereien zurückkehrte, riet er ihm noch, ein dralles Mädchen aus Poitou zu heiraten.

Zwei Monate später nahm Daburon seinen Dienst wieder auf. Aber er war nicht mehr der alte. Etwas in ihm war zerbrochen, das spürte er deutlich. Auch äußerlich hatte er sich verändert, und als er eines Tages wieder einmal die alte Marquise aufsuchte, stieß diese einen Ruf des Erstaunens aus. Da sie leidende Gesichter auf den Tod nicht mochte, legte sie auch keinen Wert mehr auf fernere Visiten. Claire aber dachte erschüttert darüber nach, wie sehr Daburon sie geliebt haben mußte und ob Albert ihr je so viel Liebe entgegenbringen würde.

In der folgenden Zeit suchte Daburon Vergessen in Vergnügungen zu finden, und er fand kein Vergessen. Erst als er sich in die Arbeit stürzte, in der Pflichterfüllung einen Sinn suchte, genas er allmählich wieder.

All diese Bilder hatte Tabaret heraufbeschworen, als er den Namen Albert de Commarin nannte. Längst

Totgeglaubtes war in Daburon wieder lebendig geworden und hatte ein Schauspiel abrollen lassen, in dem er Akteur und Zuschauer zugleich war.

Zur eigenen Scham mußte Daburon sich eingestehen, daß er zunächst nichts als Befriedigung empfand. Jetzt war ihm der Mann ausgeliefert, um dessentwillen Claire ihn abgewiesen hatte, und er war jetzt nicht mehr der aristokratische Sproß einer schwerreichen Familie, sondern ein Bastard, der seine Hände mit einem Mord befleckt hatte, um sich einen angemaßten Namen zu erhalten. Und er, Daburon, sollte ihn der Gerechtigkeit überliefern!

Doch diese Stimmung währte nicht lange, sein Ehrgefühl siegte bald über die Anwandlungen niedrigen Triumphs. Haß und Recht waren kein Paar, das zusammenpaßte. Das wußte er, und er hatte sich in der Vergangenheit stets bei Beginn einer Untersuchung vor Augen gehalten, daß er selbst nahe daran gewesen war, einen Mord zu begehen. Um wieviel schwerer mußte das Bewußtsein in diesem Fall wiegen! Er erkannte die erste Gefühlsaufwallung als Feigheit und seiner nicht würdig. Vorübergehend überkam ihn sogar die Idee, Albert de Commarin um Claires willen zu retten, ihm seine Ehre und sein Leben zu lassen. Doch er tat den Gedanken bald wieder ab, da er einsah, daß Vater Tabarets Beweise nicht aus der Welt zu schaffen waren und überdies den alten Mann nichts dazu bringen konnte, eine falsche Spur, etwa die, auf der Gevrol sich tummelte, zu verfolgen. Und dann: Albert zu schonen hieß doch nichts anderes, als Noel zu betrügen und ein Verbrechen ungesühnt zu lassen …

Seine Gedanken bewegten sich in einem Kreis, aus dem

er keinen Weg sah. Vielleicht sollte er sich überhaupt von dieser Aufgabe zurückziehen und den Fall einem Kollegen überlassen... Aber durfte er sich vor der Pflicht, unparteiisch sein Amt zu verwalten, drücken? Dann wieder fragte er sich, ob denn in der Sache, die es zu entscheiden galt, seine Person vom Geschehen der Vergangenheit zu trennen war.
»Ich muß meine Pflicht tun«, sagte er laut, »muß das Unrecht sühnen. Und Claire, sie kann doch nicht wollen, daß der Mann, den sie liebt, unter einem Verdacht steht. So nehme ich denn die Bürde auch um ihretwillen auf mich. Wenn er keine Schuld hat, wird sie einen makellosen Albert heiraten können; ist er aber ein Mörder, dann war er ihrer Liebe nicht wert. Auf jeden Fall darf ich kein Vorurteil ihm gegenüber in mir aufkommen lassen. Schließlich war es Claire, die mich zurückgewiesen hat, nicht er. Vater Tabarets Beweismaterial, so belastend es sich auch für Albert de Commarin ausnehmen mag, werde ich entkräften, wenn er mich von seiner Schuldlosigkeit überzeugen kann.«
Bei der Nennung des Namens Tabaret fiel Daburon der wartende Alte wieder ein. Er sah zur Uhr: Es war fast drei. »Hoffentlich ist der arme Mann nicht eingeschlafen«, murmelte er, als er in sein Arbeitszimmer hinüberhastete.
Aber auch Tabaret hatte nicht gemerkt, wie die Zeit vergangen war. Nachdem er sich innerhalb einer Viertelstunde in Daburons Arbeitszimmer umgesehen und dabei dessen Geräumigkeit und wertvolle Einrichtung bewundert, die Bilder an den Wänden, die Statuetten auf dem Kaminsims und mit Kennerblick den wohlsortierten Bücherschrank betrachtet hatte,

war er in einen Sessel versunken und bald darauf in eine Zeitung vertieft. Doch das Lesen konnte ihn in einer Nacht wie dieser nicht fesseln. Immer wieder schweiften seine Gedanken ab, immer wieder drehten sie sich um den Mord in Jonchère. Es gab keine Lücke in seiner Beweisführung, davon war er fest überzeugt. Jeder Zweifel wäre töricht gewesen. Da Daburon anscheinend derselben Ansicht war, schienen sich für Tabaret keine Komplikationen zu ergeben. Er spielte den Fall mit allem Pro und Kontra, mit seinen Wahrscheinlichkeiten und seinen zweifelhaften Punkten noch einmal durch, bedachte Konsequenzen und prüfte neu aufkommende Vermutungen und war so in Gedanken verstrickt, daß er nicht hörte, wie der Untersuchungsrichter das Zimmer betrat. Erst als Daburon ihn ansprach, wurde er aus seinem Sinnen gerissen.

»Entschuldigen Sie, Monsieur Tabaret, daß ich so unhöflich war, Sie so lange sich selbst zu überlassen«, sagte Daburon.

Vater Tabaret stand aus dem Sessel auf und deutete eine Verbeugung an, während er antwortete: »Wenn ich allein bin, empfinde ich selten Langeweile. Es gibt da immer so viel zu überdenken ...«

Die beiden nahmen, einander gegenüber, an einem Tisch Platz, auf dem sich die Papiere um die Mordsache Lerouge häuften. Man sah Daburon die Strapazen des inneren Kampfes, den er ausgefochten hatte, an.

»Ich habe mir Gedanken über die Angelegenheit gemacht«, begann er mit müder Stimme.

Tabaret unterbrach ihn voller Ungeduld nach dem langen Alleinsein: »Und ich habe mir, gerade als Sie das Zimmer betraten, ausgemalt, welches Bild wohl der junge Graf in dem Augenblick bieten wird, da man ihn verhaftet. Denn auch das gehört in diesem Fall für mich zu den wichtigsten Überlegungen: Wie wird sich dieser junge Aristokrat der Schmach einer Verhaftung stellen? Wird er arrogant sein und damit versuchen, die Beamten einzuschüchtern? Wird er wütend werden und sie hinauswerfen lassen? Verbrecher von Rang und Namen handeln oft so. Wahrscheinlich aber ist, daß er sich gelassen geben, den Haftbefehl als ein Mißverständnis hinstellen und auf eine sofortige Einvernahme durch den Untersuchungsrichter bestehen wird. Machen Sie sich bei dem Charakter solcher Gentleman-Verbrecher darauf gefaßt, daß sie den Beamten mit frecher Herablassung entgegentreten. Drängen Sie darauf, daß ihm nichts bleibt, als ein Geständnis abzulegen und so dem Fall ein Ende zu machen.«

Daburon lächelte, als er den Alten so in Eifer sah.

»Soweit ist es noch nicht«, sagte er ruhig.

»Aber bald wird es soweit sein«, fiel ihm Tabaret ins Wort. »Oder sollte ich mich getäuscht haben, und Sie stellen den Haftbefehl nicht bei Tagesanbruch aus?«

In Daburon stieg ein Gefühl hoch, das dem eines Kranken vor einer Operation ähnelt, der sieht, wie der Arzt mit den Instrumenten hantiert. Kein Zweifel bestand: Jetzt war der Augenblick zu handeln gekommen, und mit schrecklicher Deutlichkeit kam ihm zum Bewußtsein, daß ein gewaltiger Unterschied zwischen dem theoretischen Durchspielen einer Situation und der unweigerlich daraus folgenden Praxis besteht.

»Sie wollen schnell voran, Tabaret«, gab er zu bedenken. »Sehen Sie denn keine Zweifel, die ...«

»Keine«, sagte Vater Tabaret entschlossen und schnell, »keine jedenfalls, nachdem ich weiß, wer der Mörder ist. Oder können Sie mir jemand anders nennen, der die Tat begangen hat? Gibt es noch einen Menschen, der ein Interesse daran haben konnte, Madame Lerouge für immer den Mund zu verschließen und ihre beweiskräftigen Papiere aus der Welt zu schaffen, nachdem Noel die Anstrengungen unternommen hatte, seinen Titel und seinen rechtmäßigen Besitz zurückzuerlangen? Wenn der Mörder nicht überführt werden kann, dann bleibt alles beim alten: Der Graf Commarin bleibt der Graf Commarin, mein junger Freund bleibt bis zu seinem Tod Noel, der Sohn der Madame Gerdy.«

»Überlegen Sie doch einmal ...«

Vater Tabaret blickte mit Erstaunen auf den Richter.

»Sie haben Bedenken?« fragte er.

»Ich möchte die Vorsicht nicht außer Betracht lassen. Sehen Sie, man darf doch erst zuschlagen, wenn man gewiß sein kann, daß der Schlag auch trifft. Aber alles, was wir bisher in Händen haben, sind Vermutungen und Kombinationen. Bedenken Sie doch einmal den Fall eines Justizirrtums! Der läßt sich nicht rückgängig machen. Wenn sich das Gericht erst einmal mit einem Menschen befaßt hat, dann bleibt immer ein Makel an ihm, auch wenn er unschuldig ist.«

Tabarets Hochstimmung sank, als er den Untersuchungsrichter so reden hörte.

Daburon verharrte eine Weile in tiefem Nachdenken. Das hat mir noch gefehlt, dachte Tabaret, an einen Hasenfuß zu geraten, der Sprüche klopft, wo er handeln sollte, und Bedenklichkeiten vorträgt, anstatt Befehle zu erteilen. Meine Ermittlungen haben ihn aus der Bahn geworfen, und er ist anscheinend der Lage nicht gewachsen.

»Wenn wir nun«, sagte Daburon abwägend, »uns vorerst damit begnügen, Albert de Commarin als Verdächtigen vorzuladen?«

»Um Himmels willen!« rief Tabaret. »Dann wäre alles verloren.«

»Verloren?«

»Ja, Monsieur Daburon. Der Verbrecher, mit dem wir es zu tun haben, ist mit außergewöhnlicher Raffinesse vorgegangen. Sehen Sie sich doch die Tat an. Ihr sind die scharfsinnigsten Planungen vorausgegangen. Nur ein Zufall, man könnte fast von einem Wunder sprechen, ist uns zu Hilfe gekommen und hat uns auf die richtige Spur gebracht. Wenn wir dem Mörder auch nur eine Sekunde zum Atemholen lassen, wird er uns durch die Lappen gehen. Dieser Mann hat bei seiner Tat nicht eine Kleinigkeit außer acht gelassen, vielleicht nur den Umstand, daß der Verdacht sich gegen einen so hervorstechenden Angehörigen des Adels richten könnte. Im Verhör wird er sich gelassen geben und äußerste Beherrschung an den Tag legen. Und er wird Ihnen ein unwiderlegbares Alibi vorsetzen, eines, wie man es sich lückenloser gar nicht ausmalen kann. Es wird Ihnen bei seiner gewandten Redeweise und seiner Geschicklichkeit kaum etwas anderes übrigbleiben, als ihn mit Entschuldigungen wegen der Störung zu entlassen. Nein, wir müssen schnell und unverhofft zuschlagen. Darin liegt unsere einzige Chance, nur dann ist er hilflos. Lassen Sie ihn aus dem Bett heraus

verhaften, und verhören Sie ihn, ehe ihm seine Lage noch völlig zum Bewußtsein gekommen ist.«
Tabaret hielt inne. Ihm war plötzlich die Überlegung gekommen, daß er mit seiner drängenden Rede es möglicherweise an der notwendigen Ehrerbietung, die einem Untersuchungsrichter zukam, habe fehlen lassen. Doch Daburon sagte nur ermunternd: »Fahren Sie fort.«
»Ich jedenfalls, wäre ich Richter, würde ihn sofort verhaften lassen. Binnen zwanzig Minuten hätte ich ihn in meinem Büro vor mir. Und da gäbe es bei mir auch keine spitzfindige Fragerei. Ich ginge sofort in medias res, käme gleich zur Sache. Alles, was ich weiß, würde ich ihm entgegenschleudern, würde ihn mit dem Gewicht der Beweislast erdrücken, so daß ihm nichts übrigbliebe, als alles zu gestehen. Wenn er mit einem Alibi käme, würde ich sagen: ›Nun gut, verehrter Graf, das hört sich schön an. Aber Sie haben in mir keinen heurigen Hasen vor sich. Mit dergleichen können Sie bei mir nicht landen. Sie waren also an einem ganz anderen Ort zur Tatzeit, und das können, sagen Sie, soundso viele Menschen bezeugen. Das behaupten Sie! Jetzt will ich Ihnen mal darlegen, was Sie in der fraglichen Zeit unternommen haben. Um zwanzig nach acht sind Sie aus einer Gesellschaft von zu Hause fortgegangen, meinetwegen in Eile, da um fünf nach halb neun der Zug vom Bahnhof St-Lazare abging. Um neun Uhr erreichte der Zug Rueil, Sie stiegen aus und legten den Weg nach Jonchère zu Fuß zurück. Es war Viertel nach neun, als Sie am Fensterladen des Hauses der Madame Lerouge klopften, die Sie auch einließ, weil Sie ihr bekannt waren. Sie sagten, Sie seien

hungrig, und baten auch um etwas zu trinken. Zehn Minuten später stießen Sie ihr das spitze Ende eines abgebrochenen Floretts zwischen die Schulterblätter. Weniger fein gesagt: Sie ermordeten sie! Danach nahmen Sie den wichtigsten Teil Ihrer Arbeit in Angriff: Sie durchstöberten das Haus und verbrannten gewisse Papiere. Und um die Polizei auf eine falsche Fährte zu locken, rafften Sie sodann alle Wertsachen, deren Sie habhaft werden konnten, in eine Serviette zusammen und schleppten sie mit sich. So sollte der Eindruck erweckt werden, ein Raubmörder sei am Werk gewesen. Dann versperrten Sie die Tür, warfen den Schlüssel fort, und da, wo Sie auf die Seine stießen, warfen Sie das Bündel mit den Wertsachen ins Wasser. Den Weg zur Bahn legten Sie wieder zu Fuß zurück. Gegen elf konnten Sie bequem wieder in der Gesellschaft erscheinen, nur zweieinhalb Stunden später, und niemand hatte Ihre Abwesenheit bemerkt. So war es, Monsieur, und ich muß zugeben, daß Sie ein geschicktes Spiel gespielt haben. Doch konnten Sie nicht mit zwei Gegnern rechnen, die Ihren ganzen schönen Plan zunichte machen würden: mit einem Detektiv namens Tabaret, der sich nicht hinters Licht führen läßt, und mit einem anderen, noch gewichtigeren Gegner, den man Zufall nennt. Ihr Spiel ist aus. Zudem, Monsieur, hätten Sie keine von den modischen Schuhen tragen sollen, auch keine grauen Handschuhe aus Wildleder und keinen Zylinder, den Sie dann auf einer staubigen Marmorplatte absetzten. Und auch der Regenschirm war überflüssig. Also: Gestehen Sie, und ersparen Sie sich die Peinlichkeiten einer Untersuchung durch das Gericht. Übrigens würde ich Ihnen für diesen

Fall gestatten, in der Zelle weiterhin die von Ihnen bevorzugten Zigarillos zu rauchen, meinetwegen auch aus einer Spitze, wie Sie es gewohnt sind...‹«
Nach dieser Meisterleistung an Scharfsinn und Zungenfertigkeit blickte Vater Tabaret, Anerkennung fordernd, zu Daburon hinüber. Als dieser schwieg und er selber wieder zu Atem gekommen war, setzte er hinzu: »So würde ich vorgehen. Und wenn er hartnäckiger wäre, als ich annehme, er würde zusammenbrechen und gestehen, es sei denn, er wäre aus Stahl oder aus Granit.«
»Und was, wenn er wirklich aus Stahl oder aus Granit ist und nicht zusammenbricht?« fragte Daburon versonnen.
Dieser Einwurf brachte Vater Tabaret ein wenig aus der Fassung. Auf seinem Gesicht waren Falten des Unbehagens. »Ich weiß nicht. Jedenfalls würde ich ihm weiter auf der Seele knien. Und ich würde die Recherchen weitertreiben. Aber, glauben Sie mir, er wird gestehen.«
Daburon blieb nachdenklich. Dann gab er sich einen Ruck, nahm eine Feder und schrieb schnell einige Zeilen aufs Papier.
»Sie haben gewonnen«, sagte er. »Ich lasse Albert de Commarin verhaften. Aber ganz so schnell, wie Sie das eben dargestellt haben, wird die Sache nicht ablaufen. Formalitäten und Durchsuchungen werden einige Zeit in Anspruch nehmen. Dann muß der Graf de Commarin, der Vater, gehört werden, und ich muß auch mit Ihrem Freund Noel sprechen. Die Briefe sind schließlich ein wichtiges Beweisstück.«
Tabarets Miene verriet Unbehagen, als Noels Name fiel.

»Das habe ich befürchtet«, sagte er.
»Befürchtet?«
»Wenn die Briefe ins Spiel kommen«, sagte Tabaret niedergeschlagen, »wird Noel meine Rolle in dieser Angelegenheit bekannt werden. Er könnte mich verachten, könnte glauben, ich hätte ihn hinters Licht führen wollen, ich, sein väterlicher Freund, der mit dem Detektiv Tabaret identisch ist.«
»Keine Sorge, Tabaret. Er wird schon nichts merken. Ich werde ihm erklären, auf seinen Namen wären wir in den Papieren von Madame Lerouge gestoßen.«
»Vielen Dank, Monsieur!« sagte Tabaret erleichtert. »Im übrigen wäre ich Ihnen sehr verbunden, wenn ich der Verhaftung beiwohnen und Ihnen auch bei der Haussuchung zur Hand gehen könnte.«
»Natürlich, gern«, antwortete Daburon, während er ans Fenster trat und in die Morgendämmerung hinausblickte. Die Laternen glommen trüb in der heraufziehenden Helle, und man hörte das erwachende Paris mit dem Rumpeln von Wagen auf dem Pflaster. »Die Zeit drängt. Alles muß seinen vorgeschriebenen Gang nehmen. Ich muß mit dem Staatsanwalt beraten. Wenn nötig, lasse ich ihn aus dem Bett holen. Von dort aus begebe ich mich in mein Büro im Justizpalast. Gegen acht können Sie mich dort treffen.«
In diesem Augenblick betrat ein Diener des Richters das Zimmer und brachte einen Brief.
»Ein Polizist aus Bougival wartet auf Antwort, Monsieur.«
»Gib dem Mann etwas zu essen und ein Glas Wein«, antwortete Daburon, ehe er das Kuvert öffnete. »Ein Brief von Gevrol«, sagte er dann und las vor:

*»Sehr geehrter Herr Untersuchungsrichter!
Ich bin dem Mann mit den Ohrringen auf der Spur. Am Sonntagvormittag, vor seinem Besuch bei der Witwe Lerouge, war er in der Spelunke am Fluß, wo er zwei Liter Wein trank. Später bestellte er noch einen Liter, weil, wie er sagte, am nächsten Tag das Fest des Schutzpatrons seines Kahns sei. Im Kalender stellte ich fest, daß am nächsten Tag das Fest des heiligen Blasius gefeiert wurde. Daraus schloß ich auf den Namen seines Schiffs. Dann gelang mir noch die Feststellung, daß das Schiff Getreide geladen hatte. Ich benachrichtigte die Präfektur, damit Nachforschungen in Paris und Rouen aufgenommen werden können. Meiner Meinung nach kann der Kahn nur in einem der beiden Häfen liegen. Weitere Befehle erwartend, verbleibe ich als Ihr ergebener Gevrol.«*

»Der Einfaltspinsel!« Tabaret wollte sich vor Lachen ausschütten. »Hält noch immer sein Pulver trocken, und die Schlacht ist längst geschlagen! Sie geben ihm doch wohl Anweisung, die Recherchen einzustellen?«

»Auf keinen Fall«, antwortete Daburon. »Wir dürfen nicht den kleinsten Hinweis außer acht lassen. Sonst könnten wir Gefahr laufen, in die Irre zu gehen. Können Sie voraussagen, ob der Seemann mit den Ohrringen nicht doch etwas Wichtiges weiß?«

8.

An dem Tag, da das gräßliche Verbrechen von Jonchère entdeckt worden war und Vater Tabaret seine Untersuchungen aufgenommen hatte, fuhr Albert de Commarin in seiner Kutsche zum Gare du Nord. Er erwartete seinen Vater, den Grafen. Müdigkeit und Sorgen verdüsterten sein blasses Gesicht. Alle im Palais hatten während der letzten Tage bemerken müssen, daß den jungen Herrn etwas Schweres bedrückte. Kaum richtete er ein Wort an die Dienerschaft; er aß wenig und hatte sich alle Besuche verbeten. Der Kammerdiener Lubin stellte fest, daß diese Veränderung im Wesen seines Herrn eingetreten war, seit ihn der Rechtsanwalt Gerdy am vergangenen Sonntag besucht hatte. Drei Stunden waren die beiden Männer in der Bibliothek eingeschlossen gewesen, und seit Monsieur Albert, der sonst die Fröhlichkeit in Person war, die Bibliothek verlassen hatte, machte er den Eindruck eines Menschen, den eine schwere Gewissensqual befallen hat.

Es dauerte nicht einmal fünf Minuten, bis die Glocke die Ankunft des Zugs anzeigte. Albert de Commarin verließ den Wartesaal, mischte sich unter die Menschen, die den Bahnsteig bevölkerten, und wartete, bis die Menge sich verlaufen hatte. Dann erblickte er den Grafen, dem ein Diener mit dem Gepäck folgte.

Der alte Graf sah trotz seines ergrauten Haars jünger aus, als er war. Nach der Art der Offiziere hielt er sich kerzengerade und trug den Kopf hoch. Er war groß, und sein Körperbau war kräftig, ohne fett zu sein. Seine ganze Erscheinung wirkte imponierend und ungezwungen, und besonders seine wohlgeformten Hände zogen immer wieder die Blicke auf sich. Wer ihn nicht näher kannte, hätte ihn für einen freundlichen, nonchalanten Mann halten können; zu diesem Eindruck trug vor allem der stets zu einem leichten Lächeln verzogene Mund bei. Doch in seinen Augen stand das Feuer des Hochmuts und unbezähmbarer Leidenschaft, die vor allem seinen Charakter bestimmten. Zwar war er nicht, wie die Marquise d' Arlanges in ihrer muffigen Träumerei von der Vergangenheit, ein Verächter der neuen Zeit, doch bedeutete ihm niemand etwas, der nicht dem Adel angehörte. Er verschloß sich nicht, wie diese alte Dame, vor der Welt, hatte im Gegenteil ein gutes Stück von ihr gesehen und sich auch ein gutes Stück von ihr dienstbar gemacht, was auf scharfen Verstand, Weitblick und eine gehörige Portion Rücksichtslosigkeit schließen ließ. Mit der Marquise, dieser Lemure aus der Vergangenheit, verband ihn nichts als die Zugehörigkeit zur Aristokratie und der Umstand, daß er in seinem Haus ein despotisches Regiment führte.

Die Begrüßung zwischen Vater und Sohn war förmlich. Albert umarmte den Grafen, doch ohne Herzlichkeit. In wenigen Minuten teilte er diesem mit, was während seiner Abwesenheit im Palais vor sich gegangen war.

Dem Grafen fiel sofort das veränderte Aussehen seines Sohns auf, und er fragte ihn, ob er sich nicht wohl fühle. Albert aber beteuerte, daß ihm nichts fehle und daß er bei bester Laune sei.

Ein »Soso« und eine charakteristische Bewegung seines Kopfes ließen erkennen, daß er den Worten seines Sohns keinen Glauben schenkte. Damit aber war für ihn die Sache vorerst abgetan. Er wandte sich seinem Diener zu, gab ihm einige Befehle und sagte dann: »Jetzt habe ich keinen anderen Wunsch, als so schnell wie möglich nach Hause zu fahren und etwas zu essen.

Außer einer dünnen Suppe hat mein Magen heute noch nichts angeboten bekommen.«
Die Reise war nicht zur Zufriedenheit des Grafen verlaufen. Sein Besuch in Wien hatte nicht die erhofften Erfolge gebracht, und mit einem Freund, bei dem er auf der Rückfahrt Station gemacht hatte, war er in einen solchen Streit geraten, daß die beiden sich nicht einmal voneinander verabschiedet hatten. Dieses Vorkommnis besonders wurmte ihn.
Kaum saß er in der Kutsche, als er auch schon darauf zu sprechen kam. »Der Herzog de Sairmeuse und ich hatten einen schlimmen Streit«, sagte er.
»Das ist doch nichts Neues«, antwortete Albert. »Ihr streitet euch doch anscheinend immer, wenn ihr euch seht.«
»Schon, schon. Aber diesmal ging es um Ernsteres. Der Herzog hat sein Schloß verkauft, eins der schönsten in ganz Frankreich. Eine Zuckerfabrik wird daraus gemacht! Und nur, weil er Geld braucht.«
»Und deswegen habt ihr euch gestritten?«
»Genügt denn das nicht?« fragte der Graf empört.
»Aber, Vater, bedenken Sie doch, daß der Herzog arm ist und eine große Familie zu ernähren hat.«
»Das eine hat doch nichts mit dem anderen zu tun. Ein Aristokrat verschleudert seinen Besitz nicht. Damit begeht er Verrat an seinem Stand.«
»Aber, Monsieur!« sagte Albert, erschrocken von der Heftigkeit.
»Ich sage Verrat, und es ist Verrat«, beharrte der Graf.
Und dann unternahm er einen weitschweifigen Exkurs, um zu beweisen, daß der Adel seinen Besitz zusammenhalten müsse, wolle er nicht untergehen.

Inzwischen war man im Hof des Palais angelangt, und der Kutscher fuhr nach altem Brauch noch eine Runde, ehe er das Gefährt anhielt. Vom Sohn gestützt, ging der Graf die große Freitreppe empor und begrüßte die Dienerschaft, die sich in ihren Livreen aufgestellt hatte. Dann zog er sich in seine Zimmer zurück, in dem stolzen Bewußtsein, daß sein Haushalt, der dem Hofstaat eines regierenden Fürsten nicht nachstand, noch immer ausgezeichnet organisiert war.
Wie um diesen Zustand zu bestätigen, erschien der Hofmeister, kaum daß der Graf sich umgezogen hatte, und meldete, das Mahl sei gerichtet. Vater und Sohn trafen sich im Eßzimmer, einem üppig ausgestatteten Raum, wo auf kostbaren Platten und teuerstem Porzellan die erlesensten Gerichte serviert waren.
Der Graf war stolz darauf, ein Gourmand zu sein, und brüstete sich überall mit seinem erstaunlichen Appetit. Gern zog er auch Vergleiche zu Zelebritäten der Vergangenheit, die sich im Vertilgen von Nahrungsmitteln besonders hervorgetan hatten, so zu Karl IV., der einen ganzen Ochsen verspeisen konnte, oder zu Ludwig XIV., der so viel aß wie sechs ausgewachsene Männer. Er behauptete auch, an der Fähigkeit, Mengen zu vertilgen, könne man die Güte eines Mannes messen. Das sei so wie mit den Lampen, die desto heller leuchteten, je mehr Öl sie verbrauchten.
Während der ersten halben Stunde hatte der Graf alle seine Sinne auf das Essen versammelt, so daß kein Gespräch aufkam. Da er ganz auf die eigenen Gaumengenüsse konzentriert war, bemerkte er auch nicht, daß Albert die Speisen kaum anrührte. Als dann der Nachtisch abserviert war, kehrte seine üble Laune

zurück, diesmal entzündet an einem Brief, den er vor dem Mahl erhalten und kurz überflogen hatte. In diesem hatte ihn ein Freund, der Graf de Boisfresnay, um Hilfe gebeten, und nun erging sich Commarin in wüsten Beschimpfungen.

»Die haben kein Vertrauen zu sich selbst, das ist alles. Immer sollen andere ihnen die Kastanien aus dem Feuer holen. Dabei müssen sie ja die Achtung vor sich selbst verlieren und im Land den Eindruck erwecken, der Adel sei im Verfall.«

Beim Kaffee spann er das Thema weiter und kam schließlich zu der Feststellung: »Das einzige, was die Aristokratie vorm Untergang bewahren kann, ist ein strenges Gesetz, das die Alleinerbschaft des Erstgeborenen regelt.«

Albert, der aus Erfahrung wußte, wie starr seines Vaters Meinung in diesem Punkt war, schwieg.

»Oder kann man den nachgeborenen Kindern nicht zumuten, um ihrer Familie und ihres Erhalts willen Opfer auf sich zu nehmen?« fuhr der Alte streitlustig forf. »Sie müssen einfach auf ihr Erbteil verzichten und sich mit einer kleinen Rente zufriedengeben. Dann wird unser Stand erstarken, und er kann wieder ein gewichtiges Wort in den Staatsangelegenheiten mitsprechen.«

»Unsere Zeit denkt anders darüber«, wagte Albert einzuwerfen.

»Glaubst du, das weiß ich nicht? Da doch in meinem eigenen Haus meine Anschauung nicht gilt. Habe ich dich nicht gebeten, dieses unsinnige Projekt der Heirat mit der Tochter dieser alten Schrulle aufzugeben. Und was tust du?«

»Aber Vater!«
»Du willst deine eigenen Wege gehen und wirst dabei unsere Familie ruinieren. Noch hast du die Aussicht, einer der größten Grundbesitzer des Landes zu werden, nach meinem Tod. Aber laß nur Kinder kommen! In alle Winde wird dein Eigentum geblasen, und du selbst wirst am Bettelstab enden.«
»Ich fürchte, Vater, Sie übertreiben.«
»Ich übertreibe? Große, mächtige Familien sind nicht durch Zuneigung zweier Menschen entstanden. Ein echter Adliger denkt zuerst an sein Haus, an sein Gedeihen. Deine Mademoiselle d'Arlanges ist hübsch, ja. Aber besitzt sie auch nur einen Sou? Heirate eine reiche Erbin, dann handelst du richtig.«
»Und wenn ich sie nicht liebe?«
»Hör mit dieser alten Leier auf. Die Frau, die ich für dich ausgesucht habe, bringt dir vier Millionen in die Ehe. Und da redest du von Liebe!«
Albert hörte nun kaum noch hin und antwortete nur spärlich. Das verärgerte den Grafen mehr, als hätte der Sohn seinen Plänen heftig widersprochen. Als Albert wieder einmal eine einsilbige Antwort gegeben hatte, geriet der Graf in Wut und schrie: »Du redest wie ein hergelaufener Bursche aus dem Volk, nicht wie ein Sproß der Commarins!«
»Vielleicht haben Sie recht, Monsieur, und ich bin ein Bursche aus dem Volk, und vielleicht wissen Sie darüber genau Bescheid«, antwortete Albert mit kaum bewahrter Geduld.
Auf diese Worte reagierte der Graf zunächst nicht. Er war geschockt, sein Temperament verließ ihn, und zögernd sagte er: »Ich verstehe nicht.«

Albert aber antwortete ruhig und besonnen: »Ich muß mit Ihnen etwas Wichtiges besprechen. Es gibt Dinge, die die Ehre unseres Hauses berühren, meine Ehre übrigens nicht minder. Eigentlich hatte ich Sie um die Unterhaltung erst morgen bitten, Sie nicht schon am Tag Ihrer Rückkehr belästigen wollen. Doch da nun das Thema einmal angeschnitten ist, müssen wir uns wohl jetzt damit auseinandersetzen.«
Der Graf ahnte, was geschehen war, und sah der Unterredung mit Unbehagen entgegen.
»Glauben Sie nicht, daß ich Ihnen jemals einen Vorwurf machen werde«, sagte Albert. »Sie haben so viel für mich getan...«
»Keine Komplimente.« Mit einer Handbewegung unterbrach ihn der Graf.
»Ich habe, Monsieur«, sagte Albert nach einigem Zögern, »Ihren Briefwechsel mit Madame Gerdy gelesen...«
Commarin sprang so heftig auf, daß sein Stuhl umfiel.
»Davon will ich nichts hören!« brüllte er in höchster Wut. »Kein Wort mehr!«
Doch dann kam ihm zum Bewußtsein, daß er sich zu sehr hatte gehenlassen, und eher verlegen, stellte er den Stuhl wieder auf die Beine.
»Ich ahnte schon, als du mich vom Bahnhof abholtest, daß dir etwas auf die Seele drückte«, sagte der alte Graf bleich und mit mühsam beherrschter Stimme. »Die Ehre unseres Hauses sei im Spiel, hast du gesagt. So ist es. Unser Gespräch verträgt keinen Aufschub. Wir werden in mein Zimmer gehen.«
Zuvor noch gab er einem Diener Anweisung, niemanden vorzulassen.

»Wir möchten unter keinen Umständen gestört werden«, sagte er.
Seit zwanzig Jahren befürchtete der Graf, daß seine Affäre mit Madame Gerdy ans Licht kommen werde, und so war er von der Eröffnung Alberts nicht überrascht. Er war erfahren genug, um zu wissen, daß kein Geheimnis durch einen Zufall nicht offenbar werden könnte. Und das Geheimnis, das er vor Albert hütete, war vier Leuten bekannt. Drei von ihnen lebten noch, und zudem war er, der Graf, so unvorsichtig gewesen, alles dem Papier anzuvertrauen. Er fragte sich heute noch, wie das ihm hatte unterlaufen können, dem an Vorsicht gewöhnten Diplomaten. Und warum hatte er diese Korrespondenz nicht schon längst wieder an sich gebracht und vernichtet?
Als er Valerie noch liebte und an die Ewigkeit dieser Liebe glaubte, hatte er nie daran gedacht, die Briefe von ihr zurückzufordern. Das wäre zudem einer Kränkung Valeries gleichgekommen. Und warum hätte er auch an ihrer Verschwiegenheit zweifeln sollen? Valerie mußte doch ein starkes Interesse daran haben, die Spur der damaligen Ereignisse zu verwischen.
Später dann, als Commarin die Liaison aufgab, weil er glaubte, er werde hintergangen, hatte er keinen Weg mehr gesehen, die Briefe an sich zu bringen, zumal er sich heftig dagegen gewehrt hatte, mit der ehemaligen Geliebten noch einmal zusammenzutreffen. War er sich doch nicht gewiß, womöglich ihren Unschuldsbeteuerungen standhalten zu können? Sein Stolz war zu sehr verletzt, als daß der Gedanke an Verzeihung in seinem Kopf überhaupt hätte Platz finden können.
Eine dritte Person wollte er aber auf keinen Fall in die

Angelegenheit hineinziehen. So war nichts geschehen, Monate und Jahre vergingen, und endlich mußte er sich eingestehen, daß es zu allem schon zu spät sei. Das Zögern des Grafen in der Angelegenheit mit den Briefen hatte aber natürlich seinen tieferen Grund. Er wollte die Erinnerung an etwas, das nicht hätte geschehen dürfen, verdrängen. Vielleicht, so versuchte er sich zu beruhigen, hat sie die Korrespondenz vernichtet, und wenn ich sie jetzt von ihr zurückfordere, erwecke ich nur ihr Mißtrauen und womöglich den Gedanken, sich erst recht an die Öffentlichkeit zu wenden. Doch bei allem hatte er nie vergessen, daß Gefahr über ihm schwebte wie das Schwert über dem Haupt des Damokles.

Jetzt also war es soweit, der gefürchtete Augenblick war gekommen, und sooft er sich auch Gedanken gemacht hatte, wie er in diesem Augenblick seinem Sohn begegnen könnte, nun, in der Entscheidung, blieb er ratlos und sah verwirrt auf Albert, der in respektvoller Haltung vor ihm stand.

Um Zeit zu gewinnen, ließ sich der Graf gemächlich in einem Lehnsessel nieder, über dem der weitverzweigte Stammbaum derer von Commarin hing. Um nichts in der Welt durfte er sich die Angst, die ihn gepackt hatte, anmerken lassen, und es gelang ihm in der Tat, noch hochmütiger dreinzublicken als sonst. Auch seine Stimme klang fest und selbstsicher, als er sagte: »Ich brauche wohl nicht zu erklären, wie einem Vater zumute ist, der vor seinem Sohn erröten müßte. Ich hoffe, du wirst Verständnis für meine Lage haben. Versuchen wir, ruhig und sachlich zu sein. Zunächst aber möchte ich wissen, wie du von allem erfahren hast.«

Tagelang hatte Albert auf diesen Augenblick gewartet, und der fand ihn ruhig und gefaßt. Alle Ungeduld war verflogen; Alberts Stimme war klar, seine Gedanken waren gesammelt, und er erzählte alles, ohne sich an Nebensächlichkeiten zu verzetteln.

»Montag vormittag ließ sich ein junger Mann bei mir melden«, begann er, »der erklärte, er habe eine Angelegenheit von größter Wichtigkeit mit mir zu besprechen. Verschwiegenheit sei zudem erforderlich. Als ich ihn empfangen hatte, machte er mich mit der Tatsache bekannt, daß ich der Sohn einer Madame Gerdy sei, die Sie so geliebt hätten, daß Sie deren Kind an Stelle Ihres legitimen Sohnes angenommen und großgezogen hätten.«

»Du hättest ihn rausschmeißen sollen, diesen Lumpen!«

»Das konnte ich nicht. Denn er bat mich, einige Briefe, die er mitgebracht hatte, durchzulesen, ehe ich antwortete.«

»Trottel! Einfach in den Kamin hättest du sie werfen müssen!« brüllte der Graf. »So etwas! Hat das Zeug in den Händen und sorgt nicht dafür, daß es vernichtet wird. Wenn ich dabeigewesen wäre ...«

»Der Gedanke ist mir nicht gekommen. Ich erkannte nur auf den ersten Blick Ihre Handschrift, und ich las.«

»Ist das alles?«

»Ich händigte dem jungen Mann die Briefe wieder aus und bat ihn, eine Woche zu warten. Ich mußte mit mir ins reine kommen und außerdem erst mit Ihnen eine Unterredung herbeiführen, in der ich Klarheit gewinnen wollte, ob der Austausch der Kinder wirklich stattgefunden hat!«

»Natürlich hat er stattgefunden«, antwortete der Graf. »Du hast es ja selbst gelesen – in meinen Briefen an deine Mutter.«
Obwohl Albert diese Antwort erwartet hatte, berührte ihn die plötzliche Konfrontation mit ihr doch schmerzlich.
»Ich habe es gewußt, Monsieur«, sagte er leise. »Aber entschuldigen Sie meine letzten Reste von Zweifel. Denn in den Briefen, die ich las, war nur von dem Plan die Rede und wie er ausgeführt werden sollte. Daß er auch ausgeführt worden ist, davon habe ich aus ihnen nichts erfahren.«
Der Graf erstarrte in Mißtrauen. Hatte er doch noch die Antworten Valeries in Erinnerung, in der sie von der großen Freude darüber berichtete, daß der Plan erfolgreich ausgeführt worden sei, und er seinen Dank dafür ausgedrückt hatte, daß sie seinem Herzenswunsch entgegengekommen war.
»Dann hast du nicht alle Briefe gelesen«, sagte er.
»Alle, die man mir übergab, Monsieur, und sehr aufmerksam. Im letzten Brief teilten Sie Madame Gerdy mit, Claudine Lerouge, die Amme, die die Kinder vertauschen sollte, sei eingetroffen.«
»Das beweist nichts!« rief der Graf. »Ein Plan und seine Ausführung sind zweierlei. Was ist, wenn man einen Plan nicht ausführt?« Er machte sich Vorwürfe, zu schnell auf die Frage geantwortet zu haben, ob die Kinder wirklich vertauscht worden seien. Das erst hatte Alberts Verdacht zur Gewißheit gemacht. Valerie muß die Briefe, die ihr am gefährlichsten werden konnten, vernichtet haben, dachte er. Aber warum nur diese und nicht auch die anderen? Die waren doch kompro-

mittierend. Oder hatte sie die ganze Korrespondenz aus der Hand gegeben, und sie wurde nun stückweise präsentiert? Möglicherweise war Valerie tot? Der Gedanke schmerzte ihn. Denn er liebte diese Frau noch immer, selbst noch nach zwanzigjähriger Trennung. Zwar hatte sie ihn betrogen, aber sie hatte ihm auch die einzig glücklichen Jahre seines Lebens geschenkt.

»Armes Ding«, murmelte er, und mit Erstaunen sah Albert, daß die Augen des Grafen feucht wurden. Zum erstenmal sah er den Grafen nicht hochmütig.

Doch der erlaubte sich nicht lange Sentimentalitäten; sachlich fragte er Albert: »Wer hat dir die Briefe überbracht?«

»Ihr Sohn selbst, Noel Gerdy. Er sagte, er wolle nicht Dritte in die Angelegenheit hineinziehen.«

»Es stimmt. Wir haben ihn auf den Namen Noel taufen lassen.« Und nach einer Weile fragte er: »Von seiner Mutter hat er wohl nicht gesprochen?«

»Nur, daß sie ihm das Geheimnis nicht anvertraut und daß er es durch einen Zufall entdeckt habe.«

Für den Grafen Commarin war es nun an der Zeit, die Wahrheit zu sagen. Er winkte Albert näher zu sich heran und sagte in einem für ihn ungewohnt milden Ton: »Wir müssen gemeinsam dem Unerquicklichen ins Auge blicken und überlegen, wie wir ihm begegnen können. Hab Vertrauen zu mir; ich bin dein Vater, und du bist mein Sohn.«

»Für mich gibt es jetzt nur noch eins, Monsieur: Ich mache Ihrem ehelichen Sohn Platz, ohne Zaudern. Er soll all das besitzen, was ich ihm – ohne eigenes Verschulden – vorenthalten habe.«

Diese Haltung der Entsagung war gar nicht nach dem

Geschmack des Alten. Er lief rot an, hieb mit der Faust auf die Sessellehne und rief: »Aus diesen Phantastereien wird nichts, komme, was da kommen mag. Alles bleibt, wie es ist. Du bleibst der Graf de Commarin, wenigstens bis zu meinem Tod. Dann kann ich dich ja nicht mehr hindern ...«

»Monsieur ...«

»Halt den Mund! Deine Skrupel sind mir schnuppe. Ich weiß selbst, daß großes Unrecht geschehen ist. Ich weiß es seit dem Tag, an dem ihr vertauscht wurdet, und zwanzig Jahre lang habe ich mir deswegen Herz und Hirn zermartert, habe ich das Unrecht verflucht, dessen Opfer mein wirklicher Sohn geworden ist. Doch ich bin darüber hinweggekommen, und ich denke nicht daran, all meine Anstrengungen in den Wind zu schlagen wegen deiner Sentimentalitäten. Nie!«

Albert wagte kein Wort der Widerrede, als der Graf erschöpft innehielt. Die Angst vor seinem Vater war ihm von Kindheit an eingebleut worden.

»Soll ich dich von morgen an verleugnen?« fuhr der Graf fort, nachdem er wieder zu Atem gekommen war. »Soll ich Paris diesen Noel als meinen Sohn vorstellen? Soll ich erklären, da sei ein kleiner Irrtum im Spiel? Soll ich den Leuten weismachen, ich hätte meinen eigenen Sohn nicht erkannt, ihnen gestehen, einen Bastard großgezogen zu haben? Du stammst nicht von Krethi und Plethi, du trägst den Namen Commarin, und wer auch nur einen Tag so heißt, heißt sein ganzes Leben so. Basta. Komm mir nicht mit Gerechtigkeit. Die gibt es nur da, wo auch gleiche Pflichten erfüllt werden müssen. Wir haben einen Rang, eine Stellung zu verteidigen. Derartige Irrtümer sind für unsereinen

tödlich. Sei kein Dummkopf! Erweise dich deines Namens würdig.«
»Und die Stimme des Gewissens?«
»Gewissen?« fragte der alte Graf verblüfft. »Plötzlich drückt dich dein Gewissen? Zu spät, mein Sohn! Oder willst du mich jetzt im Stich lassen, weil der Name Commarin dir mit Schuld beladen zu sein scheint, von einem Verbrechen befleckt? Bring dein Gewissen zur Ruhe. Sag dir, daß Kinder nicht für das verantwortlich sind, was ihre Eltern tun. Sie haben nur zu gehorchen. Und das heißt in diesem Fall: Du hast die Last gemeinsam mit mir zu tragen.«
»Aber Noel Gerdy, was wird der dazu sagen? Er hat doch schließlich die Angelegenheit ins Rollen gebracht?«
»Ach ja, Noel...«
Der Graf wurde nachdenklich.
»Der rechmäßige Erbe Ihres Namens, Monsieur. Von mir hängt der Ausgang der Affäre nicht ab. Noel wird sein Recht fordern, den können Sie nicht zum Schweigen bringen. Er lebt in dem Bewußtsein, daß ihm ein großes Unrecht angetan worden ist. Und entweder wird er sich rächen wollen, oder er erwartet eine Wiedergutmachung.«
»Er hat keine Beweise.«
»Und Ihre Briefe?«
»Die sind nicht vollständig.«
»Mag sein, Monsieur. Aber haben sie nicht sogar mich überzeugt, der ich doch gar kein Interesse daran haben konnte, überzeugt zu werden? Und was ist, wenn er Zeugen beibringt?«
»Zeugen? Wen denn?«

»Sie zum Beispiel. Gesetzt den Fall, er bringt Sie vor Gericht und läßt Sie unter Eid aussagen...«
Commarin zögerte mit einer Antwort, kämpfte offensichtlich mit seinem Ehrgefühl. Dann entschied er: »Der Name meines Geschlechts hat Vorrang. Ich würde ihn reinhalten.«
»Auch durch eine Lüge?« Albert wollte die Entscheidung des Grafen akzeptieren. »Das kann ich nicht glauben. Gesetzt den Fall, Sie ließen sich zu einer Lüge hinreißen. Würde Ihnen das nützen? Noel würde Madame Gerdy als Zeugin aufbieten.«
»Sie wird nicht gegen mich aussagen; sie ist ja selber in die Sache verwickelt. Wenn es nötig ist, suche ich sie auf. Ja«, setzte er hinzu, als sei ihm plötzlich ein Geistesblitz gekommen, »ich spreche mit ihr. Und ich halte jede Wette, daß sie uns nicht in den Rücken fallen wird.«
»Und was wird mit Claudine Lerouge?« wollte Albert wissen. »Wie wollen Sie sich ihrer versichern?«
»Mit Geld natürlich. Ich werde ihr jede Forderung erfüllen.«
»Erkauftes Schweigen ist unsicheres Schweigen«, gab Albert zu bedenken. »Wenn jemand ihr mehr bietet, wird sie gegen Sie auftreten.«
»Das ist unser Risiko.«
»Und denken Sie daran, daß Claudine Lerouge Noels Amme war und daß sie ihn liebt. Vielleicht war sie es sogar, die ihn auf die Spur gebracht hat. Ich traue der Alten nicht. Wir waren ja schon einmal bei ihr in Bougival. Sie war mir nicht sonderlich sympathisch. Und Noel scheint sie schon öfter aufgesucht zu haben. Jedenfalls tat er so, als sei er ihrer sicher, und er hätte

mir beinahe vorgeschlagen, sie aufzusuchen, um sich bei ihr zu informieren.«
»Warum ist nur Germain, mein treuer Diener, tot«, rief der Graf voller Selbstmitleid, »und nicht Claudine statt seiner!«
»Claudine ist der Stein, über den Sie leicht stolpern können«, sagte Albert.
»Ich stolpere nicht!«
Der Graf war nicht gewillt, den Vorstellungen seines Sohnes Platz in seinen Überlegungen einzuräumen. Wenn es um seinen Namen und seine Familie ging, blieb er blind und taub gegenüber vernünftigen Einwänden.
»Sie wollen nur nicht, Monsieur«, sagte Albert nach einer Weile des Schweigens, »daß Sie und Ihr Name in einen Skandal verwickelt werden. Doch wird der noch größer, wenn wir Noel nicht zufriedenstellen. Ist Ihr Name erst einmal vor Gericht, dann wird ganz Europa von einem ›Fall Commarin‹ sprechen, und ganz gleich, wie das Urteil ausfällt, die Zeitungen werden Sie durch die Spalten schleppen.«
»Sprich nicht so zu mir!« forderte der Graf. »Das zeugt von erschreckend wenig Achtung vor deinem Vater.«
»So mit Ihnen zu sprechen ist meine Pflicht. Ich muß Sie auf die möglichen Folgen aufmerksam machen und Sie darauf hinweisen, daß wir sie noch abwenden können. Akzeptieren Sie Noel Gerdys Ansprüche, erklären Sie, ein Irrtum der Amme habe die Verwechslung verschuldet, und wenn alle Beteiligten sich einig sind, kann jeder Eklat vermieden werden. Der neue Graf de Commarin würde sodann Paris für einige Zeit – sagen wir vier oder fünf Jahre – verlassen, und

wenn er nach Ablauf dieser Frist nach Paris zurückkehrt, wird sich niemand mehr des Falls erinnern.«
Aber der Graf hörte nicht auf die eindringlichen Vorstellungen seines Sohnes. Er stützte nachdenklich den Kopf in eine Hand und sagte dann: »Wir müssen einen Ausweg finden. Alles, was dieser junge Mann will, ist Geld, und Geld soll er haben, soviel wie er verlangt, eine Million, wenn nötig zwei oder drei, die Hälfte meines Vermogens. Es gibt niemanden und nichts in der Welt, was nicht zu kaufen wäre.«
»Monsieur, er ist Ihr Sohn!«
»Ich pfeife auf meinen Sohn!« schrie der Graf. »Laß mich nur mit ihm sprechen, und er wird erkennen, daß ihm nichts bleibt, als sich mit mir gütlich zu einigen.«
Befriedigt darüber, diesen Ausweg gefunden zu haben, blickte er Albert beifallheischend an. Doch der teilte nicht den Optimismus seines Vaters.
»Ich beraube Sie nicht gern·Ihrer Illusionen«, sagte er, »aber Sie müssen sich den Gedanken an eine solche Regelung aus dem Kopf schlagen. Dieser Gerdy – ich habe ich kennengelernt, Monsieur – läßt sich nicht mit einem Teilerfolg abspeisen. Darin ist er ganz Ihr Sohn. Rücksichtslose Entschlossenheit spiegelte sich in seinen Zügen; seine Stimme bebte vor innerer Wut, als er mit mir sprach, seine Augen schossen Blitze. Er ist wie ein Spieler, will alles oder nichts. Dabei ist er nicht einmal im Unrecht, wenn er gegen unseren Widerstand anrennt. Eines ist für mich gewiß: Nur Sieg oder Niederlage ist sein Ziel.«
Graf Commarin wunderte sich, einen sonst immer respektvoll und gehorsam auftretenden Sohn solchermaßen reden zu hören. Sein Selbstbewußtsein im-

ponierte ihm jedoch auch, und so fragte er, wenn auch nicht ohne Erstaunen in der Stimme: »Was sollen wir also tun?«

»Bei allem Respekt vor Ihrer Würde und Ihrem Alter«, antwortete Albert, »bin ich, Ihr unehelicher Sohn, entschlossen, meinen Platz Noel einzuräumen, und zwar freiwillig, ehe mich ein Gericht dazu zwingt.«

»Du willst mich also verlassen!« schrie der Graf. »Du stellst dich einfach gegen meinen Willen und wirfst diesem Kerl deinen Namen und dein Vermögen vor die Füße! Gegen meinen Willen!«

»Ich habe meine Entscheidung getroffen.«

Der Zorn des Grafen schlug nun in Hohn und Spott um, und in beleidigendem Ton fuhr er fort: »Ein Edelmann vom Scheitel bis zur Sohle! Ein Muster an Ritterlichkeit! Mein lieber junger Graf ... oder soll ich schon sagen: mein sehr verehrter Monsieur Gerdy? Du hast also deine Entscheidung getroffen, gegen meinen Namen, meinen Besitz, willst mein Haus verlassen und in die weite Welt ziehen. Aber hat mein edelmütiger Ritter auch bedacht, wovon er leben will? Du hast doch nicht einmal einen Beruf. Die viertausend Francs, die ich Ihnen, Monsieur Gerdy, als monatliche Apanage ausgezahlt habe, haben Sie die gespart? Vielleicht kannst du dein Glück an der Börse machen. Da würde natürlich der Name, den du jetzt noch trägst, stören. Sag doch, daß du alles satt hast, den Umgang mit meinen Freunden, und daß du brennend gern unter deinesgleichen sein möchtest!«

»Zu all meinem Unglück, Monsieur«, sagte Albert traurig, aber fest, »wollen Sie mich auch noch beleidigen.«

»Wenn du unglücklich bist, dann ist das deine Schuld. Und alles Gefühl des Unglücks bewahrt dich nicht vor der Frage, wovon du leben willst.«

»Sie belieben, mich als einen Phantasten hinzustellen. Ich bin keiner, Monsieur. Ich gestehe, ich habe meine Zukunftspläne auf Ihren Reichtum gebaut. Fünfhunderttausend Francs würden Ihnen wohl kaum Abbruch tun. Mit diesem Betrag könnte ich ein anständiges Leben führen. Ob es auch glücklich sein würde, weiß ich nicht.«

»Und wenn ich dir das Geld nicht gebe?«

»Ich halte Sie für zu gerecht, um mich für einen Fehler büßen zu lassen, den ich nicht begangen habe. Hätten Sie mich nicht als Ihr Sohn ausgegeben, dann wäre ich jetzt in einer guten Stellung. Vielleicht ist es zu spät, jetzt noch in einem Beruf anzufangen. Aber ich werde es versuchen.«

»Und ich dachte, solche Helden gäbe es nur in Romanen und Märchen. Die Gerechtigkeit eines römischen Republikaners und die Härte eines Spartaners vereinigen sich in dir! Was versprichst du dir eigentlich von diesem Theater?«

»Nichts, Monsieur.«

Der Graf zuckte die Achseln. »Das ist keine Antwort«, sagte er. »Die Abfindung, die du von mir forderst, ist verdächtig gering. Also auch Edelmut mir gegenüber. Und das soll ich dir abkaufen? Du kannst mir nicht weismachen, daß du an der puren Selbstlosigkeit dein Vergnügen findest. Dahinter muß etwas anderes stekken, wirkliche Gründe für deine Großzügigkeit, die ich nicht kenne.«

»Ich habe mich Ihnen offenbart, Monsieur.«

»So willst du auch deine Verbindung mit Mademoiselle d'Arlanges aufgeben? Das wäre vielleicht das einzig Nützliche.«
»Claire kennt bereits meine Lage, und sie will meine Frau werden, was auch immer kommen mag.«
»Kennt auch Madame d'Arlanges die Wendung der Dinge? Glaubst du, sie würde ihre Enkelin einem Herrn Gerdy zur Frau geben?«
»Ich hoffe es, Monsieur. Und wenn sie nicht einwilligt, warten wir, bis sie gestorben ist.«
Alberts Selbstbewußtsein brachte den Grafen aus der Fassung.
»Du kannst nicht mein Sohn sein!« rief er und sprang aus dem Sessel. »Wer weiß, was für Blut in deinen Adern fließt? Deine Mutter könnte uns da vielleicht auf die Sprünge helfen, vorausgesetzt, sie erinnert sich noch.«
»Das geht zu weit, Monsieur«, wies Albert den Grafen zurecht. »Ich muß Sie bitten, meine Mutter nicht zu beleidigen. Ich bin nicht ihr Richter, und ich erlaube nicht, daß so von ihr gesprochen wird, wie Sie es getan haben. Sie haben das geringste Recht, sie zu verurteilen!«
Jetzt war der Graf außer sich vor Wut. Vergebens versuchte er, seine Nerven im Zaum zu halten. Er stürzte auf Albert zu, als wollte er ihn packen und zu Boden werfen.
»Aus meinen Augen!« schrie er mit überkippender Stimme. »Geh auf dein Zimmer, und wag es nicht, es ohne Erlaubnis zu verlassen. Wir sprechen uns morgen wieder!«
Albert ging zur Tür, nachdem er sich kühl und ohne die

Augen niederzuschlagen verbeugt hatte. Er hielt noch die Klinke in der Hand, als des Grafen Stimmung schon umschlug. Mit einem Schluchzen in der Stimme sagte er: »Ich muß dich um Verzeihung bitten, Albert. Ich habe eingesehen: Niemand ist würdiger als du, Erbe eines großen Namens zu sein. Albert, gib mir die Hand!«
Es folgten Minuten des Schweigens, während deren einer des anderen Hand umklammert hielt. Alle Förmlichkeit, die bisher das Verhältnis des Vaters zu seinem Sohn beherrscht hatte, schien dahingeschmolzen zu sein. Der Alte fühlte jäh Stolz und Sympathie mit einem Mann in sich aufsteigen, der alles opfern wollte, damit der Gerechtigkeit Genüge getan würde. Und Albert war bewegt, daß er den herrischen Sinn seines Vaters so gebrochen sah. Schließlich löste der Graf seine Hand aus der Alberts, setzte sich wieder in den Sessel unter dem Stammbaum der Commarins und sprach: »Laß mich jetzt allein, Albert. Ich muß alles überdenken und mich mit der neuen Lage vertraut machen.«
Was soll ich tun, dachte er, als Albert gegangen war, wenn er mich verläßt? O Gott! Was wird mir der andere überhaupt sein können?
Die Diener, denen der Streit nicht verborgen geblieben war, sahen voller scheuen Staunens, wie Albert, bleich und doch gefaßt, langsam die Treppe zu seinen Räumen emporstieg. Seine Gedanken waren trotz der heftigen Auseinandersetzung mit seinem Vater bei Claire. Ob sie wohl an ihn dachte? Er war überzeugt davon, denn sie wußte, daß die Aussprache mit dem Grafen an diesem Abend oder am nächsten Morgen stattfinden würde.
Albert drehte sich alles vor Augen, als er sein

Wohnzimmer betrat. Der Kopf dröhnte. Er klingelte nach Tee.
»Soll ich den Arzt kommen lassen?« fragte Lubin, der Kammerdiener, der den Tee brachte.
»Kein Arzt kann mir helfen«, erwiderte Albert. »Ich muß mit meiner Krankheit allein fertig werden.«
Die Nachwirkungen der Auseinandersetzung ließen ihn nicht schlafen. Lange stand er am offenen Fenster und blickte über den mondbeschienenen Park mit seinen mattleuchtenden Blumenrabatten. Die freundliche Nachtluft durchzog das Zimmer, er hörte die Diener sprechen und lachen, das Geräusch von Schritten kam aus dem Hof herauf und aus den Ställen das Stampfen der Pferde.
Alles, worauf Albert herniederblickte und was ihm in dieser Stunde besonders seine Schönheit offenbarte, hatte er bisher sein eigen nennen dürfen. Und nun sollte er das alles aufgeben müssen? Der Gedanke daran, daß auch Claire auf Reichtum und Pracht würde verzichten müssen, machte den eigenen Verzicht noch schwerer. Es war sein Traum gewesen, ihr einmal alles bieten zu können, was ihr bisher versagt worden war. Was wird nun, fragte er sich.
Als es von St-Clothilde Mitteracht schlug, erwachte er aus seinen Gedanken. Ihn fror, und er schloß das Fenster. Er setzte sich an den Kamin und versuchte, sich durch die Lektüre einer Abendzeitung abzulenken. In dieser Zeitung wurde auch über den Mord in Jonchère berichtet. Aber Albert konnte sich nicht aufs Lesen konzentrieren. Er legte das Blatt beiseite und versuchte, einen Brief an Claire zu schreiben, kam aber über die Anrede nicht hinaus. Die Buchstaben tanzten

ihm vor den Augen, die Erschöpfung legte sich bleischwer auf ihn. Als der Morgen dämmerte, schlief er auf dem Sofa ein.

Gegen halb neun erwachte er aus einem Traum, der ihn mit bedrückenden Bildern gequält hatte, als die Tür zu seinem Zimmer krachend aufflog.

»Monsieur«, rief einer der Diener, völlig außer Atem. »Herr Graf! Fliehen Sie! Die Polizei ... verstecken Sie sich ... sie sind da ... sie ...«

Doch ein Polizeibeamter stand schon in der Tür. Er wurde von einigen Männern begleitet, unter denen sich Tabaret befand, der sich bemühte, nicht gesehen zu werden.

Der Polizeibeamte trat auf Albert zu.

»Sind Sie Guy Louis Marie Albert de Rheteau de Commarin?« fragte er.

»Ja.«

»Monsieur de Commarin, ich verhafte Sie im Namen des Gesetzes.«

»Sie verhaften mich?«

Albert, noch halb im Traum, begriff nicht, was vor sich ging. Er versuchte, sich wieder in den Traum zu flüchten.

Doch der Polizeibeamte hielt ihm ein Papier vor Augen und sagte: »Der Haftbefehl.«

Nur einzelne Wörter konnte Albert entziffern. Doch was er las, ließ ihn zusammensacken. Er murmelte: »Claudine ist ermordet! Ich bin verloren!« Dieser letzte Satz wurde zwar sehr leise ausgesprochen, doch die Polizeibeamten, auch Tabaret, hatten ihn verstanden.

Während der Polizeibeamte, der den Haftbefehl vorgewiesen hatte, Albert einige Fragen stellte, durchsuchten seine Kollegen unter der Leitung von Vater Tabaret die Räume. Tabaret stöberte in allen Schränken und Schubladen, rückte sogar die Möbelstücke ab. Einiges aus dem Besitz Alberts, vor allem seine Tagebücher und seine Korrespondenz, wurde beschlagnahmt. Außerdem nahm Tabaret die folgenden Gegenstände in Verwahr, die im Protokoll so aufgeführt wurden:

Im Besucherzimmer ein hinter einem Sofa hängendes abgebrochenes Florett, in dessen Griff eine Grafenkrone und die Initialen A. C. eingraviert sind. Die Klinge ist in der Mitte durchgebrochen, die Spitze nicht aufzufinden. Befragt, erklärt der junge Graf, er wisse nicht, wo die andere Hälfte der Klinge sich befinde.

Eine schwarze Hose im Ankleideraum, naß und voller Schmutzspuren, an deren einer Seite sich Reste von frischem Moos befinden. Es hat den Anschein, als sei ihr Träger über eine Mauer geklettert. Darauf deuten mehrere Risse auf der Vorderseite hin, unter ihnen ein Riß in der Kniegegend von etwa 10 cm Länge. Diese Hose fand sich zwischen zwei Schränken versteckt.

Ein Paar perlgraue Handschuhe in der Tasche der Hose. Die Innenseite des rechten Handschuhs weist einen grünlichen Fleck auf, der auf die Berührung von Gras oder Moos hindeutet. Die Spitzen der Fingerlinge sind aufgerauht, auf dem Rücken beider Handschuhe sind Kratzer sichtbar, wahrscheinlich Spuren von Fingernägeln.

Zwei Paar Schuhe: ein sauberes, das andere mit deutlichen Spuren von Feuchtigkeit.

Ein noch nasser Regenschirm, an dessen Spitze sich noch Reste von Schlamm finden.

Eine Kiste Zigarillos (in der Bibliothek) und auf dem Kaminsims einige Zigarrenspitzen aus Bernstein und Meerschaum.

Nachdem er das Protokoll fertiggestellt hatte, sagte Tabaret zu dem Beamten, der die Verhaftung leitete: »Ich habe gefunden, was ich zu finden vermutete.«

»Meine Untersuchungen sind auch beendet«, antwortete der Polizist. »Unser Mann hat anscheinend noch nicht ganz begriffen, was auf ihn zukommt, sonst hätte er nicht sofort aufgegeben. Schreiben Sie das einem Mangel an Erfahrung zu?«

»Warten Sie's ab«, flüsterte Tabaret, »er wird bald seine Verwirrung abstreifen. Wir haben ihn aus dem Schlaf gerissen. Da sind die meisten noch nicht ganz beieinander. Verhaftung am frühen Morgen, das ist ein probates Rezept.«

»Einige aus der Dienerschaft haben seltsame Geschichten zum besten gegeben.«

»Die können wir später auswerten. Ich muß jetzt zum Untersuchungsrichter. Der wartet sicher schon.«

Es dauerte eine geraume Weile, ehe Albert aus seiner Lethargie erwachte, die angesichts der polizeilichen Aktivitäten über ihn gekommen war. Dann begehrte er, den Grafen de Commarin zu sprechen.

»Ich bin das Opfer eines Irrtums, der schnell aufzuklären sein wird.«

»Das sagen alle«, murmelte Tabaret.

»Ich habe meine Anweisungen«, erwiderte der leitende Beamte. »Ihnen ist jeglicher Verkehr mit der Außenwelt verboten. Folgen Sie mir jetzt zum Wagen.«

Als Albert unter Bewachung die Halle durchschritt, wimmelte diese von einer erregten Dienerschar, und es war ihm, als hörte er aus dem Stimmengewirr heraus, der alte Graf habe einen Schlaganfall erlitten.
Der Wagen, in dem man Albert untergebracht hatte, fuhr schnell davon. Tabaret war mit einem anderen schon vorausgefahren.

9.

Wer das Labyrinth von Korridoren und Treppen des Gerichtsgebäudes bis in die dritte Etage des westlichen Flügels durchschreitet, stößt auf einen niedrigen Gang, der durch das Licht aus schmalen Fenstern nur schlecht beleuchtet ist. Den ganzen Tag über hört man hier die Schritte der Posten, die Häftlinge zu den kleinen Türen mit schwarzen Nummern begleiten, hinter denen die Untersuchungsrichter sitzen. Die Zimmer dieser Richter sind nüchtern und kahl, haben eigentlich nichts Schreckenerregendes an sich. Und doch betreten die Angeklagten sie mit Beklommenheit, und den meisten von ihnen ist, als deute die Nässe der Wände auf die Tränen, die hier geflossen sind, als Geständnisse freiwillig oder unter der Last von Beweisen abgelegt wurden. Die Einrichtung der grüntapezierten Zimmer ist immer dieselbe: ein Schreibtisch für den Untersuchungsrichter, ein kleiner Tisch für den Protokollanten, ein paar Stühle und ein Schrank für Akten und Hut und Mantel des Richters.
Auch das Zimmer mit der Nummer 15, das Daburon um neun betrat, machte darin keine Ausnahme. Nachdem

er Tabaret zugestimmt hatte, daß rasches und überraschendes Vorgehen vonnöten sei, hatte er alle erforderlichen Maßnahmen getroffen. Ein Gespräch mit dem Staatsanwalt hatte bereits stattgefunden, desgleichen eine Beratung mit der Polizei. Ein Haftbefehl gegen Albert de Commarin war erlassen, der alte Graf, Madame Gerdy und Noel, außerdem einige Diener Alberts waren zur Vernehmung vorgeladen worden.

Obgleich Daburon die Atmosphäre dieses Zimmers vertraut war, hatte ihn heute eine seltsame Nervosität befallen. Immer wieder sagte er sich, daß er selten einen Fall behandelt habe, der so eindeutig war wie dieser, und dennoch konnte er eine bedrängende Unruhe nicht von sich abtun. Ruhelos ging er vom Schreibtisch zum Fenster und zurück, blickte immer wieder auf seine Taschenuhr, und wenn er draußen Schritte hörte, hielt er in seiner Wanderung jäh inne.

Endlich kam der Schreiber, ein wenig verspätet, ein großer hagerer Mann in den Dreißigern, der dafür bekannt war, daß er auch die erschütterndsten und scheußlichsten Geständnisse mit unbeweglicher Miene zu Protokoll nahm. Er hieß Constant und entsprach ganz den Vorstellungen, die man sich von einem ausgezeichneten Protokollanten machte.

Mit einer Verbeugung vor Daburon entschuldigte er sich für sein Zuspätkommen.

»Macht nichts, wir haben noch Zeit«, erwiderte Daburon. »Aber heut gibt es eine Menge Arbeit. Ordnen Sie schon die Akten.«

Als erster der Vorgeladenen erschien einige Minuten später, geführt von einem Gerichtsdiener, Noel Gerdy, und er gab sich so ungezwungen wie einer, dem dieses Gebäude nicht fremd war. Dieser Mann, der in Daburons Zimmer trat, erinnerte kaum mehr an den Freund Tabarets oder an den Liebhaber, der Juliette einen Besuch abgestattet hatte. Er war ganz der bekannte Rechtsanwalt, der von seinen Kollegen geschätzt und in der Öffentlichkeit beliebt war. Nichts in seinen Zügen und seinem Auftreten deutete darauf hin, daß er einen Tag voller aufregender Erlebnisse und einen nächtlichen Besuch bei seiner Freundin hinter sich gebracht hatte. Noel war gut rasiert, trug eine untadelige weiße Krawatte, und Haare und Schnurrbart waren sorgfältig gebürstet. Dadurch unterschied er sich von dem Richter, der blaß und übernächtig, mit tiefen Schatten unter den Augen und in einem zerknitterten Hemd hinter dem Schreibtisch saß, offensichtlich noch bewegt von dem, was die letzten vierundzwanzig Stunden ihm beschert hatten.

Mit einer Verbeugung überreichte Noel seine Vorladung und sagte: »Monsieur, ich stehe ganz zu Ihrer Verfügung.«

Daburon kannte den jungen Anwalt von einigen Begegnungen in den Gängen des Justizpalasts, und er erinnerte sich an ihn als an einen Mann, von dem es hieß, er habe eine glänzende Karriere vor sich. Er bat Noel, Platz zu nehmen. Dann folgte das übliche Feststellen der Personalien, ehe er die Vernehmung eröffnete.

»Wissen Sie, Monsieur Gerdy, warum Sie vorgeladen worden sind?« fragte Daburon.

»Es geht, soweit ich informiert bin, um den Mord an der alten Frau in Jonchère.«

»Sie sind richtig informiert«, sagte Daburon, und da er sich des Versprechens erinnerte, daß er Tabaret gegeben hatte, setzte er hinzu: »Wundern Sie sich nicht, wenn Sie als erster vorgeladen worden sind. Ihr Name taucht erstaunlich oft in den Papieren auf, die wir bei der Toten gefunden haben.«
»Ich wundere mich nicht. Madame Lerouge war meine Amme. Madame Gerdy hat ihr häufig geschrieben.«
»Dann berichten Sie mir, was Sie über die Ermordete wissen.«
»Persönlich ist mir kaum etwas über sie bekannt. Schließlich ist sie von uns fortgegangen, als ich noch ein kleines Kind war. Später habe ich ihr hin und wieder etwas Geld zukommen lassen.«
»Haben Sie das Geld persönlich überbracht?«
»Manchmal. Meine Besuche aber waren spärlich und kurz. Madame Gerdy dagegen hat sie oft aufgesucht, und ihr pflegte Madame Lerouge auch ihre Sorgen anzuvertrauen. Sie könnte Ihnen also mehr zu Diensten sein, als ich es kann.«
»Madame Gerdy ist auch vorgeladen.«
»Ich fürchte, sie kann nicht kommen. Sie ist krank«, sagte Noel.
»Ernsthaft krank?«
»Nach Auffassung von Doktor Hervé: auf den Tod krank. Sie hat sich eine Hirnhautentzündung zugezogen und wird, auch wenn ihr Leben gerettet werden sollte, geistesverwirrt bleiben.«
»Und Sie glauben nicht, daß wir irgend etwas von ihr erfahren könnten?« fragte Daburon enttäuscht.
»Machen Sie sich da keine Hoffnung«, antwortete Noel niedergeschlagen. »Ich habe sie in einem Zustand

verlassen, der kaum erwarten läßt, daß sie den Tag überlebt.«
»Und wann trat die Krankheit ein?«
»Gestern abend.«
»So aus heiterem Himmel?« Daburon war offensichtlich mißtrauisch.
»Wenn Sie so wollen, aus heiterem Himmel. Aber ich nehme an, daß sie das Leiden schon seit langem mit sich herumgeschleppt hat. Als sie dann gestern eine Zeitung las und ihr Blick auf die Reportage über den Mord in Jonchère fiel, stieß sie einen Schrei aus, sank zu Boden und jammerte: ›Der unglückliche Mann, der unglückliche Mann!‹ «
»Nicht: ›Die unglückliche Frau‹?«
»Nein, Monsieur. Ihr Jammern galt wohl nicht meiner unglücklichen Amme.«
Daburon war überrascht, hob den Blick zu Noel empor, der den Kopf senkte.
»Was sagte sie danach?« fragte Daburon, nachdem er sich einige Notizen über diese wichtigen Worte von Madame Gerdy gemacht hatte.
»Nichts mehr. Unser Dienstmädchen und ich trugen sie ins Bett. Ich schickte nach dem Arzt. Seitdem ist sie ohne Bewußtsein.«
»Genug davon«, unterbrach Daburon Noel, der sich anschickte, die Diagnose des Arztes in allen Einzelheiten wiederzugeben. »Was mich interessiert: Kennen Sie jemanden, der Madame Lerouge feindlich gesonnen war?«
»Nein.«
»Oder jemanden, dem ihr Tod gelegen gekommen wäre?«

Daburon ließ keinen Blick von Noel, und so bemerkte er, daß dieser stutzte und eine Miene machte, als tobte in seinem Innern ein heftiger Kampf.
»Nein, niemanden«, sagte Noel schließlich, doch das klang nicht sehr überzeugend.
»Niemanden?« wiederholte der Untersuchungsrichter, und er faßte Noel schärfer ins Auge. »Sie kennen also keinen, der aus dem Mord Nutzen ziehen könnte?«
»Es gibt da nur eine persönliche Angelegenheit«, antwortete Noel nach einigem Zaudern, »in der mir ein schweres Unrecht zugefügt worden ist.«
Jetzt kommt er auf die Briefe zu sprechen, dachte Daburon befriedigt, und ohne daß ich Tabaret ins Spiel bringen mußte. Gott sei Dank!
»Ein schweres Unrecht? Erklären Sie sich näher.«
Noel schien vor Verlegenheit nicht zu wissen, wohin er blicken sollte. Er schwieg einige Sekunden, ehe er begann: »Als Advokat weiß ich, daß die Justiz ein Recht darauf hat, die ganze Wahrheit zu erfahren. Gleichwohl liegt dieser Fall so, daß das Ausbreiten der Wahrheit das Gewissen eines Mannes von Ehre gefährden könnte. Ich empfinde es als außerordentlich hart, Geheimnisse lüften zu müssen, die ...«
Daburon war beeindruckt von dem ernsten Ton, in dem Noel seine Rede vortrug. Da er ohnehin wußte, was zur Sprachc kommen würde, unterbrach er den Zeugen mit einer Handbewegung, um ihm das Geständnis in Gegenwart des Protokollanten zu ersparen. Mit einer Wendung zu dem dritten Mann im Raum sagte er nur: »Constant!«
Diese Anrede, offenbar ein verabredetes Zeichen, ließ den Schreiber sofort aufstehen und, den Federhalter

hinterm Ohr, das Zimmer verlassen. Noel sah dieser Szene mit Erstaunen zu.

»Vielen Dank, Monsieur«, sagte er, als er mit Daburon allein war. »Das war sehr liebenswürdig von Ihnen, daß ich meine Erklärung nur vor Ihnen abzugeben brauche. Ich bitte Sie von vornherein, mich zu entschuldigen, wenn ich bitter werden sollte. Ich bin noch zu sehr erregt, um sachlich sein zu können. Was ich zu berichten habe, ist nicht viel. Ich habe für meinen Beruf gelebt und außerhalb meiner Praxis ein ruhiges, zurückgezogenes und bescheidenes Dasein gefristet, ganz in Verehrung der Frau zugewandt, die ich für meine Mutter hielt. Meine uneheliche Geburt machte mein Fortkommen schwer; aber ich habe es doch geschafft, mir in Fachkreisen einen Namen zu machen. Ich konnte also durchaus zufrieden sein, bis zu dem Tag, da mir ein Zufall die Briefe in die Hände spielte, die der Graf de Commarin, mein Vater, an Madame Gerdy geschrieben hatte, als sie einander noch in Liebe begegnet waren. Jetzt wurde mir bewußt, daß ich nicht der war, für den ich mich und man mich bisher gehalten hatte. Madame Gerdy war nicht meine Mutter.«

Ohne Stocken und ohne Daburon Gelegenheit zu Zwischenfragen zu geben, erzählte Noel, was er einige Stunden zuvor schon Vater Tabaret berichtet hatte, nur weniger schwungvoll und leidenschaftlich, sondern sachlich und mit äußerster Beherrschung, so als spreche er vom Schicksal eines Dritten und nicht von der eigenen leidvollen Erfahrung.

Ganz sachlich legte er auch dar, daß er auf den Grafen und Madame Gerdy nicht rechnen könne, wenn es gelte, seine durch die Briefe gewonnene Vermutung durch

Beweise zu untermauern, da beide ein Interesse daran haben mußten, die Wahrheit zu verheimlichen. Einzig die Amme, Madame Lerouge, die ihm immer zugetan gewesen sei und die sicherlich am Ende ihres Lebens glücklich gewesen wäre, ihr Gewissen zu erleichtern, hätte Aussagen von objektivem Wert machen können. Nun, da sie tot sei, wären die Briefe nur noch wertloses Papier.

Ausführlicher, als er das Tabaret gegenüber getan hatte, berichtete er über seine Auseinandersetzung mit Madame Gerdy vor ihrem Zusammenbruch, die zunächst die Vertauschung der Kinder heftig abgestritten habe, dann aber, nachdem er nicht lockergelassen hatte, zusammengebrochen sei und ein Geständnis abgelegt habe. Dieses Geständnis aber hätte sie sogleich danach widerrufen und ihm erklärt, ihrem Sohn unter allen Umständen Namen und Vermögen erhalten zu wollen, und müßte sie auch das Blaue vom Himmel herunter lügen. Nach der Auseinandersetzung, so meinte Noel, hätten sich auch die ersten Anzeichen der Krankheit bemerkbar gemacht, die Madame Gerdy nun für immer niedergeworfen hatte.

Noel setzte den Untersuchungsrichter auch von seinem Besuch bei Albert de Commarin ins Bild. Daß er sich dabei in einige nebensächliche Widersprüche verwickelte, nahm Daburon kaum zur Kenntnis, zumal er sehr davon angetan war, daß Noel nichts Ungünstiges über den jungen Grafen aussagte und im Gegenteil darauf verwies, welch einen günstigen Eindruck er von diesem gewonnen hatte. Der Unmut, mit dem Albert zunächst seine Eröffnungen aufgenommen habe, sei nur zu verständlich und ändere im übrigen nichts an dem

Charakter dieses noblen und gutherzigen Mannes, der bereit sei, sein, Noels Recht zu respektieren.
Daburon saß reglos da, scheinbar unbeteiligt, und doch ging ihm kein Wort Noels verloren. Als Noel seinen Bericht beendet hatte, sagte er nur: »Und Sie haben mir erklärt, daß niemand an dem Tode der Witwe Lerouge interessiert gewesen sei.« Und als Noel darauf schwieg, fuhr er fort: »Ist Ihnen denn nicht klar, daß der junge Graf durch Ihre Auslassungen in schweren Verdacht gerät? Madame Gerdy kann nicht vernommen werden, der alte Graf wird alles ableugnen, Ihre Briefe sind wertlos, wenn Madame Lerouge nicht mehr lebt...« Absichtlich ließ er den Satz unvollendet.
Daburon kamen leichte Zweifel, ob Noel ehrlich war in seiner Haltung oder ob er nur den Edelmütigen spielte. War es denkbar, daß ein gewitzter Anwalt wie sein Gegenüber nie den Verdacht gehabt hatte, daß Albert am Tod der Lerouge das größte Interesse haben müßte?
»Ich weiß, worauf Sie anspielen«, sagte Noel unbefangen. »Aber warum hätte Albert sich fürchten oder um seine Stellung zittern sollen? Ich habe ihm nicht gedroht, habe ihm nur die Tatsache unterbreitet und ihm die Entscheidung überlassen.«
»Hat er um Bedenkzeit gebeten?«
»Ja. Ich habe ihm auch zu verstehen gegeben, ein gemeinsamer Besuch bei Madame Lerouge könne alle Zweifel zerstreuen. In dem Punkt scheint er mich aber nicht ganz verstanden zu haben. Er war übrigens mit der alten Frau gut bekannt, hat sie oft mit seinem Vater besucht. Inzwischen habe ich auch erfahren, daß der Graf sie reichlich mit Geld unterstützte.«

»Und das hat Ihnen nicht zu denken gegeben?«
»Warum?«
»Und warum, glauben Sie, wollte Albert de Commarin Sie nicht zu Madame Lerouge begleiten?«
»Er wollte zunächst mit seinem Vater über alles sprechen. Der war nämlich auf Reisen.«
Nun hatte Daburon nicht mehr den leisesten Zweifel an der Gutgläubigkeit des Zeugen, und sein Zutrauen wurde noch unterstützt, als Noel sagte: »Mir war es angenehm, daß Albert zunächst mit seinem Vater sprechen wollte. Solch delikate Angelegenheiten bereinigt man am besten in der Familie. Außerdem wollte ich nichts als eine freundschaftliche Regelung. Glauben Sie mir, Herr Richter, ich würde in dieser Sache nur äußerst ungern vor Gericht gehen.«
»Sie würden also nicht klagen wollen?«
»Kann ich denn Ansprüche auf einen Namen erheben, indem ich ihn sofort beschmutze?« fragte Noel mit Stolz und Erstaunen.
»Mein Kompliment, Monsieur!« Daburon bewunderte Noel aufrichtig.
»Danke, Herr Richter. Aber für mich ist das selbstverständlich. Wenn wir uns nicht einigen sollten, habe ich mich entschlossen, Albert den Namen Commarin zu lassen. Ich glaube, daß der meine in zehn Jahren nicht weniger Ansehen haben wird als dieser. Auf einer Geldabfindung freilich müßte ich bestehen, schon um das Handikap auszugleichen, das die schlechten finanziellen Verhältnisse mir auferlegt haben. Madame Gerdys Vermögen, das ihr mein Vater geschenkt hat, ist vor allem durch meine Erziehung erschöpft, und Sie wissen selbst, wie lange es dauert, ehe eine An-

waltspraxis auch nur einigen Gewinn abwirft. Madame Gerdy und ich sind gezwungen, zurückgezogen zu leben, und dennoch habe ich seit der Entdeckung der Briefe keinen Haß gegen irgend jemanden in mir genährt, und ich habe auch meine Empörung unterdrückt. Nun, nach dem Tode meiner Amme, sind alle meine Hoffnungen ohnehin geschwunden.«
»Nur nicht so hastig«, warf Daburon ein, »so schlecht steht Ihre Sache gar nicht. Vielleicht brauchen Sie Ihre Rechte nicht abzuschreiben. Das Gericht ist nämlich zu der Überzeugung gekommen, den Mörder von Madame Lerouge zu kennen. Albert de Commarin ist bereits verhaftet!«
»Albert de Commarin!« rief Noel in höchster Verwunderung. »Habe ich mich verhört?«
»Nein, Monsieur.« Daburon stand auf. »Jedenfalls danke ich Ihnen für Ihre Aussage. Sie hat mich ein gutes Stück weitergebracht. Morgen um die gleiche Stunde nehmen wir alles zu Protokoll, das Sie dann beeiden müssen. Noch eines: Ich brauche die Briefe, von denen Sie gesprochen haben.«
»In einer Stunde sind sie in Ihren Händen«, sagte Noel und verabschiedete sich von Daburon.
Beim Verlassen des Büros des Untersuchungsrichters war Noel so in Gedanken versunken, daß er Vater Tabaret am Ende des Korridors nicht bemerkte.
Dem Alten konnte man die Freude über die guten Nachrichten, die er brachte, vom Gesicht ablesen. In großen Sätzen steuerte er geradewegs auf Daburons Zimmer zu, und er entschuldigte sich nicht einmal, als er Constant anrempelte.
»Es ist geschafft!« rief er, die Klinke noch in der Hand.

»Wir haben ihn!« Seine Gesten brachten selbst den trockenen Constant zum Lachen. Daburon aber stand noch zu sehr unter dem Eindruck von Noels Aussage, als daß er die Komik des Auftritts hätte würdigen können.

»Ein bißchen mehr Beherrschung, wenn ich bitten darf«, sagte er grämlich. Doch diese Zurechtweisung machte auf Vater Tabaret nicht den geringsten Eindruck. Seine Freude über den Erfolg spülte alles andere hinweg.

»Beherrschung!« sagte er. »Ich bin stolz, daß alles, buchstäblich alles, was ich vorausgesehen habe, eingetroffen ist.« Er berichtete aufgeregt von seiner Untersuchung und vergaß auch nicht die unbedeutendste Kleinigkeit. Vor allem bereitete es ihm Genugtuung, daß sich seine Methoden, die Gevrol lächerlich gemacht hatte, als richtig erwiesen. »Einen Hunderter würde ich zahlen, wenn ich ihn jetzt hier haben könnte, diesen Gevrol!«

»Beruhigen Sie sich, lieber Tabaret«, sagte der Richter, nachdem Tabaret eine Atempause hatte einlegen müssen. »Wir sollten sachlich vorgehen.«

»Ist doch alles klar wie Kloßbrühe.« Der Alte war noch immer außer sich. »Legen Sie Albert de Commarin nur die Lederfasern vor, die wir unter den Fingernägeln der Leiche gefunden haben, und dann zeigen Sie ihm seine eigenen Handschuhe. Ich wette meinen Hals, daß er dann gesteht.«

Erst als die Erregung Tabarets einigermaßen abgeklungen war, kam Daburon dazu, ihm einige Fragen über die Einzelheiten der Verhaftung zu stellen.

Als Tabaret ihm berichtete, daß Albert beim Lesen des

Haftbefehls gemurmelt hätte: »Ich bin verloren!«, sagte er: »Das belastet ihn schwer.«
»Und ob ihn das belastet!« sagte Tabaret. »Und das verhängnisvolle Geständnis ist ihm nur entschlüpft, weil er noch ganz verschlafen war. Wenn er sich von seinem ersten Schreck erholt hat, wird er natürlich eine Erklärung für diesen Ausruf parat halten. Vielleicht sollte ich noch erwähnen: Auf dem Boden neben dem Sofa, auf dem er schlief, lag die Zeitung, die über den Mord berichtet hat. Haben Sie schon einmal davon gehört, daß eine Zeitung hilft, einen Mörder zu überführen?«
»Nein«, sagte der Richter, der mit seinen Gedanken offenbar weit weg war. »Sie haben uns einen wertvollen Dienst geleistet. Ich bin der Sache ganz sicher, nachdem ich auch Noel Gerdy gehört habe.«
»Noel? Er war hier?« fragte Tabaret aufs äußerste beunruhigt. »Weiß er...«
»Er weiß nichts. Ich brauchte Sie nicht in die Angelegenheit hineinzuziehen. Außerdem habe ich mich doch Ihnen gegenüber zu völliger Verschwiegenheit verpflichtet.«
Man sah es Tabaret förmlich an, wie ihm ein Stein vom Herzen fiel. »Was halten Sie von Noel?« fragte er.
»Er hat auf mich den Eindruck eines Ehrenmannes gemacht. An der Wahrheit dessen, was er vortrug, gibt es keinen Zweifel. Er ist ein lauterer Charakter. Ich bin selten einem Menschen begegnet, der mir auf den ersten Blick so sympathisch war.«
»Ich liebe ihn, als wäre er mein eigenes Kind, habe ihn auch zu meinem Universalerben eingesetzt. Madame Gerdy sollte auch ein Legat bekommen...«

»Irdische Güter sind ihr bald nicht mehr vonnöten.«
»Was soll das heißen?« fragte Tabaret verwirrt.
»Daß sie im Sterben liegt und den Tag wohl nicht mehr überleben wird. Monsieur Gerdy hat mich davon in Kenntnis gesetzt.«
»Im Sterben? Großer Gott! Und Noel? Wie wird er sich verhalten, jetzt, da er weiß, daß sie nicht seine Mutter ist? Wird seine Liebe zu ihr durch die Entdeckung schwinden? Die bedauernswerte Frau! Es ist wie ein Eingreifen des Himmels, daß alle Beteiligten an dieser verruchten Tat nacheinander sterben. Als ich das Schloß der Commarins verließ, hörte ich einen Diener sagen, daß der alte Graf über dem Tumult einen Schlaganfall erlitten habe.«
»Noch ein Unglück, das Gerdy trifft!« sagte Daburon entsetzt.
»Wie das?«
»Die Aussage des Grafen wäre von größter Wichtigkeit gewesen. Madame Lerouge ist ermordet, der Graf vielleicht tot, und Madame Gerdy hat die Aussicht zu sterben oder in Geistesverwirrung zu versinken. Wer soll nun noch bezeugen, ob der Plan, von dem in den Briefen die Rede ist, auch in die Tat umgesetzt wurde?«
»Daran habe ich nicht gedacht«, sagte der Alte bedrückt. »Fürwahr, Noel wird vom Verhängnis verfolgt. Ich weiß nicht...«
Tabaret kam nicht dazu, den Satz zu beenden. Die Tür wurde aufgestoßen, und auf der Schwelle stand der Graf de Commarin. Zwei Diener hielten ihn aufrecht, ehe er ihnen durch ein Zeichen bedeutete, sie sollten zurücktreten.

10.

Der Graf de Commarin war nicht wiederzuerkennen. Seinen einst im Stolz so hoch getragenen Kopf hielt er gesenkt, so daß das Kinn auf der Binde ruhte. Mit gebeugtem Rücken, erloschenem Blick und zitternden Händen schien er um zwanzig Jahre gealtert. Mit Erschütterung blickte Daburon auf dieses Bild des Verfalls. Auch Tabaret fuhr bei diesem Anblick der Schock in die Glieder, und selbst der Protokollant schien erschrocken.
Daburon schickte sofort Constant und Tabaret unter irgendeinem Vorwand aus dem Zimmer, und wenn der Alte auch gar zu gern der Vernehmung beigewohnt hätte, so fügte er sich doch.
»Ich bin nicht ganz bei Kräften«, sagte der Graf, als Daburon ihm einen Stuhl anbot.
»Sind Sie überhaupt imstande, sich eine Vernehmung zuzumuten?« fragte der Untersuchungsrichter.
»Fangen Sie an«, antwortete der Graf. »Ich fühle mich schon wieder besser. Als man mir von dem Verbrechen berichtete, das mein Sohn begangen haben soll... Es war mir, als legte sich mir eine eiskalte Hand aufs Herz. Dahin waren meine Kräfte. Ich fühlte, daß ich ein schwacher alter Mann bin. Ach, wäre ich doch gestorben! Vielleicht ist es der Wille Gottes, mich den Kelch der Demütigung bis zur Neige trinken zu lassen.« Der Schweiß der Schwäche stand ihm auf der Stirn, und es dauerte geraume Zeit, bis er fortfahren konnte: »Ich hätte wissen müssen, daß es eines Tages ans Licht kommt. Starrer Eigensinn, das war mein größter Fehler, und für ihn bin ich hart gestraft worden.

Mein Sohn als Mörder angeklagt! Ein Graf de Commarin vor dem Schwurgericht! Monsieur, ich bin der Schuldige, ich allein. Ich habe den Grundstein zu diesem Verbrechen gelegt.«
Daburon hatte erwartet, ein hochmütiger Mann würde vor ihm stehen, einer, der sich herrisch benehmen würde, und so war er entschlossen gewesen, den Hochmut zu brechen. Er hatte ja im Umgang mit der Marquise d'Arlanges den stumpfsinnigen Stolz des Adels erfahren müssen. Doch angesichts dieser Ruine von einem Mann, der sich reumütig zeigte, kam ihn Mitleid an.
»Ich will, daß Sie alles zu Protokoll nehmen«, beharrte der Graf. »Verstehen Sie? Alles. Lassen Sie nichts aus. Schonen Sie mich nicht. Jetzt ist alles gleichgültig. Ich, Graf Rheteau de Commarin, werde vor die Schranken des Gerichts zitiert, zur Schadenfreude von ganz Paris, und mein Name wird durch den Schmutz gezerrt. Die Ehre ist dahin. Die ganze Welt soll wissen: Ich bin der eigentliche Schuldige. Schreiben Sie es auf, Herr Richter. Schreiben Sie aber auch, wie schwer ich schon immer an meiner Schuld getragen habe.« Wieder schwieg Graf Commarin, versuchte, sich zu sammeln, ehe er, fast leidenschaftslos, fortfuhr: »Meine Eltern haben mich gezwungen – ich war damals so alt, wie Albert jetzt ist –, ein ungeliebtes Mädchen aus vornehmem Haus zu heiraten. War es da ein Wunder, daß ich sie unglücklich machte? Mein Herz gehörte Valerie, einer Freundin, die ich schon seit Jahren innig liebte. Sie verkörperte für mich alles: Schönheit, Reinheit und einen großen Reichtum an Gefühlen. Noch heute wird mir warm ums Herz, wenn ich ihren Namen ausspreche.

Ich konnte mich nicht von ihr trennen, als ich heiratete, und sie hätte ohne meine Liebe nicht leben können. Als dann meine Frau und Valerie fast auf denselben Tag Mutter wurden, erwachte in mir ein schlimmer Gedanke. Ich wollte meinen Sohn aus der Ehe mit der ungeliebten Frau seinem Halbbruder opfern, den mir die einzig Geliebte geschenkt hatte und der doch für immer im Schatten stehen würde. Valerie wies zuerst meinen Vorschlag voller Abscheu zurück. Sie war Mutter und wollte ihr Kind auf keinen Fall verlieren. In der vergangenen Nacht habe ich die Briefe, die sie mir damals schrieb, noch einmal gelesen. Warum nur habe ich damals nicht auf ihre Einwände gehört? Ich muß wahnsinnig gewesen sein! Ich drohte ihr sogar, sie zu verlassen, wenn sie nicht auf meinen Plan eingehen wollte. Das bestimmte sie schließlich, nachzugeben. Mein Kammerdiener und Claudine Lerouge haben dann die Vertauschung der Kinder vorgenommen. Das ist alles.«
Daburon, der mit Widerstand des alten Grafen und auch mit Lügen gerechnet hatte, freute sich über dieses klare Geständnis, nicht zuletzt deshalb, weil nun der Anerkennung des sympathischen Noel Gerdy nichts mehr im Weg stand.
»Also erkennen Sie an, daß Noel Gerdy der Sohn aus Ihrer Ehe mit der Gräfin de Commarin und allein berechtigt ist, Ihren Namen zu tragen?« fragte er.
»Ich liebte das Kind um Valeries willen mehr als das eheliche. Die Vorstellung, es immer um mich zu haben, erfüllt mich mit solcher Freude, daß ich darüber alle Vorbehalte vergaß. Er würde meinen Namen tragen, er würde mein Vermögen erben. Das machte mich glück-

lich. Den anderen Knaben habe ich kaum angesehen. Daß ich ihn mehr als zweimal umarmt hätte, daran kann ich mich nicht erinnern. Valerie hat mir deshalb oft Vorwürfe gemacht. Allein: Mein Glück war nicht vollkommen. Denn ich mußte zusehen, wie die Gräfin de Commarin dem, den sie für ihren Sohn hielt, all ihre Liebe schenkte. Immer hielt sie ihn auf ihrem Schoß. Ich litt unsagbar, wenn ich zusehen mußte, wie sie das Kind meiner Liebe küßte und mit Zärtlichkeiten überhäufte, und ich tat alles, um den Knaben von ihr fernzuhalten. Die arme Frau begriff nicht, warum ich ihr den Sohn, *meinen* Sohn, entzog. Der Kummer raffte sie hinweg, und sie trug ihn ohne Klagen. Als sie starb, verzieh sie mir.«
Daburon hütete sich, den Grafen zu unterbrechen und zu mehr Sachlichkeit anzuhalten. Das Fieber allein, unter dessen Einfluß er redete, gab ihm die Kraft, das wußte Daburon, und Rheteau de Commarin würde vielleicht nach einer Unterbrechung zu erschöpft sein, um seine Geschichte zu einem Ende zu bringen.
»Sie verzieh mir«, wiederholte der Graf, »und ich weinte ihr keine Träne nach. Ich sah in ihr nur den Grund für meine Sorgen und Gewissensbisse. Doch ich wurde hart bestraft. Die ersten Hinweise, daß Valerie mich betrog, schlug ich in den Wind. Ich wollte und konnte es nicht glauben. Als ich sie aber dann auf Drängen von Freunden doch überwachen ließ, erwies sich der Verdacht als begründet. Seit Jahren schon empfing sie die Besuche eines Kavallerieoffiziers, meist am Abend, und selten verließ er ihr Haus vor Mitternacht. Oft genug blieb er bis zum Morgengrauen. Da er in der Nähe von Paris stationiert war, verbrachte

er auch längere Urlaube bei ihr. Als mir mein Detektiv mitteilte, daß er an einem bestimmten Abend bei ihr sein würde, eilte ich zu ihr. Doch sie empfing mich wie immer, umarmte mich sogar, und ich glaubte schon, getäuscht worden zu sein. Da sah ich auf dem Flügel ein Paar Lederhandschuhe, wie sie die Kavalleristen tragen. Unfähig, ein Wort zu sagen, ohne ausfällig zu werden, verließ ich stumm ihre Wohnung. Das war unser letztes Zusammentreffen. Ihre Briefe öffnete ich nicht, meinem Personal gab ich strengsten Befehl, sie abzuweisen.«

Das war nicht mehr der allen bekannte Graf de Commarin, der hier sein Leben schonungslos vor einem Fremden darlegte. Nichts war geblieben von seiner herrischen Art, von seiner Arroganz. Der Mann, der hier saß, konnte nicht anders, als sich die Verzweiflung, die die Vergehen der Vergangenheit über ihn gebracht hatten, den unerträglichen seelischen Druck vom Herzen zu reden. Seine Geheimnisse und seine Reue schienen sich ohne sein Zutun einen Weg nach außen zu bahnen.

»Monsieur«, sagte er nach einer erneuten Pause, und sein Atem ging schwer, »Valerie war ein Stück meiner selbst gewesen. Meine Leiden zu beschreiben, als ich sie von mir stieß, ist mir nicht möglich. Mir war, als ob ich mir eine Hand abgehackt hätte. Und die Wunde brannte wie Feuer; denn die Leidenschaft für sie war nicht tot. In meine Verachtung mischte sich quälend die Sehnsucht nach ihr. Haß und Liebe tobten in mir zur selben Zeit. Bis heute bin ich über ihren Verlust nicht hinweggekommen. Und zu all dieser Qual gesellte sich der Zweifel, ob Albert denn wirklich mein Sohn sei. Der

Gedanke, mein eigenes Kind womöglich für das eines Fremden verstoßen zu haben, trieb mich an den Rand des Wahnsinns. Darunter wieder hatte Albert zu leiden; nie habe ich die Abneigung gegen ihn ganz überwinden können, obwohl er der beste Sohn war, der sich vorstellen läßt. Die Schranke zwischen ihm und mir ist nie ganz abgebaut worden. Wie oft schon war ich drauf und dran, mich dem Gericht zu stellen, um auf diese Weise meinem wirklichen Sohn wieder zu seinem Recht zu verhelfen! Aber die Ehre meines Namens, der sichere Skandal hielten mich immer wieder zurück. Aber Sie sehen: Es hat mir nichts genützt.«

Der Graf schlug die Hände vors Gesicht, Tränen quollen zwischen seinen Fingern hervor.

In diesem Augenblick steckte der Protokollant den Kopf zur Tür herein. Daburon bedeutete ihm durch eine Handbewegung, er möge seine Arbeit wiederaufnehmen.

Zu dem alten Grafen sagte er: »Das große Unrecht, das Sie vor Gott und den Menschen begangen haben, müssen Sie wiedergutmachen. Tun Sie, was in Ihrer Macht steht.«

»Das ist mein heißester Wunsch.«

»Vielleicht wird es Sie trösten, wenn ich Ihnen versichere: Noel Gerdy ist ein Mann, der Ihrem Namen keine Schande machen wird. Er besitzt große moralische Qualitäten, und das macht ihn so wertvoll. Er wird eine Zierde Ihres Hauses sein. Was Ihren Sohn Albert angeht, so wird niemand bedauern, daß er kein Commarin ist. Sie am allerwenigsten.«

»Albert de Commarin ist für mich tot«, sagte der alte Graf finster.

»So sind Sie also von seiner Schuld überzeugt?« fragte der Untersuchungsrichter nachdenklich.
»Sie denn nicht?« Rheteau de Commarin sah unsicher auf Daburon. »Ich bin erst seit gestern abend wieder in der Stadt. Was passiert ist, weiß ich nicht. Ich weiß nur: Gegen einen Mann von Alberts Ansehen geht kein Richter einer Kleinigkeit wegen so rigoros vor. Sie haben ihn verhaftet, also muß es Schuldbeweise gegen ihn geben, die schwer wiegen.«
Daburon schien die Selbstverständlichkeit, mit der de Commarin seinen Sohn fallenließ, ein wenig zu voreilig. Unbehagen überfiel ihn, und er fragte sich, ob er nicht die nötige Vorsicht außer acht gelassen hatte, als er Albert mit so eindeutigen Worten heruntergesetzt hatte. Hätte er sich als Untersuchungsrichter, der das Recht besitzt, jede Aussage anzuzweifeln, nicht fragen müssen, ob nicht der Graf selbst mit dem Verbrechen von Jonchère in Verbindung zu bringen war? Hatte Rheteau de Commarin, obwohl er nicht unbedingt davon überzeugt war, Alberts Vater zu sein, jahrelang alle Anstrengungen unternommen, den unehelichen Sohn in seiner Stellung zu halten? Wußte er nicht doch von der Tragödie in Jonchère, und wäre er auch zu dem Geständnis, das er heute gemacht hatte, bereit gewesen, wenn nicht Albert so eindeutig belastet wäre? Hielt er nicht eine belastende Aussage zurück?
Das alles ging Daburon in Sekundenschnelle durch den Kopf.
»Monsieur«, fragte er eindringlich, »ich bitte Sie, mir zu sagen, wann Sie davon erfuhren, daß Ihr Geheimnis gelüftet worden ist.«
»Albert hat mir gestern abend davon berichtet. Und er

sprach davon... Nein, das reimt sich nicht zusammen... Ich jedenfalls kann es nicht erklären.«
Der alte Graf hielt inne. Sein Gesicht spiegelte Verwirrung.
»Was können Sie sich nicht erklären?« fragte Daburon schnell und voller Mißtrauen.
Rheteau de Commarin ging auf diese Frage nicht ein. Er sagte: »Wenn nun Albert nicht der Täter ist...«
»Sie haben Gründe, ihn für unschuldig zu halten?« Wie aus der Pistole geschossen kam die Frage.
Der Graf stutzte. Nun war Daburons Voreingenommenheit unverkennbar, und das stimmte ihn verdrießlich. Und verdrießlich antwortete er auch: »Monsieur, ich bin als Zeuge vorgeladen, und als Zeuge steht es mir nicht zu, jemanden freizusprechen oder zu verurteilen. Ich muß nur sagen, was ich weiß, und damit dem Recht zum Sieg verhelfen.«
Daburon wußte, daß er einen Fehler begangen hatte und daß er neue Fehler machen würde, wenn er nicht höllisch aufpaßte.
»Wenn ich Ihnen einmal den Sachverhalt erklären darf«, sagte der Graf, »Albert tat, nachdem wir über die Briefe gesprochen hatten und er herauszubekommen versuchte, ob ihm von Noel Gerdy wirklich der gesamte Briefwechsel gezeigt worden war, mir seinen Entschluß kund, seinen Platz Noel zu überlassen. Ich riet ihm zu einem Vergleich um jeden Preis. Das jedoch stieß auf seinen Widerstand; er ließ sich nicht zu meiner Auffassung bekehren. Er erklärte, mit einer vergleichsweise doch sehr geringen Abfindung zufrieden zu sein, und er schlug auch mein Argument in den Wind, daß er als unehelicher Bürgerssohn keine Aussicht

habe, die von ihm seit zwei Jahren angestrebte Heirat zu vollziehen. Er sagte nur, er vertraue ganz auf Mademoiselle d'Arlanges.«

Bei Nennung dieses Namens verzog Daburon das Gesicht, als habe ihn ein kalter Wasserstrahl getroffen. Er sank in seinem Stuhl zurück, spürte, wie ihm die Röte in die Wangen stieg, nahm, um seine Erregung zu verbergen, eine Akte vom Tisch, und tat so, als studiere er einen Schriftsatz. Wieder fühlte er die Last des Verfahrens, die auf ihm ruhende Verantwortung, und wieder fragte er sich, ob er recht daran getan hatte, den Fall zu übernehmen. Konnte er die Untersuchung überhaupt unparteiisch führen? Aber wieder war es sein Pflichtgefühl, das ihn dazu brachte, den dornigen Weg weiterzugehen. Also fragte er den Grafen: »Monsieur Albert hat doch sicherlich mit Ihnen über Madame Lerouge gesprochen?«

»Natürlich«, erwiderte der Graf, der bei der Erwähnung dieses Namens wieder ganz bei der Sache war. »Natürlich hat er mit mir über sie gesprochen.«

»Und hat er dabei auch gesagt, daß die Aussage von Madame Lerouge seine Chancen auf den Nullpunkt sinken lassen könnte?«

»So ähnlich hat er gesprochen. Und außer seinem Pflichtgefühl gegenüber Noel war das der Grund, weshalb er nicht auf meine Vorschläge eingehen wollte.«

»Sie werden einsehen, daß es für mich wichtig ist, genau zu erfahren, was zwischen Ihrem Sohn und Ihnen gesprochen wurde. Können Sie sich noch an alles erinnern?«

Der Graf, der sich inzwischen wieder erholt hatte,

konnte sich der Geschehnisse des vorangegangenen Abends noch genau erinnern, und er gab dem Untersuchungsrichter einen anschaulichen Bericht. Daburon fühlte sich in seiner Überzeugung voll bestätigt. Allerdings schrieb er all das auf Alberts Schuldkonto, was die Achtung des Grafen vor seinem Sohn erregt hatte.

Vater Tabaret ist ein Genie, dachte Daburon. Wie er alles vorhergesehen hat! Die Raffinesse, mit der dieser junge Mann zu Werk gegangen ist, übersteigt alles Vorstellbare. Wenn Tabaret nicht so gute Arbeit geleistet hätte, wir säßen jetzt völlig auf dem trocknen. Mit welchem Geschick dieser Albert die Szene mit seinem Vater eingefädelt hat! Jeden Verdacht, der auf ihn fallen könnte, glaubte er damit abgebogen zu haben. Jeder einzelne Satz, der ihm über die Lippen gekommen ist, war in dieser Absicht gesprochen. Nichts hat er außer acht gelassen: den Edelmut nicht und nicht die Erwähnung der großen Liebe seiner Braut. Wahrscheinlich hatte er Claire auch ins Bild gesetzt, das arme Mädchen. Ob ich wohl noch einmal mit ihr rede? Sie vor diesem Kerl warne? Sie kann doch unmöglich seine wahre Natur durchschauen. Dies ganze Palaver mit seinem Vater diente doch zu nichts anderem, als um Zeit zu gewinnen und den Grafen günstig zu stimmen. Sein edelmütiger Verzicht, den der Alte ihm als Verdienst angerechnet hat, war nur eine Finte, die den Grafen nachdenklich und schließlich nachgiebig machen sollte. Wenn Noel seine Rechte hätte geltend machen wollen, wäre er wahrscheinlich auf einen Grafen gestoßen, der alles ableugnete und ihm die Tür gewiesen haben würde.

Aber nicht nur Daburon war es, der jetzt diese Fährte verfolgte. Auch dem Grafen erschien bei der Wiedergabe seiner Unterhaltung Alberts Verzicht und seine Berufung auf die große Liebe in einem anderen Licht. Wie der Richter kam er zu der Schlußfolgerung, daß Albert alles nur in Szene gesetzt hatte, um ihn, den Vater, auf eine geschickte Art und Weise für sich einzunehmen.

»Ich bin Ihnen sehr verbunden, Monsieur«, sagte Daburon schließlich. »Natürlich kann ich noch nichts Endgültiges sagen, aber ich hege den begründeten Verdacht, daß Albert de Commarin vor Ihnen eine genau einstudierte Rolle gespielt hat.«

»Wenn er das getan hat«, sagte der Graf leise, »dann ist es ihm voll und ganz gelungen, mich zu täuschen.«

In diesem Augenblick trat Noel ins Zimmer, eine lederne Mappe unterm Arm. Er machte vor dem alten Herrn eine Verbeugung.

»Herr Richter«, sagte Noel, »hier sind die Briefe. Leider muß ich mich sofort wieder verabschieden. Das Befinden von Madame Gerdy verschlechtert sich zusehends.«

Der Graf hatte die letzten, etwas lauter gesprochenen Worte verstanden, und nur mit Mühe gelang es ihm, eine Frage zu unterdrücken.

»Warten Sie noch einen Moment«, sagte Daburon und stand auf. Er nahm den jungen Anwalt beim Arm und führte ihn dem Grafen zu. »Monsieur de Commarin, ich habe die Ehre, Ihnen Monsieur Noel Gerdy vorzustellen«, sagte er ziemlich feierlich.

Kein Muskel zuckte im Gesicht des Grafen, als er aufstand und Noel ansah. Er bot ein Bild vollkommener

Ruhe. Noel hingegen fühlte sich wie von einem Schwindel ergriffen. Seine Hände wurden feucht, und er suchte Halt an einer Stuhllehne.
Vater und Sohn standen nun einander gegenüber, musterten sich aufmerksam, und jeder war offensichtlich bemüht, in den Gedanken des anderen zu lesen.
Das aber war ganz und gar nicht nach Daburons Geschmack. Er hatte sich von dem Auftritt mehr versprochen, vielleicht sogar, daß Vater und Sohn einander in die Arme sinken würden. Und an ihm, Daburon, wäre es dann gewesen, seinen Segen zu dem wiedergegründeten Bund zu geben. Nun aber, angesichts der Kühle und der Verlegenheit, hielt es der Untersuchungsrichter für angebracht, vermittelnd einzugreifen.
»Monsieur«, sagte er zu dem Grafen mit leisem Vorwurf in der Stimme, »Noel Gerdy ist Ihr ehelicher Sohn!«
Doch der Graf antwortete nicht.
Jetzt fühlte Noel sich gedrängt, ein Gespräch zustande zu bringen, und er begann: »Monsieur, mein einziger Wunsch ist ...«
»Nennen Sie mich ruhig Papa«, unterbrach ihn Rheteau de Commarin. Doch sein Ton verriet nichts von innerer Bewegung, und väterliche Zuneigung schwang nicht in ihm. Er wandte sich dem Richter zu und sagte: »Werde ich hier noch gebraucht?«
»Sie brauchen nur noch das Protokoll Ihrer Aussage zu unterzeichnen, wenn Sie den Text für richtig erachten.«
Daraufhin las Constant das Protokoll leiernd herunter und fast ohne Luft zu holen. Der Graf hörte gleichmütig zu, während Noel gespannt lauschte, besonders auf die Passagen, die für ihn wichtig waren.

Der Graf nahm die dargebotene Feder, unterschrieb ohne Zögern und wandte sich dann Noel zu.
»Meine Kräfte lassen nach, mein Sohn«, sagte er förmlich. »Hilf deinem Vater zum Wagen.«
Voller Eifer willfahrte Noel diesem Wunsch, und er glänzte über das ganze Gesicht, als er den Arm des alten Herrn ergriff.
Daburon konnte seine Neugier nicht zügeln, und nachdem die beiden das Zimmer verlassen hatten, ging er zur Tür und sah ihnen den Gang hinunter nach.
»Daburon«, sagte er zu sich, »du hast heute mindestens einen Menschen glücklich gemacht. Das war also kein verlorener Tag.«
Doch es blieb ihm kaum Zeit, sich seines Erfolges zu freuen. Die Stunden waren wie im Flug vergangen, und Alberts Vernehmung stand noch auf der Tagesordnung, desgleichen die Anhörung der Diener und die Entgegennahme des Berichts des Polizeibeamten, der die Verhaftung vorgenommen hatte.
Die Diener wurden einer nach dem anderen in das Zimmer gerufen. Was sie aussagten, war nicht von großem Belang; doch interessierte es Daburon sehr, daß sie allesamt Albert für schuldig hielten. An ihrer Einstellung ließ sich erkennen, daß ein Mann, der von dreißig Dienern umgeben ist, einem Versuchstier gleicht, das in einem Glaskasten hockt und vierundzwanzig Stunden am Tag ein Objckt schärfster Beobachtung wird. Jede Bewegung in der für ihn so verhängnisvollen Woche, die nebensächlichsten Reden, die er im Mund geführt hatte, seine unbedeutendsten Handlungen waren registriert worden und wurden nun erläutert und ausgelegt. Daburon hatte es

wahrlich schwer, sich durch eine Menge von Details von geringem Wert zu quälen, die jetzt hochgespült wurden und entscheidend für Leben und Tod Alberts werden konnten.

Einen Vorteil allerdings hatte die Flut von Informationen: Daburon konnte den Weg seines Gefangenen auf jedem seiner Abschnitte verfolgen.

Seit der junge Graf am Sonntagmorgen angeordnet hatte, jedem Besucher auszurichten, daß er sich aufs Land zurückgezogen habe, wußte jedermann im Schloß de Commarins: Irgend etwas war nicht in Ordnung. Albert hatte den ganzen Tag in seinem Arbeitszimmer zugebracht und sich dort sogar das Essen auftragen lassen. Er war seltsam zerstreut gewesen und sprach kaum. Nur einmal sagte er zu einem der Diener, der Koch solle die Sauce stärker würzen. Doch er fügte dann hinzu: »Wozu eigentlich noch?«

Auch das war als ungewöhnlich registriert worden: daß er den Dienern jeden Abend freigab, damit sie sich amüsieren konnten. Zudem verbot er jedem, seine Zimmer zu betreten, ohne daß nach ihm geläutet worden war.

Der Frühaufsteher Albert stand am Montag erst gegen Mittag auf und klagte über Kopfschmerzen und Schwindelgefühl. Er trank eine Tasse Tee, und als Lubin, der Kammerdiener, meldete, daß der Wagen, wie befohlen, bereitstehe, schien er kein Interesse mehr an der Ausfahrt zu haben. Lubin hörte, wie er vor sich hin murmelte: »Zum Zaudern ist jetzt keine Zeit mehr« und »Ich muß ein Ende machen«.

Am selben Tag wurde Lubin mit einem Brief zu Mademoiselle d'Arlanges geschickt; Joseph mußte einen zweiten Brief mit zwei Schecks über je tausend Francs in den Club bringen (an den Namen des Empfängers konnte er sich nicht mehr erinnern). Den Abend verbrachte Albert allein in seinem Arbeitszimmer hinter verschlossener Tür.

Dienstag früh ging er dann unruhig im Hause umher, wie einer, der wartet. Der Gärtner, der ihn um einen Rat anging, wurde beschieden, auf die Rückkunft des Grafen zu warten.

Um drei wurde ein Brief gebracht, und der junge Graf öffente ihn mit fliegenden Händen. Einer seiner Diener hatte ihn murmeln hören: »Sie verläßt mich nicht!« Den Brief verbrannte er im Kamin.

Zwei seiner Freunde, die sich nicht hatten abwimmeln lassen, speisten mit ihm zu Abend, wurden jedoch abschlägig beschieden, als sie ihn zu einer Soiree mitnehmen wollten.

Nach dem Essen trank er allein eine Flasche Chateau Laffitte und rauchte zum Kaffee eine Zigarre. Zwischen halb acht und acht Uhr ging er zu Fuß fort, wobei er einen Schirm mit sich trug, und kehrte erst gegen zwei Uhr morgens zurück. Der Kammerdiener war am Mittwochmorgen über den Zustand der Kleider seines Herrn konsterniert. Nicht nur, daß sie naß und mit Straßenschmutz bedeckt waren, die Hose wies dazu noch Risse auf. »Schmeiß alles in die Ecke«, sagte Albert gleichgültig zu Lubin. »Oder gib es fort.« Im übrigen schien er sich an diesem Tag wohler zu fühlen, aß mit Appetit und war gut gelaunt. Am Nachmittag verbrannte er im Kamin seiner Bibliothek Papiere.

Der Donnerstag sah ihn wieder in schlechter Verfassung. Nach der Unterredung mit dem alten Grafen machte er einen so kranken Eindruck, daß Lubin den Arzt holen wollte. Albert aber bemerkte nur, ihm fehle nichts, was der Arzt kurieren könne.

Das ungefähr war der Extrakt aus der Vernehmung der Dienerschaft, die zwanzig Seiten Protokoll umfaßte und Daburon zwei Stunden gekostet hatte. Jeder hatte Gelegenheit gehabt, die Wichtigkeit der eigenen Aussage hervorzukehren, und war also redselig und schwer zum Schweigen zu bringen gewesen.

Der Bericht des Beamten, der Albert verhaftet hatte, bestätigte dessen Ausruf: »Ich bin verloren!« Wie Tabaret hielt auch der Beamte ihn für ein Schuldbekenntnis.

Danach übergab der Beamte Daburon die beschlagnahmten Gegenstände; diese wurden auf einen Tisch gelegt und mit einem Tuch bedeckt, nachdem der Untersuchungsrichter sie zuvor mit den in Jonchère sichergestellten Spuren verglichen hatte.

Erst kurz vorm Dunkelwerden war es soweit, daß Daburon Albert vorführen lassen konnte. Nach einigem Zögern entschloß er sich, die Vernehmung zu beginnen.

Die Beweise reichten aus, den Angeschuldigten zu überführen. Daburon glaubte nicht, daß Albert Wesentliches zu seiner Verteidigung vorzubringen hätte. Und dennoch: Wieder schwankte der Untersuchungsrichter in seinem Entschluß, wieder war er von einer seltsamen Schwäche gelähmt. Er ließ sich, da er seit Morgen nichts mehr gegessen hatte, eine Flasche Wein und belegte Brote bringen, und während er aß, dachte er, daß er nicht so sehr der Speisen bedürfe als des Muts.

Dann aber nahm er alle seine Entschlußkraft zusammen, sagte laut zu sich: »Es muß sein« und gab den Befehl, Albert de Commarin vorzuführen.

11.

Albert hatte nach seiner Verhaftung lange gebraucht, um wieder ins Lot zu kommen. Alles, was mit der Verhaftung zusammenhing, war vor seinem geistigen Auge wie in dichten Nebel gehüllt. Er hatte auf Fragen geantwortet, ohne seine eigene Stimme zu hören. Die beiden Polizisten, die ihn an den Armen die Treppe hinuntergeführt hatten, waren ihm zugleich Stütze gewesen; denn die Beine versagten ihm den Dienst. Was er wie aus der Ferne vom Schlaganfall des Grafen gehört zu haben glaubte, war seinem Gedächtnis wieder entfallen.
Noch während der Fahrt zum Gefängnis, als er zwischen zwei Polizisten gesessen hatte, war er sich über den Ernst seiner Lage nicht klargeworden. Er konnte sein Denken nicht auf einen Punkt konzentrieren, konnte sich nicht genau die Umstände ins Gedächtnis rufen, die mit seinem Besuch bei Madame Lerouge zusammenhingen. Er wußte nur noch: Sein Vater war dabeigewesen, und es mußte Frühling gewesen sein, da er an den Wegrändern Maiblumen hatte leuchten sehen. Auch davon hatte er noch eine ungefähre Vorstellung: daß die alte Frau am Gartentor gestanden und mit unterwürfiger Stimme gesprochen hatte, während der Graf ihr mürrisch zuhörte und ihr schließlich Geld in die Hand drückte.

Die Fragen, die man ihm bei der Aufnahme im Gefängnis stellte, beantwortete er mechanisch; die Visitation ließ er gleichmütig über sich ergehen. Er dachte während der ganzen Zeit nur an Claire. Daß man ihn durch lange, dunkle Gänge in eine kleine Zelle führte und die Tür verriegelte, nachdem man ihn hineingestoßen hatte, erlebte er wie im Traum. Die Stille rings um ihn, die Dunkelheit und die Feuchtigkeit der Wände nahm er kaum wahr. Entmutigt warf er sich auf die Pritsche unter dem kleinen vergitterten Fenster, das einen Abglanz des Tageslichts in die Zelle ließ, und erst nach geraumer Weile fröstelte ihn, so daß er die ihm zugeteilte Wolldecke über sich zog.
Bald darauf war er in den tiefen Schlaf der Erschöpfung gesunken.
Erfrischt erwachte er vier Stunden später. Sein Kopf schien ihm klarer zu sein als jemals seit dem Tag, an dem Noel ins Palais gekommen war. Das bedeutete aber auch, daß er die ganze Trostlosigkeit seiner Lage begriff, und er erschrak. Er spürte das drängende Bedürfnis, sich mit jemandem auszusprechen und alle Mißverständnisse aufzuklären.
Seine Uhr, das stellte er fest, als er wissen wollte, wie spät es war, hatte man ihm abgenommen, so wie sämtliche Taschen geleert worden waren. Man behandelt mich wie einen Verbrecher, der schon überführt ist, dachte er voller Entsetzen.
Die Wärter, die ihn zum Verhör abholten, fanden ihn auf der Pritsche sitzend, den Kopf in den Händen verborgen. Als sie eintraten, stand er auf und ging ihnen wortlos entgegen. Heiser bat er sie um etwas zu trinken, da seine Kehle ausgetrocknet sei, und nachdem er ein

Glas mit Wasser zweimal geleert hatte, erklärte er sich bereit, den Wärtern zu folgen.
Daburon ging währenddessen niedergeschlagen und unruhig in seinem Büro auf und ab. Der Untersuchungsrichter war schon wieder von Zweifeln geplagt, ob er diesen Fall hätte übernehmen dürfen. Ich hasse ihn, sagte er sich, und ich, der ich einmal beinahe sein Mörder geworden wäre, muß jetzt über ihn richten! Wenn der Mordplan genauso strafbar wäre wie der Mord, dann säße ich schon längst hinter Gittern. Wie kann ich es unter diesen Umständen wagen, Albert de Commarin als Richter gegenüberzutreten?
Schritte auf dem Korridor ließen ihn zusammenfahren. Mit einem Satz sprang er hinter den Schreibtisch und ließ sich auf dem Stuhl nieder. Über seine Akten gebeugt, erwartete er Alberts Eintritt. Wäre Constant nicht so stumpfsinnig gewesen wie alle Protokollanten, ihm hätte auffallen müssen, daß im Gesicht seines Vorgesetzten mehr Angst stand als in dem des Angeschuldigten, des erhobenen Hauptes das Büro betrat. Wenn auch dessen Züge bleich und von Strapazen gezeichnet waren, so leuchteten doch seine Augen.
Daburon nutzte die üblichen Formalitäten vor dem Verhör dazu, sich zu sammeln. Es gelang ihm, sich auf den Plan, den er sich am Morgen zurechtgelegt hatte, zu konzentrieren und so einige Sicherheit wiederzugewinnen.
»Ich nehme an, Monsieur«, eröffnete er das Verhör gefaßt und höflich, »Sie wissen, daß Sie Ihren gegenwärtigen Namen zu Unrecht tragen?«
»Ich weiß es. Ich bin der illegitime Sohn des Grafen Rheteau de Commarin.«

»Wie war Ihnen zumute, als Sie das erfuhren?«
»Ich will es nicht leugnen: Ich habe es als einen Schlag empfunden. Sie wissen ja selbst, daß ein Sturz um so schmerzhafter ist, je höher man steht. Dennoch habe ich auch nicht den geringsten Versuch gemacht, Monsieur Gerdys Rechte anzuzweifeln. Von vornherein war ich entschlossen, so wie ich es jetzt noch bin, ihm seine rechtmäßige Stellung einzuräumen. In diesem Sinn habe ich auch mit meinem Vater, dem Grafen, gesprochen.«
»Sie hatten aber doch die Möglichkeit, einen Prozeß gegen Monsieur Gerdy anzustrengen. Den Grafen und Ihre Mutter, Madame Gerdy, hätten Sie dabei zweifellos auf Ihrer Seite gehabt. Noel Gerdy wäre beim Geltendmachen seiner Ansprüche nur auf die Aussage einer einzigen Zeugin angewiesen gewesen, auf die der Witwe Lerouge.«
»Ich weiß.«
»Nun...« Daburon ließ eine gewichtige Pause folgen, ehe er schnell sagte: »Das Gericht ist zu dem begründeten Verdacht gelangt, daß Sie Madame Lerouge ermordet haben, um Monsieur Gerdys einzige Zeugin aus der Welt zu schaffen.«
Wenn Daburon angenommen hatte, diese schwere Beschuldigung würde Albert zusammenbrechen lassen, so sah er sich getäuscht. Kein Muskel zuckte in Alberts Gesicht, aufrecht saß er vor dem Untersuchungsrichter, und ruhig antwortete er: »Bei allem, was mir heilig ist, schwöre ich, daß ich mit diesem Verbrechen nichts zu tun habe. Als Gefangener bin ich hilflos, Ihnen und der Justizmaschinerie ausgeliefert, und ich kann auf nichts meine Hoffnung setzen als auf Ihren Gerech-

tigkeitssinn. Helfen Sie mir, meine Unschuld zu beweisen.«

Was für ein Schauspieler! Das war das einzige, was Daburon durch den Kopf ging. Um seinen Unmut zu verbergen, blätterte er in den Akten und sagte dann plötzlich: »Als man Sie verhaftete, riefen Sie: ›Ich bin verloren!‹ Was wollten Sie damit andeuten?«

»Ich erinnere mich an diese Worte. Ich war einfach verzweifelt, als ich hörte, wessen ich angeschuldigt wurde. Blitzartig kam mir die Hoffnungslosigkeit meiner Situation zum Bewußtsein. Ich war mir sofort über alles klar, was für die schwere Beschuldigung sprach, auch darüber, wie gering meine Chance war, mich mit Erfolg zu verteidigen. Ich hörte es förmlich in mir sprechen: ›Wer hat denn das größte Interesse an Claudines Tod?‹ Das, Monsieur, hat mich zu dem Ausruf veranlaßt.«

Dem Untersuchungsrichter war diese Antwort durchaus plausibel. Wäre er an Alberts Stelle, er hätte vermutlich nicht anders reagiert. Und geschickt war diese Erklärung obendrein. Nahm sie doch die Frage vorweg, die er, Daburon, mit Sicherheit gestellt hätte: Wer hat denn das größte Interesse an Claudines Tod? Tabaret, der alte Fuchs, hat recht, dachte Daburon. Der Mann hier ist kein Tölpel. Geistesgegenwart und Phantasie sind seine starken Seiten.

»Wirklich; Sie sind der einzige, der ein brennendes Interesse am Tod dieser Frau haben mußte. Ein Raubmord kommt nicht in Betracht, das haben wir ermittelt. Die Wertsachen, die mitgenommen wurden, haben wir aus der Seine gefischt. Wir wissen auch, daß alle Papiere von Madame Lerouge verbrannt wurden.

Wen anders als Sie konnten diese Papiere belasten? Kennen Sie jemanden?«

»Mir bleibt auf diese Frage keine Antwort.«

»Sie sind doch oft bei Madame Lerouge zu Besuch gewesen.«

»Oft nicht. Vielleicht drei- oder viermal habe ich meinen Vater zu ihr begleitet.«

»Ihr Kutscher hat angegeben, er hätte die Tour zehnmal oder noch öfter gemacht.«

»Der Kutscher muß sich irren. Und wenn wir so oft dort gewesen wären: Was hat das mit dem Tod von Claudine Lerouge zu tun?«

»Sicher wissen Sie noch, wie das Haus eingerichtet war. Beschreiben Sie mir die Räume.«

»Das kann ich, Monsieur. Das Haus bestand aus zwei Zimmern. Claudine schlief im hinteren Zimmer.«

»Hätte Madame Lerouge Ihnen aufgemacht, auch nach Einbruch der Dunkelheit?«

»Ich glaube schon.«

»Wie ich erfahren habe, fühlten Sie sich in den letzten Tagen nicht sonderlich wohl.«

»Ich war einem Zusammenbruch nahe, wenn Sie das meinen. Die Last, die Noel Gerdys Entdeckung mir aufgebürdet hatte, ging über meine Kräfte. Dennoch habe ich mich nicht vollends entmutigen lassen.«

»Und warum sollte Lubin den Arzt nicht benachrichtigen?«

»Was hätte ein Arzt schon ausrichten können? Sollte mich etwa die Medizin zum ehelichen Sohn des Grafen Rheteau de Commarin machen?«

»Uns ist von einigen sonderbaren Bemerkungen berichtet worden, die Sie gemacht haben. Auch Ihre

Interesselosigkeit an allem, was im Palais vor sich ging, ist uns bekannt – und daß Sie Papiere und Briefe verbrannt haben.«

»Ich wollte so bald wie möglich ausziehen. Genügt Ihnen das als Erklärung?«

Alberts Antworten auf die Fragen Daburons kamen prompt und wurden ohne Verlegenheit und zuversichtlich vorgetragen. Das machte Daburon unsicher, und er beschloß, eine andere Taktik anzuwenden. Einem solch raffinierten Gegner war nicht mit einfachen Mitteln beizukommen. Auch Einschüchterungsversuche schienen fehl am Platz, genauso wie Anstrengungen, ihn aus der Reserve zu locken.

So fragte er denn, unvermittelt einen anderen Ton anschlagend: »Wie haben Sie Ihre Zeit am letzten Dienstag zwischen sechs Uhr abends und Mitternacht verbracht?«

Diese Frage machte Albert offensichtlich unsicher. Unruhig schweiften seine Blicke, die bisher stets auf sein Gegenüber gerichtet waren, durch den Raum.

»Dienstag abend zwischen sechs und zwölf?« Daburon wußte, Albert wollte Zeit zum Überlegen gewinnen. Er ist in die Ecke getrieben! schoß es Daburon durch den Kopf.

»Ganz recht: Dienstag abend zwischen sechs und zwölf.«

»Ich habe ein schlechtes Gedächtnis ...«

»Das nehme ich Ihnen nicht ab!« unterbrach ihn Daburon. »Schließlich habe ich Sie nicht gefragt, was Sie an einem Dienstagabend vor drei Monaten gemacht haben. Der Dienstag, nach dem ich Sie gefragt habe, ist der Dienstag dieser Woche, Monsieur. Heute haben wir

Freitag. Sie wollten sich doch wenigstens daran erinnern, daß es der Karnevalsdienstag war. Nun? Hilft Ihnen das weiter?«
»Ich bin spazierengegangen«, antwortete Albert leise.
»Wo haben Sie an dem Tag zu Abend gegessen?«
»Zu Hause, wie immer.«
»Es war an diesem Dienstag nicht wie immer. Oder trinken Sie immer nach der Mahlzeit eine ganze Flasche Wein? Mir scheint, Sie mußten sich an diesem Abend Mut antrinken, um Ihren Plan auch durchführen zu können.«
»Ich weiß von keinem Plan«, antwortete Albert. Man sah es ihm an, wie wenig ihm die Wendung, die das Verhör genommen hatte, behagte.
»Sie haben wohl doch ein schlechtes Gedächtnis. Darf ich Ihrer Erinnerung auf die Beine helfen? An diesem Abend besuchten Sie zwei Freunde, und Sie erklärten ihnen, Sie hätten eine wichtige Verabredung.«
»Ich wollte sie nur loswerden.«
»Und weshalb?«
»Versetzen Sie sich bitte einmal in meine Lage, Monsieur. Zwar hatte ich mich mit meinem Los abgefunden, doch stand mir nicht der Sinn nach belanglosen Vergnügungen. Ich wollte allein sein.«
»Sie *mußten* allein sein, um Ihren Plan auszuführen. Sie mußten allein nach Jonchère fahren. Zudem hatten Sie im Lauf des Tages einmal so etwas Ähnliches gesagt wie ›Sie kann nicht von mir lassen‹. Wer war damit gemeint?«
»Jemand, der mir auf einen Brief geantwortet hatte. Als ich das sagte, hatte ich den Antwortbrief in der Hand.«

»War der Brief von einer Frau?«
»Ja.«
»Und was haben Sie mit dem Brief gemacht?«
»Ich habe ihn ins Feuer geworfen.«
»Glaubten Sie, der Brief hätte Sie, wenn er einem Dritten in die Hand gefallen wäre, kompromittieren können?«
»Nein. Es ging in ihm nur um ganz Privates.«
Der Untersuchungsrichter war sich fast sicher, daß dieser Brief von der Hand der Mademoiselle d'Arlanges geschrieben war. Dennoch schwankte er, ob er nach dem Absender fragen sollte. Denn der Name der Frau, die er einmal geliebt hatte, wollte ihm nicht leicht über die Zunge.
Nach einer Pause, während der er sein Gesicht hinter einem Aktenstück verbarg, auf daß Albert seine Erregung nicht bemerkte, fragte er: »Wer ist der Absender dieses Briefes?«
»Ich möchte den Namen nicht nennen.«
»Bedenken Sie, Monsieur«, sagte Daburon, »daß Sie sich in einer äußerst prekären Lage befinden. Durch Schweigen verbessern Sie Ihre Situation überhaupt nicht. Außerdem sind Sie verpflichtet, über alles auszusagen.«
»Nicht über das, was Unbeteiligte angeht«, antwortete Albert angriffslustig.
Die Art, wie das Verhör geführt wurde, ließ ihm keine Zeit zum Atemholen. Und das verdroß ihn und machte ihn gereizt.
Erstaunt ob so viel Widersetzlichkeit, blickte Daburon zu dem Angeklagten hinüber. Was war in diesen jungen Mann gefahren? Tabaret hatte doch prophezeit, daß

Albert mit einem hieb- und stichfesten Alibi aufwarten würde. Warum tat er nun nichts dergleichen? Wartete er etwa auf eine noch bessere Gelegenheit? Oder hatte er noch einen anderen Trumpf im Ärmel?
Vorsicht, dachte Daburon, noch habe ich ihn nicht in die Ecke getrieben.
»Was taten Sie nach dem Essen?« setzte Daburon das Verhör fort.
»Ich bin spazierengegangen.«
»Genauer, bitte. Sie haben das Haus nicht gleich verlassen. Nachdem Sie die Flasche geleert hatten, rauchten Sie. Ich weiß, daß es nicht zu Ihren Gewohnheiten gehört, im Speisezimmer zu rauchen. Was rauchen Sie übrigens?«
»Zigarillos von der Marke ›Trabuco‹.«
»Rauchen Sie aus einer Spitze?«
»Ja.«
»Wie spät war es, als Sie das Haus verließen?«
»Ungefähr acht Uhr.«
»Nahmen Sie einen Schirm mit?«
»Es sah nach Regen aus.«
»Und wohin sind Sie gegangen?«
»Ich hatte kein Ziel, spazierte durch die Straßen.«
»Kein Ziel? Den ganzen Abend kein Ziel?«
»So ist es.«
»Wenn ich Ihnen glauben soll, müssen Sie mir aber Ihren Spaziergang etwas genauer beschreiben.«
»Das ist schwer. Ich bin eben nur spazierengegangen, wollte mich von meiner Niedergeschlagenheit befreien. Verstehen Sie das? Ich streifte nur aufs ungefähre durch die Straßen.«
»Und das soll ich Ihnen glauben?« Natürlich wußte

Daburon, daß ein solcher Spaziergang ohne Ziel möglich war. Er erinnerte sich einer Situation, in der er selbst die ganze Nacht durch Paris gegangen war, ohne Ziel. Hätte man ihn am nächsten Morgen gefragt, wo er gewesen sei, er hätte nichts anderes antworten können als: Ich weiß es nicht.
Aber er verdrängte dieses Erlebnis, gab sich ganz dem kriminalistischen Eifer hin, einem Verbrechen auf die Spur zu kommen. So setzte er also die Vernehmung im bisherigen Stil fort.
»Sie haben niemanden getroffen«, fragte er, »der bezeugen könnte, Sie gesehen zu haben? Sie haben mit keinem gesprochen? Sie sind nirgends eingekehrt, in kein Café, in keinen Club?«
»So ist es.«
»Das kann sich unangenehm für Sie auswirken, sehr unangenehm. Bedenken Sie: Madame Lerouge ist ausgerechnet an diesem Karnevalsdienstag zwischen acht Uhr abends und Mitternacht ermordet worden. Wir haben den genauen Zeitpunkt ihres Todes ermitteln können. Ich bitte Sie, Monsieur, strengen Sie in Ihrem eigenen Interesse Ihr Gedächtnis an!«
Daß die Polizei sogar die Stunde des Verbrechens wußte, registrierte Albert mit Bestürzung. Aber auch diese konnte seinen Sinn nicht ändern. Fahrig strich er sich durchs Haar, sagte dann aber gefaßt: »Ich kann nichts anderes zu Protokoll geben.«
Daburon beunruhigte die Tatsache aufs neue, daß Albert sich auf kein Alibi berief. Unsicher fragte er sich, was wohl hinter dieser seltsamen Art der Verteidigung stecken mochte. War denn dieser Albert so gerissen, wie er angenommen hatte? Er war keine Minute

der Illusion aufgesessen, Albert zu einem schnellen Geständnis bringen zu können. Aber eine solche Haltung hatte er doch nicht erwartet. Es blieb ihm nur noch, zu seinem letzten und, wie er glaubte, wirksamsten Schlag auszuholen.
Er stand auf und nahm das Tuch, das er über die Gegenstände gebreitet hatte, die in Alberts Wohnung beschlagnahmt worden waren, ab.
»Treten Sie näher«, sagte er nicht ohne den gebührenden Ernst in der Stimme. »Erkennen Sie diese Gegenstände?«
»Ja, sie stammen alle aus meinem Besitz.«
»Sehen Sie sich dieses Florett einmal an. Wer hat es abgebrochen?«
»Das war ich, als ich mit Monsieur de Courtevois focht. Er kann es bezeugen.«
»Das läßt sich leicht nachprüfen. Gut. Wo die Spitze geblieben ist, wissen Sie wohl nicht?«
»Nein, Monsieur. Fragen Sie meinen Kammerdiener Lubin.«
»Lubin hat ausgesagt, er habe vergebens nach der Spitze gesucht. Das Opfer von Jonchère ist mit der Spitze dieses Floretts ermordet worden. Das ist an diesem Stück Stoff, an dem die Waffe abgewischt wurde, deutlich zu erkennen.«
»Aber die andere Hälfte der Klinge muß doch gefunden werden.«
»Ich habe angeordnet, daß nach ihr gesucht wird. Aber fahren wir fort. Auf diesem Papier sehen Sie den Abdruck vom Fuß des Mörders. Ich habe ihn mit Ihren Schuhen verglichen. Der Abdruck und Ihr Fuß stimmen überein.«

Albert wurde, während Daburon dieses mitteilte, immer unruhiger. Angst stieg ihm in die Kehle, und die Panik, die auch die abgebrühtesten Verbrecher ankommt, wenn sich die Beweise häufen, ließ ihn zittern. Mehrere Male setzte er zu einer Antwort an, aber Daburon hielt ihn immer wieder durch eine Geste vom Sprechen ab.

»Sagen Sie noch nichts«, beschied ihn Daburon, »ich bin noch nicht am Ende. Der Täter hatte einen Schirm bei sich. Seine Spitze drang bis zu dem Ring, der den Stoff abschließt, in den Schlamm ein. Hier ist das Loch in dem Lehmklumpen, den wir sorgfältig ausgestochen haben, und dort liegt Ihr Schirm. Wenn Sie die beiden Objekte vergleichen wollen ...«

»Das sind alles nur merkwürdige, aber zufällige Übereinstimmungen«, wandte Albert erregt ein.

»Und dann dieses Zigarilloende«, fuhr Daburon unbeirrt fort. »Wir haben es am Ort des Verbrechens gefunden. Es stammt von einem Zigarillo der Marke, die Sie auch rauchen.«

»Das sehe ich«, sagte Albert niedergeschlagen, »und das Zigarillo wurde aus einer Spitze geraucht.«

»Aus einer wie dieser hier.« Daburon zeigte triumphierend auf die Zigarillos und die Spitzen. »Die haben wir auf dem Kaminsims Ihrer Bibliothek gefunden.« Er setzte mit Absicht eine Pause, ehe er fortfuhr: »Aber das alles ist Kleinkram gegen das, was ich Ihnen noch zu präsentieren habe. Der Mörder trug Handschuhe. Im Todeskampf verkrallte sich die alte Frau in seine Hände, so daß Fasern von Handschuhleder unter ihren Fingernägeln zurückblieben. Hier auf dem Papier sind sie zu besichtigen. Finden Sie nicht auch, daß sie perlgrau sind? Und nun betrachten Sie Ihre Handschuhe, die Sie am Dienstag getragen haben. Auch sie sind zerkratzt. Vergleichen Sie einmal die Farbe und Beschaffenheit der Fasern mit Ihren Handschuhen. Finden Sie nicht, daß es sich um dasselbe Material handelt?«

Betroffen schwieg Albert. Gegen solch einwandfreie Indizien half nichts.

Daburon, der so tat, als gelte seine Aufmerksamkeit ganz den Gegenständen auf dem Tisch, ließ keinen Blick von Albert, auf dessen Stirn Schweißtropfen standen, die sich zu kleinen Rinnsalen vereinigten und in die Brauen liefen. Mit zitternden Händen versuchte er, sie wegzuwischen.

»Das alles ist schrecklich, ganz schrecklich!« stammelte er.

»Nun noch zu Ihrer Hose.« Daburon gönnte seinem Opfer keine Atempause. »Hier ist sie. Und Sie haben sie doch am fraglichen Abend getragen? Schauen Sie: Hier finden sich Spuren von Straßendreck, hier Moosflecke. Am Knie ist sie zerrissen . . . Nachdem Sie sich nicht mehr erinnern können, wo Sie an diesem Abend gegangen sind, wollen Sie mir doch nicht auch noch weismachen, Sie wüßten nicht, wo Sie sich Ihre Hose zerrissen und Ihre Handschuhe zerkratzt haben?«

Albert war dem Umfallen nahe. Vor seinen Augen drehte sich das Zimmer. Bleich ließ er sich auf seinen Stuhl sinken.

»Ich werde wahnsinnig!« sagte er erschöpft.

Daburon ließ nun erst recht nicht locker. Er fixierte Albert und sagte mit scharfer Stimme: »Niemand anders als Sie kommt als Mörder von Madame Lerouge in Frage. Das müssen Sie einsehen.«

»Ich sehe mich nur als ein Opfer einer unglücklichen Verkettung von Umständen und kann nur sagen: Ich bin unschuldig am Tod dieser Frau.«

»Wenn dem so ist, dann können Sie mir ja auch verraten, wo Sie am Dienstagabend waren.«

»Ich war ...« Albert mühte sich vergebens, Worte über die Lippen zu bringen. »Alles, was ich zu sagen habe, habe ich gesagt«, setzte er schließlich hinzu.

»Dann will ich Ihnen einmal erzählen, was Sie am Dienstagabend taten, nachdem Sie, vom Wein mutig geworden, gegen acht Uhr Ihre Wohnung verlassen hatten. Um fünf nach halb neun nahmen Sie den Zug am Bahnhof St-Lazare, um neun Uhr stiegen Sie in Rueil aus ...«

Daburon war aufgestanden, und während er im Zimmer auf und ab ging, wiederholte er fast mit denselben Worten, was Tabaret an Vermutungen über die Ereignisse der fraglichen Nacht geäußert hatte. Noch nie, so glaubte er, hatte er eine ähnlich wirkungsvolle Rede gehalten.

Dann setzte er mit einigem Wohlwollen hinzu: »Wenn ich Ihnen einen guten Rat geben darf: Hören Sie mit dem Leugnen auf. Es ist besser für Sie, wenn Sie die Richter durch ein volles Schuldgeständnis milde zu stimmen suchen.«

Daburon sah sich in seiner Annahme getäuscht, daß Albert nun zusammenbrechen und ein Geständnis ablegen würde. Der überwand vielmehr seine Erschöpfung, nahm alle seine Kräfte zusammen und sagte mit klarer Stimme: »Ihre Beweiskette scheint lückenlos zu sein, und ich an Ihrer Stelle hätte genauso gesprochen wie Sie. Aber ich bin und bleibe unschuldig an diesem Mord.«

»Also, Monsieur ...«, begehrte Daburon auf.

»Ja, unschuldig.« Albert ließ den Untersuchungsrichter nicht dazu kommen, seiner Empörung Ausdruck zu verleihen. »Ich wiederhole es, auch wenn ich Ihre Überzeugung damit nicht erschüttern kann. Ich weiß, alles spricht gegen mich, und ich weiß auch, daß mein Mut den Belastungen durch die Tatsachen vielleicht nicht widersteht. Ich kann mir und Ihnen die Übereinstimmung von Tatsachen und Indizien nicht erklären, fühle die Unmöglichkeit, meine Unschuld zu beweisen. Dennoch: Ich gebe die Hoffnung nicht auf, daß ich am Ende gerechtfertigt aus dieser Affäre hervorgehe.«

»Sonst haben Sie nichts zu sagen?«

»Nichts.«

»Sie streiten also alle Schuld ab?«

»Ja.«

»Das ist unsinnig!«

»Ich bin unschuldig.«

»Das genügt für heute.« Daburon machte sich demonstrativ an Papieren auf dem Tisch zu schaffen. »Sie müssen nur noch das Protokoll unterschreiben. Dann werden Sie in Ihre Zelle zurückgeführt. Ich bitte, nutzen Sie die Nacht, um alles noch einmal zu überdenken. Ich bin zu jeder Stunde für Sie zu sprechen.«

Daburon fühlte, nachdem Albert abgeführt worden war, nicht die Genugtuung wie sonst nach einer erfolgreichen Vernehmung, obwohl er nicht den ge-

ringsten Zweifel an Alberts Schuld hegte. Auch war er davon überzeugt, daß jedes Schwurgericht die zusammengetragenen Indizien zur Grundlage eines Schuldspruchs machen würde. Dennoch beunruhigte ihn etwas, und erst allmählich wurde er sich klar darüber, was ihm den Triumph vergällte. Hätte ich den Fall nicht übernommen, sagte er sich nach einer Weile des Nachdenkens, dann könnte ich als Freund zu Claire gehen und sie trösten. Mag sein, ich könnte sie nach Jahren dazu bringen, ihre Liebe zu diesem Mörder zu vergessen; mag sein, sie würde meiner Werbung Gehör schenken ... Unter diesen Umständen aber wird sie mich hassen, werde ich in ihren Augen der Mörder ihres Geliebten sein. Durch eigene Schuld habe ich einen Graben zwischen ihr und mir gezogen, der nie zu überbrücken sein wird. Und Daburons Haß richtete sich gegen Albert, der wieder einmal zwischen ihm und seinem Glück stand. Aber auch gegenüber Vater Tabaret hegte er keine freundlichen Gedanken. Schließlich war er es, der ihn auf diesen Weg gedrängt und seine Überlegung beeinflußt hatte. Von sich aus hätte er nie eine derartige Entscheidung wie die sofortige Verhaftung des jungen Grafen de Commarin getroffen.
Und gerade in diesem ungünstigen Moment kam Tabaret ins Büro Daburons, begierig, von dem Ergebnis des Verhörs zu erfahren. Dabei wiegte er sich in der Hoffnung, daß sich alle seine Prognosen bestätigt hatten.
»Hat er endlich gestanden?« fragte er noch auf der Schwelle.
»Er ist ohne Zweifel der Mörder.«

Daburons Gereiztheit, die so sehr in Kontrast zu seiner sonstigen Liebenswürdigkeit stand, überraschte Tabaret.
»Ich wollte mich nur erkundigen«, sagte er bescheiden, »ob Nachforschungen betreffs des Alibis des jungen Grafen nötig sind.«
»Er hat kein Alibi«, antwortete Daburon.
»Kein Alibi?« rief Tabaret. »So hat er gestanden?«
»Er hat auch kein Geständnis abgelegt.« Daburon schien nur widerwillig Auskunft geben zu wollen. »Gegen die Beweise kann er nichts vorbringen, behauptet aber, er wisse nicht, wo er den fraglichen Abend verbracht hat. Und er besteht darauf, er ist unschuldig.«
Das stürzte Tabaret in Staunen. Töricht sah der Alte aus, wie er mit offenem Mund und starren Augen mitten im Zimmer stand, wie zur biblischen Salzsäule erstarrt. Jetzt lächelte auch Daburon, und über Constants stumpfe Miene zog ein Grinsen.
»Das verstehe ich nicht. Kein Alibi. Keine Erklärung dafür, wo er gewesen ist. Absurd! Unbegreiflich!« Das stieß Tabaret atemlos hervor. Dann verstummte er, ehe er plötzlich rief: »Dann ist er nicht der Mörder, dann kann er es nicht sein!«
»Sagen Sie, Tabaret, haben Sie das Ende der Vernehmung in der Weinstube unten an der Ecke abgewartet?« Daburons Verblüffung über die Meinungsänderung des Alten war grenzenlos. »Wir haben uns nicht geirrt. Commarin ist der Mörder. Lesen Sie sich das Vernehmungsprotokoll durch, und Ihre Zweifel werden verflogen sein.«
Tabaret setzte sich auf den Stuhl des Protokollanten,

stützte die Ellbogen auf den Tisch und den Kopf in die Hände. Wie im Fieber irrten seine Blicke durch die Zeilen des Aktenstücks. Als er zum Ende gekommen war, starrte er kreidebleich vor sich hin, sprang auf und rief: »Das wollte ich nicht! Monsieur Daburon, ich wollte nicht der Urheber eines gräßlichen Irrtums sein. Albert de Commarin ist nicht der Mörder!«

»Beruhigen Sie sich erst einmal«, sagte Daburon, während er sich daranmachte, seine Sachen zusammenzupacken. »Verlieren Sie nicht den Kopf. Das Protokoll ist doch ganz eindeutig.«

»Es ist ganz eindeutig. Und gerade darum bitte ich Sie, Albert freizulassen. Andernfalls verlängern Sie die traurige Liste der Justizirrtümer. Lesen Sie sich das Protokoll noch einmal durch. Sie finden nicht *eine* Antwort, die nicht für seine Unschuld spricht. Er muß sofort entlassen werden.«

»Er ist in Einzelhaft, und er bleibt in Einzelhaft«, entschied Daburon. »Und Sie ... Wie können Sie jetzt so reden? In der Nacht, als ich noch zögerte, haben Sie ...«

»Lassen Sie mich einiges erklären«, sagte der Alte ungeduldig, »und nehmen Sie es mir nicht übel, wenn ich Ihnen sage: Sie haben meine Methode nicht begriffen. Habe ich ein Verbrechen aufzuklären, so errichte ich aus allen Umständen und Einzelheiten das Gebäude des Tathergangs. Danach suche ich nach einem Menschen, auf den die Konstruktion in allem, auch in der geringsten Einzelheit, paßt. Ist er gefunden, ist der Verbrecher gefunden. Verstehen Sie, Monsieur: Alles muß passen, sonst beschuldigen sie einen Unschuldigen. Es genügt nicht, wenn die eine oder die andere Einzelheit übereinstimmt. Wenn nur ein Detail auf den Verdächtigen nicht zutrifft, ist die ganze Theorie über den Haufen geworfen. Nehmen wir nun unseren Fall. Ich untersuchte den vorliegenden Tatbestand, und ich bin durch meine Untersuchungen auf eine bestimmte Vorstellung von dem Täter gekommen. Er war in meiner Vorstellung ein zu allem entschlossener, äußerst vorsichtiger, kluger und erfahrener Mann. Glauben Sie, daß ein solcher Verbrecher etwas außer acht lassen würde, was jedem Anfänger selbstverständlich ist? Dieser Mann hat Spuren hinterlassen, die so gering sind, daß selbst der erfahrene Gevrol sie nicht entdeckt hat. Und da halten Sie es für möglich, daß er alles aufs Spiel setzt, indem er nicht zu sagen weiß, wie und wo er die Nacht des Verbrechens zugebracht hat? Unmöglich! Der Mörder von Jonchère hat ein Alibi, dafür lege ich meine Hand ins Feuer. Albert de Commarin hat keins – mithin ist er nicht der Mörder.«

Daburon musterte Tabaret wie einen, an dessen Verstand man zweifeln muß.

»Sie haben sich völlig verrannt, sind von einer fixen Idee besessen«, sagte er. »An Ihnen kann man wieder einmal studieren, wohin zuviel Spitzfindigkeit führt. Sie dürfen bei anderen nicht denselben Scharfsinn voraussetzen, von dem Sie geplagt werden. Der junge Graf war unvorsichtig, weil er ganz simpel dachte, sein Rang würde ihn vor Verdacht schützen.«

»Sie irren, Monsieur, glauben Sie mir das. Der Verbrecher, den ich mir zusammengesetzt habe und von dem ich glaube, daß er der wirkliche ist, und den wir finden müssen – der Verbrecher hat an alles gedacht. Albert de Commarin hat sich nicht einmal verteidigt. Er ist nur fast zusammengebrochen, als ihm klar wurde, daß die verhängnisvollen Übereinstimmungen ihm den Tod bringen könnten. Und bedenken Sie auch seine Starrheit, die ich mir nicht erklären kann.«

»Ich bin seiner Schuld so sicher, als hätte er schon gestanden. Die Indizien überführen ihn.«

»Indizien! Die sind oft bei der Hand, auch wenn ein Unschuldiger verurteilt wird.«

»Wer, wenn nicht Albert, hatte ein Interesse am Tod der Alten? Sein Vater vielleicht?«

»Nein. Der Mörder war ein junger Mann.«

Daburon hatte inzwischen seine Sachen zusammengepackt und stand schon in Hut und Mantel neben der Tür.

»Adieu, Monsieur Tabaret«, sagte er leichthin. »Kommen Sie wieder, wenn Sie sich abgekühlt haben. Morgen vielleicht. Dann können wir noch einmal alles überdenken. Heute bin ich redlich müde.« Und zu dem Protokollanten gewendet, setzte er hinzu: »Sagen Sie mir Bescheid, Constant, wenn Commarin mich sprechen möchte.«

Aber Vater Tabaret ließ ihn nicht gehen. Er hielt Daburon am Ärmel fest und sagte fast flehentlich: »Sie müssen mich anhören. Albert de Commarin ist so unschuldig wie Sie und ich. Wir müssen den Mörder finden, Monsieur. Lassen Sie Ihr Gewissen sprechen! Legen Sie nicht den Grund für einen Justizirrtum!«

Daburon aber machte sich von Tabaret los und eilte aus dem Zimmer. Hilflos sah Vater Tabaret zu Constant hinüber, blickte in dessen leidenschaftsloses Gesicht und ging dann auch hinaus. Der Korridor lag dunkel und

still vor ihm. In Verzweiflung fuhr sich Tabaret mit beiden Händen in die Haare.
»Albert ist unschuldig«, sagte er laut vor sich hin, dem Schluchzen nah, »und ich habe ihn ins Gefängnis gebracht. Was, wenn er sich umbringt? Ich darf ihn nicht im Stich lassen, auch wenn Daburon sich noch so uneinsichtig zeigt. Ich muß den Täter finden!«

12.

Noel Gerdy begleitete den Grafen de Commarin zu seinem Wagen, der vor dem Justizpalast auf ihn wartete. Fast unterwürfig verbeugte er sich vor dem Alten und fragte: »Wann darf ich mir die Ehre geben, Ihnen mit meinem Besuch aufzuwarten?«
»Am besten ist es, du kommst jetzt mit mir«, sagte der Graf.
Noel wollte sich mit Geschäften entschuldigen, aber Rheteau de Commarin, ans Befehlen gewohnt, wiederholte in einem Ton, der keinen Widerspruch duldete: »Komm jetzt mit mir!«
Noel gehorchte.
»Deinen Vater hast du nun gefunden«, sagte der Graf, als Noel hinter ihm die Kutsche bestieg, »aber deine Unabhängigkeit hast du verloren.« Als Noel sich bescheiden auf den Platz ihm gegenüber setzen wollte, fügte er ein wenig freundlicher hinzu: »Setz dich neben mich. Schließlich bist du mein Sohn.«
Die Verwirrung, die Noel nach der unerwarteten Einladung befallen hatte, wich während der Fahrt, und er gewann seine gewohnte Kaltblütigkeit zurück. Dazu

trug auch bei, daß der Graf bis zur Ankunft vorm Palais kein weiteres Wort an ihn richtete.
Ganz Paris sprach bereits von den ungewöhnlichen Ereignissen, die im Haus des Grafen Commarin vor sich gegangen waren und außerordentliches Aufsehen erregt hatten. In immer neuen Abwandlungen wurden sie verbreitet. Sie waren zum Gegenstand schillernder Gerüchte geworden und lösten – je nach der Einstellung des Betreffenden – die verschiedensten Haltungen aus, von aufrichtiger Anteilnahme und ehrlichstem Mitgefühl bis zur Schadenfreude und sensationslüsterner Neugier. Auch die Dienerschaft des Grafen war von allem durcheinandergewirbelt worden. Unruhe hatte sie ergriffen, Getuschel war im ganzen Haus zu hören, Vermutungen wurden laut und verstummten wieder, machten anderen Platz. Rheteau de Commarin schien das alles nicht anzufechten.
Gestützt auf Noels Arm, stieg er aus der Kutsche und ging sofort in sein Arbeitszimmer. Da saß nun der Alte im Sessel, von dem aus er am Abend zuvor das Gespräch mit seinem Sohn Albert geführt hatte. Nichts mehr an ihm erinnerte an den gebrochenen Mann im Büro des Untersuchungsrichters. Sein Hochmut war zurückgekehrt, und er trug ihn offen zur Schau. Die Stunde bei Daburon erschien ihm jetzt wie eine Ewigkeit voller Demütigungen. Er schämte sich, daß er sich so hatte gehenlassen, klagte sich einer unverzeihlichen Schwäche an.
Wie Albert am Abend zuvor vor ihm gestanden hatte, stand nun Noel, aufrecht und respektvoll zwar, aber distanziert und gar nicht mehr so bescheiden vor ihm. Die Blicke, mit denen sie einander prüften, ließen nichts

von Freundlichkeit füreinander erkennen. Nach einigen Sekunden nahm der Graf das Wort.

»Von jetzt an«, sagte er sachlich, »bist du mein Sohn, und dies Haus ist auch dein Haus. Als Graf de Commarin stehen dir alle Rechte zu, die dir vorenthalten worden sind. Behalte deinen Dank für dich, denn du hast mir nichts zu danken. Hätte es an meiner Entscheidung gelegen, wärst du nie in dieses Haus gekommen, und Albert hätte den Titel und die Stellung behalten, in die ich ihn gebracht habe. Das nur, damit keine Mißverständnisse zwischen uns aufkommen.«

»Ich danke Ihnen für Ihre Offenheit, Monsieur«, antwortete Noel genauso sachlich. »Und ich verurteile Sie nicht, wenn ich mir auch nicht denken kann, daß ich so hätte handeln können wie Sie damals, als Sie mich der Rechte meiner Geburt beraubten. Aber wenn mir das Unglück widerfahren wäre, ich hätte später nicht anders gehandelt als Sie. Sie konnten es sich in Ihrer Stellung nicht erlauben, Ihr Vergehen zuzugeben. Ihr Name und der Name Ihres Hauses mußten geschützt werden, um jeden Preis, auch um den, das Unrecht zu dulden und das Geheimnis zu bewahren.«

Mit diesen Worten hatte Noel großen Eindruck auf den Grafen gemacht, der sich jedoch seine Genugtuung nicht anmerken lassen wollte und noch kühler als zuvor sagte: »Ein Recht auf Liebe von deiner Seite habe ich nicht. Ich bitte auch nicht darum. Alles, was ich verlange, ist Ehrerbietung. Es steht den Söhnen nicht zu, ihre Väter zu kritisieren. Du hast das anscheinend begriffen. Nun zur Sache: Albert hat einen eigenen Haushalt geführt, obgleich er mit mir unter einem Dach lebte, hatte seine Diener, seine Pferde und seine Wagen und erhielt von mir viertausend Francs im Monat. Ich gedenke mit dir nicht anders zu verfahren, möchte dir nur einen fairen Start ermöglichen, indem ich die Zuwendungen auf sechstausend Francs erhöhe. Ich bin sicher, du verwendest die Summe in angemessener Weise und vermeidest alles, was Anstoß erwecken könnte. Selbstkontrolle ist von nun an für dich das wichtigste. Achte auf dein Äußeres, wäge jedes Wort ab, das du sagst, und unterzieh jede Handlung vorher genauer Prüfung. Aller Augen sind auf dich gerichtet, man wartet geradezu darauf, daß du Fehler machst. Wie steht es um deine Fechtkunst?«

»Gut.«

»Und mit dem Reiten?«

»Schlecht. Ich hoffe, in einem halben Jahr ein guter Reiter zu sein, wenn ich mir bis dahin nicht das Genick gebrochen habe.«

»Es ist schon beser, du wirst ein guter Reiter. Noch etwas: Natürlich wirst du nicht Alberts Räume beziehen. Die halte ich verschlossen, sobald sie von der Polizei freigegeben werden. Das Haus ist geräumig. Im anderen Flügel kannst du logieren, mit eigenem Eingang. In zwei Tagen stehen dir Diener, Pferde, Wagen und das nötige Meublement zur Verfügung. Benimm dich so, als hättest du schon immer hier gelebt. Um das Aufsehen, das der Wechsel hervorrufen wird, kümmere ich mich nicht. Ich bin keiner von den Vätern, die ihre Sprößlinge in einem solchen Fall auf einige Monate an einen ausländischen Hof schicken. Ich möchte nur, daß die Entrüstung sich bald legt und das Gerede aufhört. Ich werde gleich Tischler bestellen, die dir die Wohnung einrichten. Zuerst aber muß ich dich mit dem Personal bekannt machen.«

Noel kam sich vor wie einer, der in die Märchenwelt des Orients versetzt worden ist, wie Aladin mit seiner Lampe. Es fiel ihm schwer, seine übermächtige Freude nicht zu verraten, da doch seine kühnsten Träume übertroffen worden waren. Unter Aufbietung all seiner Energie gelang es ihm jedoch, eine unbeteiligte Miene aufzusetzen und den Alten, der schon die Hand nach dem Glockenzug ausgestreckt hatte, um die Diener herbeizurufen, folgendermaßen anzureden: »Mein Vater, darf ich mir in aller Bescheidenheit einige Worte erlauben? Ihre Güte rührt mich mehr, als ich es ausdrücken kann. Doch bitte ich Sie, mich nicht sofort mit ihr zu überschütten. Es ist richtig, nicht allzuviel auf die öffentliche Meinung zu geben; doch sollte man sich hüten, sie zu reizen, zumal ich muß mich davor hüten. Wenn ich mich von heute auf morgen bei Ihnen häuslich einrichte, würde ich wie ein Triumphator dastehen, dem es gleichgültig ist, über den Unterlegenen hinwegzugehen und mich in sein Bett zu legen, das noch warm ist vom Körper des anderen. Man wird mich sofort mit Albert vergleichen, und das kann nicht zu meinen Gunsten ausfallen, weil mein Triumph, der ja in Wirklichkeit nichts ist als der Triumph der Gerechtigkeit, mit dem Unglück Ihrer Familie zusammenfällt.«

Wieder war der Graf von Noels Rede- und Denkweise beeindruckt, jedenfalls hörte er ohne erkennbare Mißbilligung zu. Das ermutigte Noel, fortzufahren: »Es wäre also gut, wenn Sie mir gestatten, vorläufig nichts an meiner Lebensweise zu ändern. So kommt kein

Klatsch auf, und die öffentliche Meinung hat Zeit, sich an die neuen Tatsachen zu gewöhnen. Ich werde nicht als Eindringling dastehen, sondern Gelegenheit haben, peu à peu in denselben guten Ruf zu kommen, in dem Albert stand. Ein solches Vorgehen wäre auch deshalb für mich günstig, weil ich mich so allmählich an die Tatsache gewöhnen könnte, Erbe eines großen Vermögens zu sein.«

»Vielleicht hat er recht«, murmelte der Graf vor sich hin. Noel überhörte diese Bemerkung nicht und spürte, daß er drauf und dran war, Sympathie oder doch wenigstens freundliche Duldung von seiten des alten Mannes zu erringen. So wuchs sein Zutrauen zu sich und seiner Redegabe.

»Außerdem, Monsieur«, fuhr er fort, »ist es nötig, verschiedene Änderungen in meinem Leben vorzunehmen, ehe ich in Ihren Kreis eintrete, der dann auch der meine sein soll. Ich weiß nicht, ob Ihnen bekannt ist, daß ich eine ausgedehnte Anwaltspraxis mein eigen nenne. Hier gilt es, Geschäfte zu liquidieren, und das zu einer Zeit, in der ich beginne, die Früchte zehnjähriger harter Arbeit zu ernten. Mein Name ist dabei, einen guten Klang zu gewinnen. Und dann muß ich Ihnen in aller Offenheit sagen, daß manche meiner Ansichten schlecht zu denen passen, die in diesem Hause herrschen. Es ist mir nicht möglich, sie von einem Tag auf den anderen zu ändern.«

»Ich verstehe!« rief der Graf mit Spott in der Stimme. »Du bist einer von den Liberalen, ein Freigeist wie Albert.«

»Ich bin nur ein kluger Mann, der es zu etwas bringen will. Alle Parteien streben zur Macht. Sie bedienen sich dabei nur unterschiedlicher Methoden. Sie können darauf vertrauen, daß ich hinfort auf meinen Namen Rücksicht nehmen und so denken und handeln werde, wie es einem Commarin zukommt.«

»Das hoffe ich«, sagte der Graf, »und ich erwarte, daß ich nie Anlaß haben werde, Albert zu vermissen!«

»In diesem Punkt bin ich ganz zuversichtlich. Apropos Albert: Sollten wir uns nicht einmal über diesen Unglücklichen unterhalten?«

»Was hat das jetzt noch für einen Sinn?« fragte der Alte erstaunt.

»Sie wollen ihn im Stich lassen?« Noel legte so viel Wärme in seine Stimme, daß der Graf ihn voller Unbehagen über die eigene Herzlosigkeit anblickte. »Ausgerechnet jetzt, da er keinen Freund mehr hat? Monsieur, denken Sie doch daran: Auch er ist Ihr Sohn! Und er ist mein Bruder, und er hat ein Recht darauf, von der Familie, deren Namen er dreißig Jahre getragen hat, Hilfe zu erwarten, mag er nun schuldig sein oder nicht. Wir müssen ihm helfen.«

So edel hätte auch Albert gedacht, überlegte der Graf. »Und was willst du unternehmen?« fragte er.

»Ich will ihn retten, wenn er unschuldig ist. Und ich fühle es: Er ist unschuldig. Wozu bin ich Anwalt, wenn ich nicht seine Verteidigung übernehme? Ich bin kein schlechter Advokat, das sagt man mir jedenfalls nach, und ich werde all meine Eignung in diesem Fall beweisen. Die Beschuldigungen gegen ihn werde ich widerlegen und die Wahrheit ans Licht bringen. Ich werde Mittel und Wege suchen, um die Richter von seiner Unschuld zu überzeugen. In dem letzten Prozeß, den ich führe, werde ich ihn retten.«

»Und was ist, wenn er den Mord eingesteht?« fragte der Graf.
»Es gibt Möglichkeiten, der Vollstreckung eines Urteilsspruchs zu entgehen«, sagte Noel leidenschaftlich. »Sollte ich sie ungenutzt lassen, da das Leben meines unglücklichen Bruders auf dem Spiel steht?«
Rheteau de Commarin drückte Noel bewegt die Hand. Dieser fühlte, daß es ihm gelungen war, diesen hochmütigen Aristokraten zu rühren. Und er lächelte angesichts seines Sieges.
»Um noch einmal auf unser Verhältnis zurückzukommen ...« Der Graf sprach wieder ganz sachlich. »Deine Vorstellungen sind nicht übel, und ich werde sie akzeptieren. Dieses eine Mal aber nur. In Zukunft gedenke ich, es so zu halten wie bisher: Ich bestimme, was in diesem Hause zu geschehen hat. Ich bin noch nie von einem einmal gefaßten Entschluß abgegangen. Merk dir das. Im übrigen sollte uns das alles nicht davon abhalten, heute abend gemeinsam zu speisen. Dann werde ich dir die Räume zeigen, die du später beziehen wirst.«
Noch einmal wagte es Noel, dem Alten zu widersprechen.
»Ihr Wunsch war mir Befehl, als Sie mich aufforderten, Sie hierher zu begleiten. Damit aber habe ich meine Pflicht erfüllt. Jetzt ruft mich eine andere, eine heilige Pflicht an das Sterbebett von Madame Gerdy, der Frau, die mich an Sohnes statt aufgezogen hat und der ich Dank schulde.«
»Ach, Valerie!« Der Graf schlug die Hände vors Gesicht und stützte sich schwer auf eine Armlehne seines Stuhls. Als sei eine Schleuse geöffnet worden, flutete

die Vergangenheit über ihn, und er klagte: »Sie hat mir großen Schmerz zugefügt, sie hat mein Leben ins Unglück gestürzt. Aber darf ich deshalb unversöhnlich sein? Der Schmerz über Alberts Tat hat sie auf das Sterbebett geworfen. Und alles ist nur meine Schuld. Vielleicht kann ein Wort von mir sie in ihrer letzten Stunde trösten.« Enige Sekunden verharrte er noch in dieser Stellung, ehe er sich gesammelt hatte, und sagte: »Ich begleite dich.«

Diese Worte ließen Noel zusammenfahren.

»Mein Vater«, rief er, »ich weiß nicht, ob Sie den Anblick der Sterbenden ertragen könnten. Vielleicht ist Madame Gerdy jetzt schon tot, nachdem ihr Verstand schon in die ewige Nacht gesunken ist. Selbst wenn sie noch lebte, sie würde Sie nicht erkennen und Ihre Worte nicht verstehen.«

»Ich sehe ein, daß es zu spät ist«, sagte der Graf und seufzte tief. »Geh allein zu ihr, mein Sohn! Ich erwarte dich zum Abend. Ich pflege um halb sieben zu speisen, und es wäre mir eine Freude, dich an meinem Tisch zu sehen.« Er läutete, und als sein Kammerdiener erschien, befahl er: »Denis, legen Sie zum Souper ein zweites Gedeck auf. Dieser Herr ist von heute an hier zu Hause. Teilen Sie das allen Bediensteten mit.«

Als Noel gegangen war, atmete der Graf erleichtert auf. Er war froh, allein zu sein; denn seit dem Morgen war so vieles auf ihn eingestürzt, was sein Verstand noch nicht verarbeitet hatte. Minutenlang saß er in seinem Stuhl, ehe er einen vernünftigen Gedanken fassen konnte.

Das war also mein ehelicher Sohn, überlegte er. Genauso sah ich mit dreißig aus, war genauso ein netter

Kerl wie dieser Noel, war genauso klug und auf meinen Vorteil bedacht. Dazu ist er noch bescheiden, das hat er mir voraus. Er läßt sich von seinem Glück nicht blenden; ich glaube, er wird meinem Namen keine Schande machen. Und doch: Etwas an ihm gefällt mir nicht. Vielleicht ist es nur, weil mir der arme Albert nicht aus dem Kopf geht, der unglückliche Junge, der sein Gewissen mit einem solchen Verbrechen belastet hat. Vielleicht ist mir Noel zu klug, zu perfekt in allem. Die Großmut in Person. Er verzeiht mir und Valerie, er will Albert retten ... Mag sein, daß die jungen Leute heutzutage so sind, anders als wir damals, weniger eigensüchtig. Albert war ja auch fast ein Heiliger. Und doch hat er die Alte umgebracht ...

Eigentlich hätte ich doch zu Valerie fahren sollen.

Und er ging zum Fenster. Vielleicht konnte er Noel noch aufhalten. Aber über seinem Brüten war die Zeit verronnen.

Noel war nicht mehr zu sehen. Er befand sich schon auf dem Weg in die Rue St-Lazare. Vor Tabarets Haus entlohnte er den Kutscher und stürmte die Treppen empor.

»Ist jemand für mich dagewesen«, fragte er das Dienstmädchen noch völlig außer Atem, und er war erleichtert, als sie seine Frage verneinte.

»Hat der Arzt nach mir verlangt?« fragte er, nun schon ruhiger geworden.

»Seit heute früh kommt er jede Stunde. Auch jetzt ist er bei Madame.«

»Das trifft sich gut. Dann kann ich gleich mit ihm sprechen. Sollte jemand kommen, führen Sie ihn in mein Arbeitszimmer, und benachrichtigen Sie mich.«

Als er das Krankenzimmer betrat, lag Madame Gerdy mit weitgeöffneten, starren Augen und verkrampften Gesichtszügen und starrte gegen die Decke. Über ihrem Kopf war ein Gefäß angebracht, aus dem Wasser in regelmäßigen Abständen auf ihre Stirn tropfte, um ihr in ihrer Fieberglut Linderung zu verschaffen. Der Tisch neben dem Bett war mit Medizinflaschen und Pillenschachteln bedeckt.

Eine junge Vinzentinerin saß neben dem Kamin und wartete darauf, daß das Wasser in einem offenen Kessel kochen würde.

Dr. Hervé saß neben dem Bett. Als Noel ins Zimmer trat, stand er auf und sagte: »Endlich!«

»Ich bin aufgehalten worden«, erwiderte Noel. »Im Palais der Commarins. Ich habe wie auf Kohlen gesessen, immer in der Angst, zu spät zu ihr zu kommen.« Er senkte die Stimme zu einem Flüstern, als er fragte: »Geht es ihr besser?«

Dr. Hervé schüttelte den Kopf. »Es ist viel schlechter geworden seit heute morgen. Ich befürchte das Schlimmste.«

In diesem Augenblick bewegte sich Madame Gerdy und stöhnte leise. Der Arzt ging zu ihr, fühlte ihr den Puls und sah ihr lange in die trüben und starren Augen.

»Nehmen Sie ihre Hand«, sagte Dr. Hervé, »und sprechen Sie sie an. Vielleicht reagiert sie auf Ihre Stimme.«

Noel trat ans Bett, beugte sich über die Kranke und sagte leise: »Ich bin's, Noel. Erkennst du mich? Sprich doch, oder gib mir ein Zeichen.«

Aber kein Anzeichen, daß sie Noel verstanden hatte, zeigte sich auf ihrem starren Gesicht.

Noel seufzte tief. »Hat sie große Schmerzen?«
»Sie spürt im Augenblick nichts.«
»Es ist alles bereit, Herr Doktor«, sagt die junge Nonne vom Kamin her.
»Rufen Sie das Mädchen. Wir müssen ihr ein Zugpflaster auflegen«, ordnete der Arzt an.
Die beiden Frauen richteten Madame Gerdy auf. Ihr Körper hing in den Armen der Pflegerinnen wie ein Leichnam, der zur letzten Ruhe gebettet werden soll. Ihr Leiden schien schon lange zu währen und hatte sie bis aufs Skelett abmagern lassen. Selbst die Vinzentinerin, die schon vielen Kranken und Sterbenden beigestanden hatte, konnte ihre Erschütterung nicht verbergen.
Noel beobachtete die Szene steif und mit undurchdringlichem Gesicht vom Fenster aus, wohin er sich zurückgezogen hatte. Als er den Arzt sagen hörte: »Wir müssen warten, ob sie auf das Pflaster reagiert; wenn sie es nicht fühlt, müssen wir einen Schröpfkopf ansetzen«, erwachte er aus seiner Starre.
»Und wenn auch das nichts nützt?« fragte er.
Daraufhin hob der Arzt hilflos die Schultern.
»Heißt das, daß sie heute nacht noch sterben könnte?«
»Es deutet alles darauf hin. Aber ich gebe nicht auf. Ich kenne Fälle, in denen der Kranke trotz allem noch genesen ist.«
»Der Gedanke, sie könnte sterben, ohne mich wiederzuerkennen, ohne ein einziges Wort mit mir zu sprechen, ist mir unerträglich.«
»Wie diese Krankheit verläuft, kann niemand vorhersagen. Jetzt liegt sie im Koma, alle Funktionen ihres Hirns scheinen ausgeschaltet zu sein. Aber das kann

sich ändern. Das hängt davon ab, welcher Teil des Gehirns durch die Entzündung betroffen ist. Vielleicht windet sie sich bald in Krämpfen, in denen sie dann wieder klar denken kann.«

»Wird sie dann auch die Sprache wiedererlangen?«

»Das ist anzunehmen.«

»Und bleibt sie auch bei Verstand?«

»Vielleicht. Niemand kann das vorhersagen«, antwortete der Arzt. Dabei sah er Noel mit einigem Mißtrauen an. »Warum wollen Sie das eigentlich alles wissen?« fragte er.

»Weil ein einziges Wort von ihr für mich so wichtig wäre.«

»Wie gesagt, ich kann nichts versprechen. Bleiben Sie in ihrer Nähe für den Fall, daß ihr Denkvermögen noch einmal, wenn auch nur für Sekunden, wach wird. Ich muß gehen. Auf mich warten noch andere Patienten.«

»Werden Sie heute noch einmal kommen?« fragte Noel, als er den Arzt zur Wohnungstür begleitete.

»Gegen neun. Im Augenblick kann ich ohnehin nichts für sie tun. Außerdem: Ich habe eine gute Pflegerin ausgesucht. – Was machen Sie nur für ein Gesicht, Noel?«

»Mein lieber Doktor ...«

»Sie können doch nichts dagegen einwenden, daß ich eine Vinzentinerin zur Pflege bestellt habe. Der Orden ist bekannt für seine Krankenschwestern. Außerdem kenne ich die Nonne persönlich und schätze sie sehr. Diese Ordensfrauen haben möglicherweise ihre Eigenheiten. Aber im Interesse der Kranken sollte man sich mit ihnen abfinden. Nun adieu, ich muß mich beeilen.«

Noel ging mit nachdenklicher Miene in Madame Gerdys Zimmer zurück. An der Tür erwartete ihn die Schwester.
»Ihr Mädchen schickt mich. Wir brauchen Geld für die Medizin. Ich mußte heute schon einmal dem Apotheker etwas schuldig bleiben.«
»Zu dumm, daß ich nicht daran gedacht habe. Aber das Ganze verwirrt mich sehr.« Mit diesen Worten legte er einen Geldschein auf den Kaminsims.
»Ich werde alles notieren, was ich ausgebe. Das ist bei uns so Brauch.« Nach einigem Zögern fuhr sie fort: »Ob es wohl nicht besser wäre, der Kranken den Trost der Kirche zukommen zu lassen? Soll ich einen Priester holen?«
»In ihrem Zustand, Schwester, würde das wenig nützen. Sie nimmt doch nichts mehr von dem wahr, was um sie herum vorgeht.«
»Das würde ich nicht ohne weiteres sagen. Sie reagiert nicht auf uns. Aber wer sagt Ihnen, daß sie den Geistlichen nicht hören und ihm nicht antworten würde? Oft hat das Sakrament den Sterbenden nicht nur getröstet, sonder ihn auch geheilt.«
Aber Noel hörte nicht auf das, was die Nonne sagte. Seine Gedanken schweiften in anderen Gefilden.
Ehe die Vinzentinerin ihre Rede voller guter Ratschläge noch fortsetzen konnte, meldete das Dienstmädchen, ein Mann, der seinen Namen nicht nennen wolle, warte in Monsieur Gerdys Arbeitszimmer.
»Ich bin gleich da«, sagte er.
»Was soll ich tun, Monsieur?« fragte die Vinzentinerin.
»Halten Sie's, wie Sie wollen, Schwester.« Und Noel verließ den Raum.

In seinem Arbeitszimmer wartete Clergeot auf ihn. Clergeot war im ganzen Quartier bekannt. Denn er besaß mehr Geld, als er ausgeben konnte. So lieh er es denn aus, und für diese Freundlichkeit kassierte er Zinsen zwischen zwanzig und dreißig Prozent. Dabei hatte er den Vorzug, daß er seinen Schuldner nie der Polizei überantwortete, wenn er säumig war. Vielmehr verfolgte er ihn selber unverdrossen, und wenn es zehn Jahre oder länger dauern sollte, bis er zu seinem Geld kam. Er hatte eine Klientel, die er bevorzugte: Schauspielerinnen, Maler und Ehemänner, die sich eine Freundin hielten, auch junge Herren, die eine Praxis als Anwalt oder Arzt eröffnen wollten und denen das Geld dazu fehlte.

Im Laufe seiner finsteren Karriere hatte er sich zu einem Menschenkenner von Graden entwickelt, der sich fast nie in einem Kunden täuschte.

Die Verbindung zwischen diesem Ehrenmann und ihrem Galan hatte Juliette hergestellt und dafür gesorgt, daß sie von Noel eifrig genutzt wurde.

Noel kannte Clergeots Schwäche für Höflichkeit, und so erkundigte er sich erst einmal nach seinem Befinden, nachdem er ihm einen Stuhl angeboten hatte. Clergeot dankte der Nachfrage, klagte über seine schlechter werdenden Augen und kam dann unvermittelt auf den Grund seines Besuchs zu sprechen.

»Erinnern Sie sich, Monsieur, daß Ihre Wechsel heute fällig werden? Ich stecke zu meinem Bedauern in einer finanziellen Klemme. Sie verstehen ... Das eine Papierchen lautet auf sieben-, eins auf zehn- und das dritte auf fünftausend Francs. Macht summa summarum zweiundzwanzigtausend Francs.«

»Sie scherzen, Clergeot. Das ist ein schlechter Witz von Ihnen.«
»Ich und scherzen?« Der Wucherer lachte unfroh. »Ich war noch nie fürs Scherzen gemacht.«
»Haben Sie denn meinen Brief nicht bekommen? Vor einer Woche habe ich Ihnen geschrieben, daß ich um Prolongierung bitten müsse, weil ...«
»Ja, ja, der Brief ...«
»Und? Äußern Sie sich doch!«
»Ich kann mich nur dahingehend äußern, daß ich Ihnen Ihre Bitte abschlagen muß. Bemühen Sie sich also, die Summe zusammenzubekommen.«
»Das ist momentan unmöglich.« Noel machte eine ungeduldige Handbewegung.
»Sie sollten sich daran erinnern: Ihre Wechsel sind von mir schon viermal prolongiert worden.«
»Und habe ich etwa die Zinsen nicht pünktlich bezahlt?«
Von Zinsen zu sprechen, fand Clergeot unseriös.
»Beschwere ich mich denn? Ich warne Sie nur, die Dinge nicht auf die leichte Schulter zu nehmen.«
»Das tue ich doch nicht.«
»Jedenfalls überschätzen Sie die Langmut von Vater Clergeot nicht. Wenn mir Schaden erwächst, ist's damit vorbei. Und heute bin ich in einer großen Verlegenheit – in einer sehr großen.« Solche Töne hatte Clergeot gegenüber Noel noch nie angeschlagen.
»Und ich bin abgebrannt, bis auf den letzten Sou«, sagte Noel voll Besorgnis.
»Das tut mir aber leid.« Clergeot blieb unerbittlich. »So müßte ich denn die Sache wirklich vor den Kadi bringen?«

»Was versprechen Sie sich davon? Denken Sie doch an die Gerichtskosten und daran, daß ich nichts besitze. Sie können mich nicht pfänden. Das Haus gehört mir nicht. Die Wohnung ist von Madame Gerdy gemietet, nur die Einrichtung gehört mir.«
»Weiß ich längst. Eine Versteigerung all dessen« – er machte eine weite Armbewegung – »würde auch nicht einmal im entferntesten die Schulden decken.«
»Oder wollen Sie mich in Schuldhaft bringen? Dann verlieren Sie nicht nur, was ich Ihnen schulde, sondern noch mehr.«
»Sie drohen mir also!« Die Geduld des Geldverleihers schien am Ende zu sein.
»Ich drohe Ihnen nicht. Ich weiß nur nicht, woher ich das Geld nehmen soll. Madame Gerdy möchte ich um nichts in der Welt darum bitten.«
»Das wäre auch verlorene Liebesmüh«, sagte Clergeot mit einem pfiffigen Lächeln. »Mamas Börse ist doch längst geplündert. Ich höre, es geht ihr schlecht. Wenn die Arme jetzt sterben sollte, würde ich für den Nachlaß keine zweihundert Louisdor geben.«
Noel lief vor unterdrückter Wut rot an. Er wollte widersprechen, doch Clergeot winkte ab.
»Die Rue de Provence hat Mamas letztes Geld geschluckt. Oh, Juliette! Ich schätze sie. Sie ist eine hinreißende Frau. Aber sie ist nicht gerade billig zu haben.«
Die Art und Weise, wie Clergeot über Juliette sprach, brachte Noel fast zum Bersten. Aber er mußte sich beherrschen, mußte selbst diese freche Vertraulichkeit hinnehmen.
»Ich habe Ihnen das alles prophezeit«, fuhr Clergeot

ungerührt fort. »Aber Sie mußten dieser Frau ja auch jeden Wunsch erfüllen. Solche Damen verstehen ihr Geschäft gut, und sie wissen, wie man die Männer ausnimmt. Oder glauben Sie wirklich, Juliette liebt Sie wegen Ihrer Verschwendungssucht? Die läßt Sie im Straßengraben verrecken, wenn aus Ihnen nichts mehr herauszuholen ist.«

»Sind Sie bald fertig?« fragte Noel mit zitternder Stimme.

»Wenn Sie bezahlt haben. Jedenfalls liegt es nicht in meiner Absicht, Ihre Wechsel zu prolongieren. Machen Sie nur nicht so ein bärbeißiges Gesicht. Oder ist es Ihnen lieber, daß ich mich an Ihren Sachen schadlos halte? Nicht an dem Plunder hier – ich bin nicht blöde. Ihrer süßen Freundin würde es gar nicht gefallen, wenn ich mich mal in ihrem Haus umsähe. Und Sie bekämen das zu spüren.«

»Das Haus gehört ihr.«

»Na und? Ich kenne Mittel ... Lassen wir das. Natürlich könnte ich warten. Aber worauf? Sie hat Ihr ganzes Geld verschleudert. Ich gebe Ihnen keinen Aufschub. In drei Monaten haben Sie den kärglichen Rest Ihres Vermögens auch noch verschleudert. Wie Sie gebaut sind, verkaufen Sie Ihrer Mutter das Sterbebett unterm Hintern weg, um dieser Kröte zu gefallen. Wissen Sie, was sie mit den zehntausend Francs von gestern abend gemacht hat? Sie sehen, ich weiß alles. So kann es nicht weitergehen. Wer weiß, was sie noch tun würden, um ihr Geld in den Rachen schmeißen zu können. Machen Sie endlich Schluß, ehe Sie am Bettelstab gehen. Den Rat gebe ich Ihnen ohne Zinsen. Machen Sie heute noch Schluß.«

Clergeots Gerede war Noel unerträglich geworden. Er preßte die Hände gegen die Ohren und schrie: »Genug! Machen Sie, was Sie für richtig halten, Monsieur, aber ersparen Sie mir Ihre Ratschläge. Gehen Sie doch vor Gericht. Ich werde einstehen für das, was ich getan habe. Und ich werde besser dafür einstehen können, als Sie ahnen. Die zweiundzwanzigtausend Francs sind für mich eine Kleinigkeit. Hunderttausend kann ich Ihnen morgen hinblättern, wenn ich will. Das würde mich eine einzige Frage kosten. Aber es paßt mir jetzt nicht, diese Frage zu stellen. Verstehen Sie? Wenn es Ihnen auch nicht schmeckt. Sie müssen auf Ihr Geld noch eine Weile warten. Von Ihnen lasse ich mich nicht von dem Ziel, das ich anstrebe, abbringen, jetzt, da ich es fast schon erreicht habe.«
Der Wucherer hörte seinen Schuldner mit Staunen so zuversichtlich sprechen. Konnte er ihm trauen? Oder wurde hier versucht, ihn mit Hirngespinsten abzuspeisen.
»Ja, laufen Sie mit Ihren Wechseln zum Gericht!« Noels Stimme war jetzt voller Hohn. »Bis zur Vorladung dauert es mindestens eine Woche, und dann bewilligt man mir sicherlich noch Aufschub, sagen wir, einen Aufschub von drei Wochen. Den gewährt man allen Schuldnern. Das macht alles in allem vier Wochen. Und das ist genau die Frist, die ich brauche. Sie haben die Wahl: Entweder Sie nehmen von mir einen in vier Wochen fälligen Wechsel über vierundzwanzigtausend Francs an, oder Sie gehen vor Gericht.«
»Das ist doch Unsinn«, fuhr Clergeot auf. »In vier Wochen hat sich Ihre Situation nicht um ein bißchen geändert.«

»Täuschen Sie sich nicht«, sagte Noel ruhig. »Meine Lage wird sich lange vorher geändert haben. Aber Sie müssen mich jetzt entschuldigen. Meine Zeit ist knapp bemessen.«
»Noch eine Sekunde!« rief der Wucherer. »Sagten Sie vierundzwanzigtausend Francs nach vier Wochen?«
»Das macht etwa hundert Prozent Zinsen per annum.«
»Sie wissen, ich handle nie um die Zinsen«, sagte Clergeot. »Doch möchte ich ...« Er sah Noel mißtrauisch an. »Wenn ich nur wüßte, was Sie so sicher macht.«
»Das geht Sie noch nichts an. Aber Sie erfahren es, wenn es soweit ist. Und es ist bald soweit.«
»Sie wollen doch nicht etwa eine reiche Erbin heiraten?« rief Clergeot. »Juliette hat mir heute morgen so etwas angedeutet. Also heiraten! Sie bekommt wohl eine außerordentliche Mitgift? Aber was sage ich da! Ohne die hätten Sie sie bestimmt nicht genommen.«
»Ich möchte nichts dazu sagen.«
»Diskretion ist immer eine gute Sache. Doch hören Sie auf mich: Ihre Mätresse hat Wind davon bekommen. Sie könnte ihrem Schwiegerpapa einiges über Ihre finanzielle Situation erzählen. Und dann ist die Braut perdu. Hören Sie auf mich! Und stellen Sie mir den neuen Wechsel aus. Ich akzeptiere ihn und gebe Ihnen am Montag die anderen Wechsel zurück.«
»Sie haben die Wechsel nicht bei sich?«
»Wozu? Ich wußte doch, daß bei Ihnen nichts zu holen ist, und da habe ich die Wechsel vorsichtshalber dem Gericht übergeben. Natürlich ziehe ich die Klage jetzt zurück.«
An der Tür wandte sich Clergeot noch einmal um.

»Ach, Noel, ehe ich es vergesse: Stellen Sie den Wechsel doch gleich auf sechsundzwanzigtausend Francs aus. Ihre Dame hat noch einiges bestellt, was ich morgen liefern soll.«
Noel schätzte es nicht, wenn Juliette über seinen Kopf hinweg über sein Geld verfügte. Doch wagte er auch nicht zu widersprechen.
»Machen Sie sich nicht unglücklich«, mahnte Clergeot. »Sie müssen sie bei guter Laune halten. Sonst ist Ihre Hochzeit ... Na, ich muß mich beeilen. Bis Montag!«
Noel dachte mißmutig: Den Halsabschneider habe ich ganz schön in die Irre geführt. Das fehlte mir noch, daß der Graf davon erfährt!
Es war halb sechs, und Noel schwankte, ob er mit seinem Vater essen oder bei Madame Gerdy bleiben sollte. Konnte er eine Sterbende denn allein lassen? Eilig schrieb er ein paar Zeilen an seinen Vater, in denen er ihm mitteilte, Madame Gerdy könne jeden Augenblick sterben, und so müsse er bei ihr bleiben. Er übergab den Brief zur Beförderung dem Dienstmädchen. Da fiel ihm plötzlich ein: Ob wohl Madame Gerdys Bruder über den Zustand seiner Schwester unterrichtet war?
Er fragte das Mädchen. Das antwortete: »Wenn es nicht geschehen ist, meine Schuld ist es nicht.«
»Benachrichtigen Sie ihn sofort, und lassen Sie ihn suchen, wenn er nicht zu Haus ist.«
Noel ging in Madame Gerdys Zimmer. Beim Schein der Lampe kümmerte sich die Nonne um die Kranke, ordnete hier etwas, machte dort etwas sauber. Ihr Gesicht war von Zufriedenheit überglänzt.
»Besteht noch Hoffnung?« fragte Noel sie.

»Ich weiß es nicht. Den Priester hat sie nicht erkannt. Er will noch einmal wiederkommen. Aber das Zugpflaster wirkt. Ihre Haut hat sich gerötet. Sicher hat sie schon Empfindungen. Jetzt ist es wichtig, daß sie nicht allein bleibt. Ihr Dienstmädchen will bis eins Nachtwache halten, nachdem der Arzt gegangen ist. Dann löse ich sie ab.«

»Lassen Sie nur. Sie können beide schlafen«, sagte Noel. »Ich finde sicherlich keinen Schlaf und werde die ganze Nachtwache übernehmen.«

13.

Tabaret war nicht niedergeschlagen, nachdem seine Vorstellungen bei dem übermüdeten Daburon nichts gefruchtet hatten. Im Gegenteil: Jetzt erst war sein Pflichtgefühl so recht gestachelt. Albert de Commarins Leben stand auf dem Spiel. Da durfte es keine Resignation geben. Schließlich war er es, der den Unschuldigen in diese Lage gebracht hatte, und allein er konnte ihn aus ihr erlösen.

Als er den Justizpalast verließ, fühlte er, daß auch er müde war und eine Erholungspause brauchte. Jetzt, da die Aufregungen des Tages nicht mehr so hautnah waren, fühlte er sich hungrig. Immerhin hatte er seit dem Frühstück nichts mehr zwischen die Zähne bekommen. In einem Restaurant bestellte er ein ausgesuchtes Menü, und beim Kauen kehrten Tatkraft und Zuversicht in ihn zurück. Nun sah alles nicht mehr so hoffnungslos aus. Er hatte genügend Zeit, und im übrigen vertraute er auf seinen Scharfsinn.

Schade, sagte er sich, daß ich Albert von meiner Arbeit zu seiner Rettung nicht benachrichtigen kann.
Mit federndem Schritt verließ er das Restaurant und begab sich in die Rue St-Lazare. Punkt neun Uhr läutete er bei den Gerdys, um sich nach dem Befinden der Dame zu erkundigen, die er einmal so sehr verehrt hatte.
Noel öffnete ihm, und auf seinem Gesicht lag so viel Traurigkeit, als sei Madame Gerdy seine wirkliche Mutter.
Da Vater Tabaret wußte, daß er über kurz oder lang mit Noel auf die Ermordung von Madame Lerouge kommen würde, die ihm in all ihren Einzelheiten weit besser bekannt war als dem jungen Mann, nahm er sich vor, von vornherein jede unbedachte Bemerkung, die seine Rolle verraten könnte, zu vermeiden. Jetzt mehr denn je galt es für ihn, vor Noel – demnächst Graf de Commarin – seine Verbindung zur Polizei zu verbergen.
Madame Gerdys Zustand hatte sich seit dem Nachmittag ein wenig verändert. Ob er sich gebessert hatte, war nicht mit Bestimmtheit auszumachen. Sie schien nicht mehr so stocksteif dazuliegen, wenn auch ihre Augen noch immer starr gegen die Decke gerichtet waren. Ab und zu zuckten die Augenlider, und dann hörte man auch, wie sie sich stöhnend bewegte.
Tabaret fragte flüsternd, was der Arzt meine, und Noel erwiderte: »Er meint, sie wird den Morgen nicht mehr erleben.«
»Ein Glück«, murmelte Vater Tabaret, »daß sie nicht weiß, daß ihr wirklicher Sohn unter Mordverdacht gefangen ist.«

»Das ist auch für mich ein Trost«, sagte Noel. »Sie ist für mich noch immer meine Mutter. Ich mache mir die größten Vorwürfe, daß ich sie zweimal sehr hart angefahren und geglaubt habe, ich müßte sie hassen. Im Angesicht des Todes verliert alles Unrecht sein Gewicht. Nur noch meine Liebe zu ihr lebt in mir. Und noch eins, Vater Tabaret: Ich kann es einfach nicht glauben, daß Albert, ihr Sohn, einen Mord begangen haben soll.«
»Sie auch nicht?« fragte Tabaret erfreut.
Als Noel ihn erstaunt anblickte, erklärte er ein wenig stockend: »Sicherlich kenne ich den Fall nicht gut genug, um mir ein Urteil erlauben zu können. Ich kann mir einfach nicht vorstellen, daß ein Mann von seiner Bildung so abgefeimt ist, ein solches Verbrechen auszuführen.«
Die Vinzentinerin schlief doch nicht, wie sie angekündigt hatte, und saß neben der Lampe. Obwohl sie während ihrer Arbeit betete, konnte sie die Unterhaltung der beiden Männer doch nicht überhören, und sie fragte sich, was das wohl für eine Geschichte sei, in der von einer Frau und von einem Mann die Rede war, der nicht ihr Sohn war und der sie dennoch als seine Mutter bezeichnete, und in der auch der wirkliche Sohn der Frau, den man eines Mordes beschuldigte, eine Rolle spielte. Wirklich seltsam war das alles. Und da der Nonne vor alledem ein bißchen gruselte, beschloß sie, dem Priester davon zu erzählen.
»Ich glaube nicht«, sagte Noel, »daß die öffentliche Meinung für Albert eingenommen ist. Wer ins Unglück gerät, auf den schlägt sie noch ein. Mich bedrückt Alberts Verhaftung über alle Maßen, und ich habe

meinen Vater schon wissen lassen, daß ich seine Verteidigung übernehmen werde.«
Fast hätte Vater Tabaret vor Freude ausgerufen: Wir beide werden Albert aus dem Gefängnis befreien! – Aber rechtzeitig besann er sich und hielt den Ausruf zurück. Später, wenn Albert außer Gefahr war, würde er seinem Freund die Rolle, die er in diesem Fall gespielt hatte, erklären können. So beschränkte er sich darauf, »Sie haben ein gutes Herz« zu sagen. Und er fügte hinzu: »Sie sind durch Geld und Namen noch nicht verhärtet. Haben Sie eigentlich mit Ihrem Vater gesprochen?«
Noel, der sich von der Nonne beobachtet fühlte, machte Tabaret ein Zeichen und antwortete: »Es ist alles zu meiner Zufriedenheit geordnet. Später werde ich Ihnen Näheres erzählen.« Und um der Schwester wie Tabaret zu imponieren, sagte er noch: »Am Bett dieser unglücklichen Frau sollte man nicht über sein eigenes Glück sprechen.«
Zufriedengestellt war Tabaret von dieser Antwort nicht, mußte sich aber vorerst mit ihr begnügen, und da er seine Neugier solchermaßen enttäuscht sah und es auch nicht zu erwarten war, daß sie noch befriedigt würde, erklärte er, er wolle zu Bett gehen. Noel drängte ihn nicht, zu bleiben, bemerkte nur noch, daß er Madame Gerdys Bruder noch erwarte, und die beiden Männer besprachen sich kurz darüber, daß es wohl besser sei, ihn erst später über all die Verwicklungen zu unterrichten, um ihn nicht unnötig aufzuregen.
In seiner Wohnung wurde Vater Tabaret nach vierundzwanzigstündiger Abwesenheit von Nanette sehr ungnädig empfangen. Sie maulte und drohte, daß sie die

Stellung aufkündigen würde, wenn er nicht endlich ein anständiges Leben beginne. Tabaret hörte geduldig zu, befahl ihr dann ziemlich barsch, ihn allein zu lassen. Nachdem Nanette die Tür hinter sich geschlossen hatte, gab er sich sofort seinen Grübeleien hin.
In der Zusammenstellung der Indizien konnte er nicht fehlgegangen sein. Der Irrtum mußte woanders liegen. Nun galt es, mit den Überlegungen von vorn anzufangen. Sollte der kriminalistische Grundsatz »Wem nützt die Tat?« falsch sein?
Es gab drei Interessierte am Tod der Madame Lerouge: Albert, Madame Gerdy und der Graf Commarin. Fest stand für ihn, daß Albert als Mörder ausschied. Madame Gerdy kam wohl auch nicht in Frage. Sie war es ja, die die Nachricht vom Mord aufs Sterbebett geworfen hatte. Blieb der alte Graf.
War ihm das Verbrechen zuzutrauen?
Selber konnte er die Tat auf keinen Fall begangen haben. Aber wie, wenn er jemanden für das Verbrechen gedungen hätte? Dagegen sprach, daß er sich dadurch ganz in die Gewalt des Mitwissers begeben hätte.
Tabaret suchte einen anderen Ansatz. Vielleicht war die Lerouge, die seinerzeit so leichtfertig die Vertauschung der Kinder vorgenommen hatte, in andere dunkle Machenschaften verwickelt und einem unbekannten Dritten dann im Weg gewesen.
Eins stand für Tabaret fest: Sie war nicht umgebracht worden, damit Noel seine Rechte nicht geltend machen konnte, sondern aus anderem, aber sehr ähnlichem Grund. Der Täter mußte die Gewohnheiten Alberts, sich zu kleiden, nachgeahmt haben. Hier mußte man einhaken.

Zuerst aber galt es, Licht in die Vergangenheit der Witwe Lerouge zu bringen. Dazu mußte man auf die standesamtlichen Angaben aus ihrem Geburtsort warten, die das Gericht am nächsten Tag zu erhalten hoffte.
Obwohl Tabaret fast die Augen zufielen, kehrten seine Gedanken zu Albert zurück, und wieder wog er alles Für und Wider gegeneinander ab. Die Beweisstücke schienen gegen ihn zu sprechen. Aber Indizien waren nun einmal nicht alles, obwohl man sie nicht einfach außer acht lassen durfte. War Albert das Opfer eines unglücklichen Zufalls geworden? So etwas hatte es schon gegeben. Aber warum schwieg er so beharrlich darüber, wo er den Abend verbracht hatte? Tabaret dachte, daß es nicht seine Aufgabe sei, nachzuweisen, wo Albert gewesen war, sondern daß er sich nicht in Jonchère aufgehalten hatte. Vielleicht war Gevrol doch auf der richtigen Fährte.
Mit der Überlegung, daß es seine, Tabarets, Aufgabe sei, Alberts Unschuld zu beweisen, da er den jungen Mann in die fatale Lage gebracht hatte, ging er zu Bett. Ein Traum, in dem er Albert gefesselt die Stufen zum Schafott hinaufsteigen sah, weckte ihn auf. Der unschuldige Delinquent hatte auf ihn gedeutet und geschrien: »Der Mann ist mein Mörder!«
Zitternd und in Schweiß gebadet, lag Tabaret in den Kissen und brauchte eine ziemliche Zeit, bis er wieder zu sich kam. Dann erinnerte er sich auch, daß Albert vom Schafott herunter den Namen des wirklichen Mörders der alten Witwe gerufen hatte. Aber sosehr er auch sein Gedächtnis anstrengte, der Name wollte ihm nicht wieder einfallen.

Tabaret stand auf, da an Schlafen nicht mehr zu denken war. Beim Schein einer Kerze machte er sich die heftigsten Vorwürfe, daß er durch sein Steckenpferd einen Unschuldigen in eine fast aussichtslose Lage gebracht habe. Nie mehr wollte er, war Albert erst einmal gerettet, seine Zusammenarbeit mit der Polizei aufnehmen.

Im Morgengrauen kleidete sich Tabaret sorgfältig an, und um acht Uhr betrat er schon Daburons Büro im Justizpalast. Er fand den Untersuchungsrichter bereits beim Aktenstudium. Liebenswürdig begrüßte ihn Daburon und neckte Tabaret damit, daß er seine Theorien vom vergangenen Abend »ausgefallen« nannte und ihn fragte, ob ihn über Nacht sein kritischer Verstand wieder heimgesucht habe. »Oder haben Sie inzwischen sogar den wirklichen Mörder dingfest gemacht?« wollte Daburon wissen.

Dieser unernste Ton aus dem Mund eines sonst so ernsten Beamten behagte Tabaret ganz und gar nicht. Er argwöhnte, Daburon verberge hinter ihm die Absicht, in Zukunft alles, was er vorbringen könnte, abzulehnen.

Dennoch wiederholte er seine Ausführungen vom Vorabend, trug sie aber ruhiger und eindringlicher vor und appellierte an Daburons Herz wie an dessen Verstand. Aber der war ganz den handfesten Beweisen verhaftet, und so konnte Vater Tabaret mit den scharfsinnigen Theorien nichts ausrichten.

Schließlich blieb Tabaret nichts, als sein Vorhaben vorerst aufzugeben und dem Untersuchungsrichter zu erklären, er setze sein Vertrauen in Daburons Klugheit und Unparteilichkeit. Im übrigen genüge es ihm, daß er

ihn vor Schlüssen gewarnt habe, deren geistiger Urheber er, Tabaret, selbst sei und die den Richter auf den falschen Weg gebracht hätten.
»Ich werde mit meinen Recherchen fortfahren«, sagte Tabaret, als er sich verabschiedete. »Ich bin neugierig, was die Untersuchung des Vorlebens der Witwe und die Aussage des Mannes mit den Ohrringen ergeben wird. Ich wäre Ihnen sehr verbunden, wenn Sie mich über die kommenden Verhöre und Untersuchungen informieren würden.«
Die Erlaubnis, Albert auf einige Minuten sprechen zu dürfen, verweigerte ihm Daburon allerdings. Da nutzte Tabaret auch der Hinweis nicht, die von ihm geleistete Arbeit rechtfertige die kleine Vergünstigung. Daburon beharrte darauf, daß Albert weiterhin in strenger Einzelhaft gehalten werden müsse. Vielleicht könne man in drei oder vier Tagen noch einmal über das Anliegen sprechen.
»Ihre Entscheidung trifft mich hart«, sagte Tabaret, »aber ich muß mich ihr wohl beugen.«
Mit diesen Worten verließ er das Büro, da er befürchtete, er könne sonst den Ärger nicht länger hinunterschlucken.
»Drei oder vier Tage!« brummte er, als er den Korridor entlangging. »Das ist für Albert dasselbe wie drei oder vier Jahre. Wahrlich, ein selbstherrlicher Richter!«
Daburon war fast davon überzeugt, daß er in dieser Frist Albert zu einem Schuldgeständnis bringen oder ihn doch veranlassen könne, sein Schweigen über seinen Verbleib am Dienstagabend zu brechen. Bisher hatte sich noch kein Zeuge gefunden, der dem Angeschuldigten am Dienstagabend begegnet war. Eine

einzige beeidete Aussage wäre von unschätzbarem Wert gewesen. Daburon hatte schon am frühen Morgen fünf erfahrene Polizeiagenten in Zivil mit dem fotografischen Konterfei von Albert und dem Auftrag nach Bougival auf den Weg gebracht, die Gegend zwischen Rueil und Jonchère zu durchkämmen und die Bilder überall und jedermann zu zeigen. Es schien ihm undenkbar, daß am Abend des Karnevalsdienstags, wo so viele Menschen unterwegs waren, niemand einen bestimmten Mann gesehen haben sollte.

Außerdem war Daburon schon am frühen Morgen ein schriftlicher Rapport vorgelegt worden, der das Verhalten des Gefangenen zu jeder Stunde der Nacht beschrieb. Aber auch dieser ergab keine Anhaltspunkte. Albert, hieß es, sei ernst gewesen, aber nicht verzweifelt. Er hätte sich ruhig verhalten und gut geschlafen.

»Hat denn der Mann kein Gewissen?« fragte sich Daburon.

Dann ließ er den Gefangenen vorführen.

Albert war nicht mehr der von der Wucht des Schicksalsschlags und der ihn belastenden Indizien verstörte Mann. Er schien sich damit abgefunden zu haben, daß, schuldig oder unschuldig, sein Weg vorgezeichnet war. Mit Selbstvertrauen in jeder Bewegung trat er vor den Untersuchungsrichter, und Daburon glaubte in seinem Gesicht eine Mischung aus Gleichgültigkeit und Hochmut zu entdecken.

Einer solchen Haltung konnte Daburon nur mit einer anderen Taktik begegnen, und da er Albert für einen jener Charaktere hielt, die sich desto mehr verhärten, je heftiger man ihnen entgegentritt, wollte er mit

Liebenswürdigkeit versuchen, ihn zu einem Geständnis zu bringen. Auf diese Methode verstand er sich wie kein zweiter, und er hatte manchen Erfolg mit ihr erzielt.
Er sprach freundlich mit Albert, zeigte Mitgefühl für sein Unglück, beschwor ihm die rührendsten Bilder der Vergangenheit herauf und scheute sogar nicht davor zurück, auf Claire und Alberts Liebe zu ihr anzuspielen. Er stellte ihm vor Augen, daß es an ihm läge, das Los der Frau zu erleichtern, deren Leben ganz von dem seinen abhing. Er brauche nur seine Schuld einzugestehen, und er wäre zwar nicht frei, aber dürfe dann doch den Besuch seiner Braut empfangen.
Er sprach wie ein nachsichtiger Vater zu seinem Sohn, setzte Albert Vorteile auseinander, die selbst das Eingestehen eines Kapitalverbrechens mit sich brächte, nannte selber Entlastungsgründe, so den Zustand hochgradiger Erregung, der die Verantwortlichkeit mindere, und die unkorrekte Handlungsweise des Grafen de Commarin, die jedes Gericht als mildernden Umstand für ihn anerkennen würde. Und so weiter.
Doch sein rhetorisches Talent war an Albert verschwendet. Dieser beschränkte sich darauf, von Zeit zu Zeit seine Unschuld zu beteuern.
So beschloß denn Daburon, ein Mittel anzuwenden, das schon manchen verstockten Verbrecher zu einem Geständnis gebracht hatte. Noch am Samstag wurde Albert an die Leiche der Witwe Lerouge geführt. Zwar zeigte er sich durch den grausigen Anblick beeindruckt; aber er brach nicht zusammen, sondern betrachtete die tote Frau mit demselben Ekel wie jeder andere, der gezwungen wird, eine vier Tage alte Leiche in Augenschein zu nehmen. Als einer der Anwesenden entrüstet

sagte: »Wenn die Tote doch nur reden könnte!«, rief Albert: »Das wünschte ich mir von Herzen!«
So war Daburon nicht das kleinste Stück bei der Aufklärung des Mordes vorangekommen, mehr noch: Er mußte sich eingestehen, daß sein Plan fehlgeschlagen war, und das erbitterte ihn um so mehr, als er sich bei Beginn der Untersuchungen seiner Sache so sicher sein zu können glaubte. Sein Zorn steigerte sich angesichts der Festigkeit, mit der Albert bei seinen Unschuldsbeteuerungen beharrte, immer mehr.
Was konnte er noch unternehmen, da Albert nicht einmal vor einwandfreien und, wie er, Daburon, glaubte, überzeugenden Beweisen die Waffen gestreckt hatte? Vielleicht hätte ihn ein Geständnis milde gestimmt und Mitleid in ihm wachgerufen; der halsstarrige Albert stimmte Daburon unversöhnlich und machte aus dem sonst gerechten und fairen Richter einen Mann, der sich blind in die Aufgabe verrannt hatte, die Schuld seines Gefangenen zu beweisen. Die Meinungsänderung Tabarets machte ihn nur unsicher, brachte ihn nicht zu einem neuen Überdenken des Falls, sondern fügte seinen Bemühungen um den Nachweis der Schuld Albert de Commarins die Manie hinzu, die eigenen Maßnahmen unbedingt rechtfertigen zu müssen. So wurde das Verfahren mehr und mehr zu einer ganz persönlichen Angelegenheit des Untersuchungsrichters Daburon, der sich dabei aber stets bewußt blieb, daß er sich selber verabscheuen müßte, würde sich Alberts Unschuld erweisen. Das wiederum trieb ihn dazu, um jeden Preis zu versuchen, seinem alten Rivalen eine Niederlage zu bereiten, auch um den Preis des Mißbrauchs seiner Machtbefugnisse.

Auch am Sonntag ließ ihn der Fall nicht los: Er prüfte die Berichte der nach Bougival entsandten Agenten. Da war mehrere Male von einer Frau die Rede, die den Mörder beim Verlassen des Hauses von Madame Lerouge gesehen haben wollte. Doch hatte noch keiner der Agenten ihre Identität ermitteln können.
Ferner berichteten Daburons Leute davon, daß Tabaret gleichzeitig mit einem Dutzend gemieteter Männer in der Gegend um Jonchère recherchierte, und da diese mit Pferd und Wagen ausgerüstet waren, erwiesen sie sich als schneller denn die Beamten der Kriminalpolizei. Überall, wo diese nachforschten, waren Tabarets Leute schon gewesen.
Einer der Agenten Daburons hatte Vater Tabaret getroffen, der ihm gesagt hatte: »Was soll der Unsinn mit den Fotografien? Warten Sie's nur ab: In ein paar Tagen haben Sie mehr Zeugen, als Ihnen lieb ist, die Ihnen für drei Francs die Beschreibung eines Mannes liefern, die die Fotografie noch übertrifft.«
Ein anderer war ihm auf der Chaussee begegnet, und zu ihm hatte er lachend gesagt: »Mann, was suchen Sie einen Mörder auf der Chaussee? Klappern Sie lieber die Seitenwege ab.«
In Bougival hatte er zwei der Agenten angesprochen und ihnen anvertraut: »Ich bin ihm auf der Spur. Es war ein elegant gekleideter Mann. Er ist in Chatois gewesen und von drei Leuten gesehen worden, darunter von zwei Eisenbahnbeamten. Der dritte kann sogar beeiden, daß er mit ihm gesprochen hat.«
Diese Eigenmächtigkeit Tabarets erzürnte Daburon dermaßen, daß er noch am Sonntagnachmittag nach Bougival fuhr, um den übereifrigen Amateurdetektiv

nach Paris zurückzubeordern. Aber er fand Tabaret nicht. Der war mitsamt dem Wagen, den Pferden und seinen zwölf Männern wie vom Erdboden verschluckt. Wütend und abgespannt kehrte Daburon am Abend nach Paris zurück. Hier erwartete ihn ein Telegramm des Chefs der Detektivabteilung folgenden Inhalts:
Habe Mann gefunden stop Reisen heute abend nach Paris ab stop Zeuge sehr wichtig stop Gevrol
Das Telegramm war in Rouon aufgegeben.

14.

Am Montagmorgen gegen neun, als Daburon das Haus verlassen wollte, um sich im Justizpalast mit Gevrol und vielleicht auch Vater Tabaret zu treffen, meldete das Dienstmädchen, eine junge Dame, die ihren Namen nicht nennen wolle, in Begleitung einer älteren begehre ihn zu sprechen.
Daburon sagte, man solle sie vorlassen. Er glaubte, es handele sich um die Frau und die Mutter eines Gefangenen, um Bittstellerinnen in irgendeiner Strafsache.
Als er das Öffnen einer Tür und das Knistern eines Seidenkleids hörte, stand er vorm Kamin und war damit beschäftigt, unter Visitenkarten eine Adresse herauszusuchen. Er drehte sich nicht sofort um, sondern warf einen Blick in den Spiegel.
Er erstarrte, und die Schale mit den Visitenkarten fiel klirrend zu Boden, wo sie zerschellte.
Er sagte mit hohler Stimme: »Claire!«, und dann noch einmal: »Claire!« Langsam, wie im Traum, kehrte er

sich ihr zu. Sie hatte also den Mut gefunden, ihn aufzusuchen. Die ältere Dame, die wahrscheinlich im Vorzimmer wartete, war wohl die Gesellschafterin.
Noch nie war Claire ihm so begehrenswert erschienen, auch damals nicht, als er Jahre seines Lebens für ein Wort der Zuneigung aus ihrem Mund gegeben hätte. Ihre Schönheit war von leiser Melancholie überglänzt. Sie ging auf ihn ganz unbefangen zu und reichte ihm die Hand.
»Wir sind doch Freunde geblieben, nicht wahr?« sagte sie mit leiser Stimme.
Daburon war zu verwirrt, um ihre dargebotene Hand zu ergreifen. Er streifte nur ihre Fingerspitzen.
»Claire«, antwortete er eher schüchtern als reserviert, »Sie konnten immer auf mich rechnen.«
Dann setzte sie sich auf denselben Stuhl, auf dem Tabaret gesessen und Daburon überredet hatte, Albert zu verhaften.
»Sie wissen, was mich zu Ihnen führt?«
Daburon nickte nur.
Er fragte sich, ob er den Bitten des Mädchens widerstehen könnte, ob er es über sich brächte, sich Claire gegenüber ablehnend zu verhalten. Fast wünschte er, sie hätte nie den Entschluß gefaßt, zu ihm zu kommen; dann aber stand er auch wieder im Bann ihrer Persönlichkeit und war für ihr Erscheinen dankbar.
»Bis gestern hat man das schreckliche Vorkommnis vor mir geheimgehalten. Mademoiselle Schmidt, meine Gesellschafterin, hat es mir gesagt, gegen den Willen meiner Tante. Ich glaubte, alles sei verloren, und schöpfte erst wieder Hoffnung, als ich erfuhr, Sie

leiteten die Untersuchung. Ich weiß, daß Sie das nur um meinetwillen tun, wirklich, Sie sind ein edler Mensch! Wie soll ich Ihnen jemals danken?«
Die naive und herzliche Art, in der Claire diese Worte vortrug, verwirrten Daburon und ließen Scham in ihm aufkommen. Wenn sie nur wüßte, in welchem Zusammenhang er an sie gedacht hatte ... Er senkte den Kopf, um ihrem Blick auszuweichen.
»Sie haben mir nicht zu danken«, sagte er barsch. »Mich haben nicht die Motive geleitet, die Sie vermuten.«
Claire mißdeutete Daburons Haltung, nahm an, seine Verwirrung sei nur auf ihre Anwesenheit und seine noch immer nicht erloschene Liebe zu ihr zurückzuführen, und so fuhr sie fort: »Lassen Sie mich Ihnen trotzdem danken. Wäre ein anderer Richter an Ihrer Stelle, ich hätte nie gewagt, ihn aufzusuchen. Für ihn wäre ich eine völlig Unbekannte gewesen, und was hätte ich da ausrichten sollen? Sie dagegen können mich beruhigen, werden mir erklären, welches Unglück ihn ins Gefängnis gebracht hat.«
Eine solche Wendung hatte Daburon befürchtet. Unwillkürlich machte er eine abwehrende Bewegung, die Claire aber nicht zu deuten wußte.
»Sie sind mein Freund – das haben Sie mir versichert. Und Sie werden für meine Bitten nicht taub sein. Lassen Sie ihn frei; denn wessen er auch angeklagt sein mag, ich weiß, daß er unschuldig ist.«
Aus ihren Worten klang die naive Überzeugung, daß man ihren Wunsch natürlich sofort erfülle. Ein Wort von Daburon, glaubte sie, könne alles wenden.
Betreten und ein wenig verwundert schwieg der Untersuchungsrichter. Konnte ein Mensch so arglos

sein, daß er nicht den geringsten Zweifel in sich aufkommen ließ? Er fürchtete sich davor, ihr die Wahrheit zu sagen und ihr jede Hoffnung zu nehmen.
»Was wäre, wenn ich Ihnen aber mitteilen müßte«, begann er tastend, »daß Albert de Commarin nicht unschuldig ist?« Als sie diese Andeutung schon mit einer Geste beantwortete, in der Erschrecken wie Empörung lagen, fiel es ihm schwer, fortzufahren. Doch zwang er sich zu den Worten: »Ja, wenn ich Ihnen erklären müßte, daß er schuldig ist?«
»Aber das können Sie doch nicht glauben!«
»Leider doch, Mademoiselle«, sagte er, und er fügte hinzu: »Ich bin sogar überzeugt davon.«
Claire blickte auf Daburon wie auf einen fremden Menschen. War das der Mann, den sie kannte? Hatte sie sich verhört? Oder sprach er nicht im Ernst? Fast zweifelte sie daran, dachte, er erlaube sich einen grausamen Scherz mit ihr.
»Ich leide mit Ihnen, Mademoiselle«, sagte Daburon leise und ohne sie anzublicken, »aber ich muß Ihnen die ganze Wahrheit sagen, und Sie müssen mich anhören. Glauben Sie mir, es ist besser, Sie erfahren alles aus dem Mund eines Freundes. Und seien Sie stark. Ein Irrtum ist nicht möglich. Es steht fest, es ist bewiesen, daß der junge Graf de Commarin einen Mord begangen hat.«
Wie ein Arzt, der eine gefährliche Medizin verabreicht hat, beobachtete er besorgt die Wirkung seiner Worte, und er war bereit, seine Rede zu unterbrechen, sobald sich zeigen sollte, daß Claire, dieses schüchterne, gefühlvolle Mädchen, die ganze Wahrheit nicht ertragen könnte. Mußte man bei ihr nicht mit allem

rechnen, mit Verzweiflungsausbrüchen, Tränen, vielleicht sogar mit einer Ohnmacht? Daburon war darauf vorbereitet, die Gesellschafterin herbeirufen zu müssen.

Aber er täuschte sich. Claire brach nicht zusammen, vielmehr richtete sie sich auf. Ihr Gesicht zeigte Entschlossenheit, als sie sagte: »Wer so etwas behauptet, ist ein Lügner. Albert kann kein Mörder sein. Ich würde es nicht glauben, wenn er hier stünde und es zugäbe.«

»Er hat noch nicht gestanden, wird aber gestehen müssen«, sagte Daburon nun schon sachlicher. »Wir haben mehr als genug Beweismaterial, um ihn zu überführen. Seine Schuld zu leugnen hieße, zu leugnen, daß jeden Morgen die Sonne aufgeht.«

»Und ich sage, das Gericht täuscht sich«, erklärte Claire fest. »Glauben Sie mir, ich kenne Albert, kenne ihn besser als er sich selbst, und ich vertraue ihm, wie ich Gott vertraue, und eher würde ich an mir zweifeln als an ihm!«

Daburon wollte, betroffen von so viel hitzigem Engagement, etwas einwerfen; aber Claire wehrte seine Worte mit einer entschlossenen Geste ab.

»Um seinetwillen, Monsieur, habe ich Sie aufgesucht; um seinetwillen spreche ich so zu Ihnen, obwohl es sich vielleicht nicht schickt. Wir lieben uns seit vier Jahren, und keiner hat je dem anderen seine geheimsten Gedanken verschwiegen. Und glauben Sie mir: Er ist es wert, geliebt zu werden. Ich kann seinen Anstand ermessen, seine Lauterkeit. Und Sie behaupten, er sei ein Mörder! Er war unglücklich, und er war einsam wie ich. Denn sein Vater liebte ihn nicht. Die traurigen

Stunden, die wir gemeinsam verbracht haben, haben uns so aneinandergefesselt, als wären wir ein und derselbe Mensch. Und nun behaupten Sie, er sei ein Mörder. Warum soll er ein Mörder geworden sein? Genausogut könnten Sie mir diese Ungeheuerlichkeit vorwerfen.«

»Der Name und das Vermögen der Commarins standen ihm nicht zu, das hat er vor kurzem erfahren, und das hat ihn erschüttert. Der einzige Mensch, der das beweisen konnte, war eine alte Frau, und sie hat er umgebracht, um Stellung und Vermögen zu behalten.«

»Aber das ist doch Unsinn, gemeine Verleumdung!« rief Claire im Zorn. »Er hat mir alles erzählt, und er war tief betrübt... aber um meinetwillen. Er dachte, ich könnte traurig sein, wenn er mir das nicht mehr geben könne, was er für mich erträumt hatte. Dabei habe ich unter seinem Namen, seinem unermeßlichen Vermögen nur gelitten. Als ob ich ihn um dieser Dinge willen geliebt hätte! Als ich es ihm versichert hatte, war er wieder fröhlich. Er sagte: ›Wenn du mich so sehr liebst, dann ist alles andere für mich bedeutungslos.‹ Und ich soll nach alledem glauben, er habe einen Mord an einer alten Frau begangen? Wagen Sie es nicht, mir das noch einmal zuzumuten!«

Im letzten Satz lag eine offene Kampfansage, und Daburon nahm sie an. Sachlich, um Mademoiselle d'Arlanges zu überzeugen und um seine Haltung vor sich selber zu rechtfertigen, setzte er die Gründe auseinander.

»Mademoiselle«, sagte er, »es gibt Umstände, die einen Menschen von Grund auf verwandeln können. Nichts liegt mir ferner, als an der Ehrlichkeit Ihrer Worte zu zweifeln. Doch können Sie wirklich ermessen, wie schwer der Schlag war, der Monsieur de Commarin getroffen hat? Die Verzweiflung kann ihn zu der Tat getrieben, er kann sie in einer Art Umnachtung begangen haben, in der er sein Tun nicht mehr beurteilen konnte.«

Claire erblaßte. Daburons Worte schienen doch erste Zweifel in ihr aufsteigen zu lassen.

»Sollte er denn wirklich geistig gestört gewesen sein?« fragte sie mehr sich als den Untersuchungsrichter.

»Möglich wäre es. Vieles aber läßt den Schluß zu, daß er nach einem ausgeklügelten Plan vorgegangen ist. Seien Sie jedenfalls nicht zu vertrauensselig, und hören Sie auf mich, auf einen Freund, von dem sie einmal gesagt haben, Sie schätzten seinen Rat wie den eines Vaters. Weisen Sie ihn jetzt nicht zurück. Verlieren Sie nicht den Kopf. Und beherrschen Sie Ihren Schmerz, damit Sie später nicht bedauern müssen, daß Sie ihn gezeigt haben. Sie haben Ihre Liebe einem Unwürdigen geschenkt.«

»Sie sprechen wie alle diese Anständigen in dieser unanständigen Welt, die ich aus tiefstem Herzen verachte.«

Daburon hielt es für seine Pflicht, das Mädchen vollends zu desillusionieren, und fuhr fort: »Die erste große Enttäuschung ist schwer zu ertragen, das weiß ich. Aber sie zerstört Ihr Leben nicht. Ich weiß auch, daß es keine Wunde gibt, die die Zeit nicht heilt.«

Claire hörte nicht mehr auf das, was Daburon ihr sagte. Es war ihr gleichgültig.

»Was raten Sie mir denn eigentlich?« fragte sie kalt.

»Vernunft und Freundschaft lassen mich zu der Ansicht

kommen, daß Ihnen Mut am besten weiterhilft. Weinen Sie über Ihre enttäuschte Liebe, aber nicht zu lange. Beten Sie darum, daß Sie ihn vergessen, der Ihrer nicht wert war.«

Daburon hielt erschrocken inne, denn Mademoiselle d'Arlanges wurde aschfahl.

»Sagten Sie nicht, er habe den Mord womöglich in unzurechnungsfähigem Zustand begangen?« Daburon erschrak vor ihrer kalten Stimme.

»Das habe ich gesagt«, erwiderte er unsicher.

»Und ist der ein Verbrecher, der nicht genau weiß, was er tut?«

»Darüber kann nur Gott allein befinden. Die menschliche Gerechtigkeit muß sich an Tatsachen halten, und die lassen Monsieur de Commarin als einen gemeinen Mörder erscheinen. Wir können durch mildernde Umstände das Strafmaß senken. Von der moralischen Schuld können wir ihn nicht lossprechen, auch dann nicht, wenn er freigesprochen würde – was sehr unwahrscheinlich wäre. Das Blut, das er vergossen hat, wäscht nichts und niemand von ihm ab. Geben Sie ihn auf, Mademoiselle!«

»So soll ich ihn, den alle Welt verdammt, in seinem Unglück allein lassen!« rief Claire empört. »Das ist Ihr Rat, den Vernunft und Freundschaft Ihnen eingibt? Das muten Sie mir, einer liebenden Frau, zu?«

Vergebens versuchte Daburon, Claires Erregung zu dämpfen. Sie ließ ihn nicht zu Wort kommen.

»Vielleicht bin ich zu unbeholfen, schüchtern, aber niemals feige. Ich werde Albert nicht verlassen. Als er noch im Glück lebte, wollte er es mit mir teilen. Und da sollte ich sein Unglück nicht mit ihm teilen wollen?

Jeder Schlag, der ihn treffen wird, wird auch mich treffen. Ich soll ihn vergessen, sagen Sie. Zeigen Sie mir, wie man das macht! Selbst wenn er ein Verbrecher sein sollte: Ich liebe ihn! Und ich werde auch den Verurteilten lieben. Schickt ihn in den Kerker, und ich folge ihm. Legt ihn unter die Guillotine; dann aber tötet mich auch. Denn nur der Tod kann uns auseinanderbringen.«

Daburon hatte sich abgewandt. Claire sollte jetzt um nichts in der Welt sein Gesicht sehen.

Wie sie ihn liebt, dachte er nur. Wie sie ihn liebt!

Eifersucht ohne Maßen stieg in ihm auf. Dieser Mann wurde so sehr geliebt, von *ihr* geliebt. Doch wer liebte den Untersuchungsrichter Daburon? Man schätzte, achtete ihn, man fürchtete ihn vielleicht. Aber wer liebte ihn? War er denn keiner Liebe wert?

Daß er Claires Stimme längere Zeit nicht hörte, brachte Daburon wieder zu sich. Er wandte sich um und sah sie schweratmend im Sessel lehnen.

»Ist Ihnen nicht wohl?« fragte er erschrocken. »Soll ich Ihre Gesellschafterin rufen?«

»Nein, Monsieur. Ich bin nicht so schwach, wie ich aussehe. Ich bin stark genug, auch dieses Leid zu tragen. Das weiß ich jetzt, und dieses Wissen danke ich Ihnen. Seien Sie zufrieden mit sich, Monsieur. Sie haben mich gezwungen, mein Innerstes zu offenbaren. Ich habe es für ihn getan und bedaure nur, daß ich ihn nur verteidigen konnte, indem ich mich Ihnen offenbarte. Ihre brutale Anklage hat mich dazu gezwungen.«

Claire wollte das Zimmer verlassen. Daburon aber hielt sie zurück. In seiner Manie, sie von der Schuld Alberts

überzeugen zu wollen und sie so vor einer großen Dummheit zu bewahren, setzte er noch einmal zu einer Erklärung an.
»Mademoiselle, lassen Sie sich versichern, daß ...«, begann er.
Doch Claire ließ ihn nicht einmal den Satz beenden.
»Sparen Sie sich Ihre Reden«, sagte sie leidenschaftslos. »Sie können mich nicht überzeugen. Denken Sie von Albert, was Sie wollen, aber lassen Sie mich bitte das gleiche tun. Wären Sie wirklich mein Freund, ich würde Sie bitten, mir bei seiner Rettung zu helfen. Doch nach allem sind Sie wohl nicht dazu bereit.«
Instinktiv und geleitet von ihrer Liebe, war Claire in der Beurteilung des Falls zu demselben Ergebnis gelangt wie Tabaret durch seinen Scharfsinn. Daburon jedoch blieb allen Gefühlen und Überlegungen, die über die augenscheinlichen Tatsachen hinausgingen, verschlossen. Seine Gewissensbisse, Claire gegenüber so hart auftreten zu müssen, und das, was er für seine Pflicht hielt, hatten ihn zu einer unvoreingenommenen Betrachtung unfähig gemacht. Hinzu kam, seine Haltung zu verhärten, daß er sich auf keinen Fall eingestehen wollte, es könnte ihm ein Irrtum unterlaufen sein.
»Sie würden nicht so sprechen, Mademoiselle, wenn Sie, wie ich, die Beweise kennten«, sagte er reserviert. »Vor ihnen würden alle Ihre Zweifel zerstieben.«
»So reden Sie schon«, rief Claire, kaum noch beherrscht.
»Es ist Ihr Wunsch, Mademoiselle. Gut, ich werde reden. Alles sollen Sie erfahren ... oder doch nur den einen Beweis – der genügt schon. Am Abend des Karnevalsdienstags wurde der Mord an der alten Frau

begangen. Albert kann nicht angeben, wo er um diese Zeit war und was er getan hat. Wir haben aber herausbekommen, daß er aus dem Haus gegangen und erst gegen zwei Uhr nachts mit beschmutzter und zerrissener Kleidung und abgeschürften Handschuhen ins Palais zurückgekehrt ist.«

»Das genügt! Mehr brauchen Sie mir nicht zu erzählen!« Claires Augen strahlten vor Glück. »Karnevalsdienstag sagten Sie?«

»Ganz recht.«

»Dann kann er unmöglich der Mörder sein!« rief sie, Erleichterung und Triumph zugleich in der Stimme.

Daburon sah sie in grenzenlosem Staunen an, wartete auf eine Erklärung, und als Claire schwieg, fragte er ungeduldig: »Möchten Sie sich nicht näher erklären?«

»Wenn Sie diesen Beweis als schon genügend ansehen, Monsieur, dann können Sie Albert sofort freilassen. Zu der fraglichen Zeit war Albert nämlich bei mir.«

»Bei Ihnen?« Daburon war starr vor Staunen.

»In unserem Haus.«

»Albert de Commarin war in Ihrem Haus?« fragte Daburon mißtrauisch. »Und das können Ihre Großmama, Ihre Gesellschafterin, Ihre Dienerschaft bezeugen? Sie haben ihn doch sicherlich gesehen, haben mit ihm gesprochen?«

»Albert ist unbemerkt gekommen und hat mich ebenso heimlich wieder verlassen. Er wollte nicht, daß ihn jemand sah. Er wollte mit mir allein sein.«

»Na, wenn das so ist ...« Man sah es Daburons Gesicht an, wie erleichtert er war. Ein kleines Lächeln saß ihm in den Mundwinkeln, und das bedeutete: Jetzt ist alles klar. Sie will ihn um jeden Preis retten. Alles riskiert

sie, selbst ihren Ruf. Und er dachte: Was das arme Kind alles unternimmt!
Claire deutete Daburons Reaktion falsch, nahm sie für eine Anzüglichkeit, das heimliche Stelldichein betreffend.
»Sie beleidigen mich!« rief sie.
»Wie das?«
»Ein Mädchen darf doch wohl seinen Bräutigam empfangen, ohne daß gleich Spekulationen daran geknüpft werden.«
»Ich wollte Sie nicht beleidigen, Mademoiselle«, sagte Daburon ernst. »Ich wundere mich nur darüber, daß Albert de Commarin Sie heimlich besucht, da er doch als Ihr Verlobter das Recht hat, zu jeder Stunde bei Ihnen vorzusprechen. Dann erscheint es mir auch sehr merkwürdig, daß er sich bei einer solchen Visite die Hose arg ramponiert. Sie ist nämlich an den Knien zerrissen.«
»Sie glauben mir also nicht?« fuhr Claire ihn an.
»Unter den gegebenen Umständen ...«
»Sie bezichtigen mich der Lüge!«
Daburon kümmerte sich nicht um den verächtlichen Ton, in dem Claire das sagte. Sollte sie ihn nur von oben herab behandeln, er hatte jedenfalls keine Lust, sich zum Narren halten zu lassen.
»Ich bin mit der Untersuchung des Falls beauftragt, Mademoiselle«, antwortete er sachlich, »und in meiner Eigenschaft als Richter habe ich Pflichten zu beachten. Vergessen Sie nicht, daß ein Mord verübt wurde. Alles deutete auf Albert de Commarin als den Täter hin, und also habe ich ihn verhaften lassen. Unklare Antworten bei den Vernehmungen und schwerwiegende Indizien

ließen den Verdacht gegen ihn zur Gewißheit werden. Jetzt wollen Sie mir erzählen, alles sei ein Irrtum. Glauben Sie, das genügt? Ich habe mich Ihnen gegenüber freundschaftlich verhalten, solange Sie mich als Freund angesprochen haben. Jetzt sprechen Sie mit dem Richter; Sie haben es so gewollt. Und als Richter muß ich von Ihnen fordern, daß Sie Ihre Behauptungen beweisen.«

»Sie haben mein Ehrenwort, Monsieur.«

»Ich brauche Beweise.«

Claire sah Daburon eher fragend als vorwurfsvoll an. »Würde es Ihnen eine Genugtuung bereiten, wenn Sie Albert überführen könnten?« fragte sie ihn. »Wünschen Sie diesem Gefangenen, der Ihnen wehrlos ausgeliefert ist, das Schlechteste? Können Sie mit gutem Gewissen über ihn zu Gericht sitzen? Glauben Sie nicht, daß bestimmte Erinnerungen Ihnen wie ein Klotz am Bein hängen? Wissen Sie genau, daß Sie das Gesetz nicht als Waffe gegen einen Rivalen führen?«

»Was erlauben Sie sich!« sagte Daburon gefährlich leise.

»Ich erlaube mir, Ihnen die Situation vor Augen zu führen, in der wir uns befinden. Sie haben mir Ihre Liebe gestanden, und ich war von Ihrer Aufrichtigkeit und Ernsthaftigkeit bewegt. Ich mußte Ihren Antrag ablehnen, weil ich einen anderen liebte, und ich hatte Mitleid mit Ihnen. Diesen anderen klagen Sie jetzt des Mordes an.«

Während dieser Worte, die Daburon wie ein Hagel von Schlägen empfand, war Claire aufgestanden. Daburon lehnte wie betäubt am Kamin.

»Wenn ich nicht wüßte«, brachte er schließlich heraus,

»daß der Schmerz aus Ihnen spricht, Mademoiselle ... Sie kennen die Zusammenhänge nicht, und das macht Sie ungerecht. Sie scheinen zu glauben, daß Monsieur de Commarins Schicksal von meinem Ermessen abhängt. Sie täuschen sich, Mademoiselle. Es genügt nicht, mich zu überzeugen. Die anderen werden Sie überzeugen müssen, das Gericht ... Ob ich Ihnen glaube oder nicht, ist von geringem Belang. Sorgen Sie dafür, daß Ihre Aussage vor Gericht Gewicht bekommt. Bis jetzt klingt Ihre Geschichte höchst märchenhaft.«

Der eindringliche Ernst, mit dem Daburon gesprochen hatte, trieb Claire die Tränen in die Augen.

»Wenn ich Sie gekränkt haben sollte, Monsieur«, sagte sie, »dann verzeihen Sie mir bitte. Ermessen Sie mein Unglück.«

»Sie können mich nicht kränken. Für mich gilt nach wie vor, daß ich immer bereit bin, Ihnen zu helfen.«

»So helfen Sie mir. Helfen Sie mir, die Wahrheit dessen, was ich Ihnen gesagt habe, zu beweisen. Ich werde Ihnen auch nichts verschweigen.«

Daburon, noch immer davon überzeugt, daß Claire ihn zu täuschen versuchte, war über ihren Mut und die Hartnäckigkeit erstaunt, mit der sie ihn zu ihrem Verbündeten zu machen suchte.

Claire aber begann mit fester Stimme: »Vielleicht wissen Sie, welche Hindernisse meiner Verbindung mit Albert entgegenstehen. Graf de Commarin verachtet mich wegen meiner Armut und will mich nicht als seine Schwiegertochter sehen. Dreimal ist es Albert gelungen, den Widerstand seines Vaters zu brechen; zweimal hat der Graf seine Einwilligung zur Heirat wieder rückgängig gemacht, weil sie ihm, wie er sagt, gegen seinen Willen abgerungen worden sei. Zuletzt, vor ungefähr einem Monat, stimmte er wieder einmal zu. Diese demütigende Haltung des Grafen aber hatte inzwischen meine Großmutter, nicht zu Unrecht, in Harnisch gebracht, und sie zeigte nun ihren Stolz. Sie entschied, daß die Eheschließung nicht übereilt stattfinden sollte, und setzte die Veröffentlichung unseres Aufgebots aus. Bis dahin, befand sie, sollten wir uns nur einen um den anderen Tag sehen dürfen, für zwei Stunden am Nachmittag und in ihrem Beisein. Am Sonntagmorgen nun bekam ich einen Brief von Albert, in dem er mir mitteilte, er könne wegen einer äußerst wichtigen Angelegenheit am Nachmittag nicht kommen. Doch auch am nächsten Tag blieb er aus. Statt dessen traf neuerlich ein Brief ein, in dem er mich dringend um eine Unterredung unter vier Augen bat. Unsere Zukunft hänge von diesem Gespräch ab, schrieb er. Tag und Stunde könne ich festsetzen. Ich antwortete, daß ich ihn am Dienstagabend Punkt neun an dem Hinterpförtchen zum Garten erwarte, das auf eine unbelebte Gasse führt. Meine Großmutter, das wußte ich, hatte zum Karneval einige Bekannte eingeladen und würde auch meine Gesellschafterin brauchen. Ich wollte Kopfschmerzen vorschützen, um mich vor der Gesellschaft zurückziehen zu können.«

»An welchem Tag genau haben Sie Monsieur de Commarin geschrieben?«

»Am Dienstag.«

»Wissen Sie vielleicht auch noch die Zeit?«

»Es muß zwischen zwei und drei gewesen sein, als ich den Brief einem Boten übergeben habe.«

»Erzählen Sie weiter.«

»Am Abend konnte ich mich zwar rechtzeitig von der Gesellschaft entfernen, es gelang mir aber nicht, die kleine Pforte zu öffnen, sosehr ich mich auch anstrengte. Das Schloß war eingerostet. Albert war pünktlich zur Stelle, und ich warf ihm den Schlüssel über die Mauer, damit er es mit dem Aufschließen versuchte. Aber auch er hatte keinen Erfolg. Auf meine Bitte, das Gespräch auf den kommenden Tag zur verschieben, sagte er, die Angelegenheit sei dringend und vertrage keinen Aufschub. Vergebens versuchte ich, ihn davon abzuhalten, die Mauer zu überklettern. Sie ist nämlich ziemlich hoch und oben mit Glasscherben gespickt. Ich hatte Angst, er könnte sich verletzen. Mit einigen Schwierigkeiten schaffte er den Überstieg. Wir setzten uns auf die kleine Bank, die Sie ja kennen, und er berichtete mir von dem Unglück, das ihn betroffen hatte. Als es zu regnen anfing, liefen wir in den Pavillon. Weit nach Mitternacht verließ mich Albert beruhigt und glücklich. Wieder mußte er die Mauer übersteigen. Aber diesmal war es einfacher; denn er konnte wenigstens beim Aufstieg die Leiter des Gärtners benutzen.«

Nachdem Claire ihren Bericht beendet hatte, schwieg Daburon. Er war sichtlich in Verlegenheit gesetzt.

»Regnete es bereits«, fragte er nach einer Weile, »als Monsieur de Commarin über die Mauer stieg?«

»Nein, Monsieur. Als die ersten Tropfen fielen, saßen wir auf der Bank. Ich erinnere mich deshalb noch so genau daran, weil Albert seinen Schirm öffnete.«

»Entschuldigen Sie mich für einen Moment.«

Daburon ging zum Sekretär, setzte sich und schrieb zwei Anweisungen. Die erste war an den Protokollanten

im Justizpalast gerichtet und enthielt den Befehl, Albert sofort vorzuführen, wenn er, Daburon, eintreffe. Die zweite Anweisung enthielt die Order, einen Beamten unverzüglich zum Haus der d'Arlanges im Faubourg St-Germain zu entsenden, der den Boden im Garten und die Mauer nach Spuren untersuchen solle, die nach zweimaligem Überklettern der Mauer zurückgeblieben sein mußten. Die Untersuchung solle so unauffällig wie möglich vorgenommen werden.
Dann klingelte er nach dem Dienstmädchen.
»Sorgen Sie dafür, daß diese beiden Briefe ohne Verzug dem Schreiber übergeben werden. Legen Sie ihm ans Herz, daß er sie sofort lesen und meine Befehle so schnell wie möglich ausführen soll. Am besten nehmen Sie einen Wagen. Und suchen Sie nach Constant, wenn er nicht in meinem Büro sein sollte!«
Daburon wandte sich an seine Besucherin, nachdem das Dienstmädchen gegangen war, und fragte sie: »Haben Sie noch den Brief, in dem Monsieur de Commarin Sie um die Unterredung gebeten hat?«
»Ich glaube, ja.« Sie suchte in ihrer Handtasche und förderte ein zerknittertes Stück Papier zutage.
Daburon überflog den Brief.
»Kein Datum, kein Stempel«, sagte er vor sich hin.
Claire überlegte fieberhaft, welche Beweise sie für das Rendezvous mit Albert noch geben könnte.
»Vielleicht hat uns doch jemand gesehen«, sagte sie plötzlich. »Wenn man das ganze Personal Großmamas befragte ...«
»Mademoiselle, wo denken Sie hin! Wenn ich Ihr Personal vernehmen würde ... Das Aufsehen wäre ungeheuer.«

»Wenn Albert dadurch freikommt, kompromittiere ich mich gern. Was gilt mir der sogenannte gute Ruf?«
Daburon bewunderte gegen seinen Willen das Mädchen, das aus Liebe vor nichts zurückschreckte, mochte sie nun die Wahrheit sagen oder nicht.
»Da fällt mir noch etwas ein!« rief sie. »Da ist der Schlüssel zum Gartenpförtchen, den ich über die Mauer geworfen habe. Albert hat ihn mir nicht zurückgegeben. Wenn man ihn bei ihm fände, wäre das nicht ein Beweis dafür, daß er im Garten gewesen ist?«
»Ich werde danach suchen lassen.«
»Und dann: Man müßte doch auch Spuren an der Gartenmauer finden«, sagte sie eifrig.
Daburon lächelte, ein wenig belustigt. Dieses Mädchen dachte an alles.
»Danach zu forschen, habe ich schon angeordnet, Mademoiselle. Einer der Briefe, die ich auf den Weg gebracht habe, enthielt den Befehl, eine – versteht sich – diskrete Recherche am Haus Ihrer Großmutter sofort anzustellen.«
Claire streckte dem Richter die Hände entgegen.
»Jetzt sehe ich es«, sagte sie dankbar, »Sie sind mein Freund, wollen mir helfen.«
»Bitte, keinen voreiligen Dank«, sagte Daburon.
Aber Claire achtete nicht auf seine Worte. Sie war mit ihren Gedanken ganz bei Albert und dabei, wie sie ihm helfen könnte.
»Albert müßte doch noch meinen Brief vom Dienstag haben«, sagte sie unvermittelt.
»Ich glaube nicht. Er hat ihn wahrscheinlich verbrannt.«
Jetzt wurde Daburon klar, was für ein Papier das war,

das Albert am Dienstagnachmittag ins Feuer geworfen hatte. Die Worte »Sie kann nicht von mir lassen« hatten eindeutig Claire gegolten.
»Mademoiselle, ich muß Ihnen sagen«, setzte er hinzu, »daß Monsieur de Commarin das Gericht irregeführt hat. Die Ursache dafür, daß er noch inhaftiert ist, ist er selber. Alles wäre einfach gewesen, wenn er zu mir Vertrauen gehabt hätte.«
»Aber kann denn ein Mann von Ehre ein geheimes Stelldichein mit einer Dame preisgeben, wenn er nicht ihre Erlaubnis dazu hat?«
Zu dieser Frage schwieg Daburon. Er wandte sich der praktischen Seite des Falls zu und sagte: »Noch, Mademoiselle, sind wir nicht fertig miteinander. Sie müssen in meinem Büro alles, was Sie mir erzählt haben, vor einem Protokollanten wiederholen und das Protokoll unterschreiben. Mag sein, daß dieses Verfahren für Sie peinlich ist, aber es ist unumgänglich.«
»Das werde ich mit dem größten Vergnügen tun; solange ich seiner Liebe sicher bin, mache ich mir nichts aus einem Eklat.«
Sie rückte ihren Hut zurecht.
»Muß ich warten, bis die Gartenmauer untersucht ist?« fragte sie.
»Nein, Mademoiselle.«
»Dann bleibt mir nichts, als Sie zu bitten, Albert freizulassen«, sagte sie, und sie legte all ihren Charme in die Stimme.
»Das soll so bald wie möglich geschehen, wenn Ihre Angaben sich bestätigt haben.«
»Bitte, Monsieur Daburon, lassen Sie ihn noch heute frei. Er ist doch unschuldig.«

»Das kann ich nicht«, antwortete er, und er beneidete den Gefangenen um diese Fürsprecherin. »Diese Entscheidung hängt nicht von mir allein ab.«
Mademoiselle d'Arlanges aber rief, dem Weinen nahe: »Er leidet doch so! Wenn ich nur bei ihm sein könnte!«
Nach kurzem Überlegen wischte sie sich die Tränen aus den Augen und fuhr entschlossen fort: »Es gibt einen Mann, der Albert viel schuldig geblieben ist, der ihn in diese Lage gebracht hat: der Graf de Commarin. Ich gehe zu ihm und erinnere ihn daran, daß er noch einen Sohn hat.«
Daburon begleitete sie zur Tür. Er sah ihr nach, wie sie mit ihrer Gesellschafterin seine Wohnung verließ. Noch einmal überkam ihn das schmerzliche Gefühl unersetzlichen Verlusts.
Als er später an seinem Sekretär saß, stieg wieder der Gedanke in ihm auf, ob Claire nicht vielleicht doch nur eine Rolle gespielt hatte, um ihn hinters Licht zu führen. Er verwarf den Gedanken sofort. Aber vielleicht hatte ihn ein anderer hinters Licht geführt?
»Im Justizpalast wird sich alles klären«, sagte er laut und entschlossen.

15.

Die Überraschung, die Claires Besuch beim Grafen de Commarin auslöste, war noch ärger als die, die Daburon bei ihrem Erscheinen empfunden hatte. Als sein Kammerdiener ihm beim Essen meldete, Mademoiselle d'Arlanges bitte um eine Unterredung, blieb ihm der Bissen im Hals stecken.

Zunächst überlegte er, ob er sie überhaupt vorlassen sollte, aus Furcht vor einer peinlichen Szene. Er wußte, daß sie ihn verständlicherweise nicht sonderlich mochte. Weshalb aber war sie dennoch gekommen? Um nach Albert zu fragen? Was sollte er ihr antworten?
Dann aber überlegte er, daß es einem Edelmann wohl nicht anstünde, eine Frau in ihrem Kummer abzuweisen. Schließlich wäre sie ja fast seine Schwiegertochter, das heißt eine Gräfin de Commarin geworden.
Also ließ er sie in seinen kleinen Salon führen und betrat wenig später selber den Raum. Claire machte einen tiefen anmutigen Knicks.
»Sie kommen wohl, um Neues über Albert zu erfahren?« fragte er, als sie sich wieder aufgerichtet hatte.
»Im Gegenteil, Monsieur. Ich wollte Ihnen Neues über Albert berichten. Er ist unschuldig!«
Der Graf sah sie an, als zweifle er an ihrem Verstand. Sollte vielleicht der Schmerz zuwege gebracht haben, daß sie ...
»Ich habe ja immer an seine Unschuld geglaubt«, fuhr Claire selbstbewußt fort. »Doch nun kann ich sie auch beweisen.«
»Und Sie irren sich da bestimmt nicht?« fragte der Graf, der noch immer den Verdacht nicht los wurde, ihr Verstand sei angegriffen.
Claire konnte dem Grafen von den Augen ablesen, was er dachte.
»Nein, ich irre mich nicht. Was ich behaupte, kann ich auch beweisen. Ich komme gerade von Monsieur Daburon, dem Untersuchungsrichter. Ich kenne ihn aus

der Zeit, als er noch im Haus meiner Großmama verkehrte. Auch er war zuerst skeptisch, ja ablehnend. Auf Grund dessen, was ich ihm mitgeteilt habe, ist auch er jetzt von Alberts Unschuld überzeugt.«

»Und das hat er Ihnen gesagt?« Der Graf trat unwillkürlich einen Schritt näher an Claire heran. »Sind Sie da wirklich sicher? Oder ist nicht doch etwa der Wunsch der Vater Ihres Gedankens?«

»Auf keinen Fall, Monsieur. Ich habe ihm nämlich etwas mitgeteilt, was keiner, auch er nicht, wissen konnte. Denn Albert ist ein Kavalier, und er hat darüber geschwiegen. Und ich bin nun gekommen, um es Ihnen auch zu sagen: Albert war an dem Abend, an dem der Mord geschehen ist, mit mir in Großmamas Garten. Er hatte mich um ein Gespräch gebeten.«

»Und Monsieur Daburon hat Ihre Behauptung geglaubt?«

»Weil ich sie beweisen konnte. Inzwischen wird das Gericht sich überzeugt haben.«

»So ist es also wirklich wahr?« Der Graf, das konnte man aus seiner Stimme heraushören, war noch nicht ganz überzeugt.

»Sie sind wie Monsieur Daburon, der Richter, und halten Alberts Unschuld für ein Hirngespinst eines verliebten Mädchens. Sie sind sein Vater, aber Sie trauen ihm nicht, Monsieur, Sie haben Ihren Sohn nie gekannt, haben ihn im Stich gelassen, nicht den geringsten Versuch unternommen, ihn aus dem schrecklichen Gefängnis herauszuholen. Ich habe nie an seiner Unschuld gezweifelt.«

Da die Menschen gar zu gern glauben, was sie glauben möchten, war es nun nicht mehr schwierig, den Grafen zu überzeugen. Und er wollte gern glauben, daß ein Mitglied der Familie de Commarin oder jedenfalls jemand, der den Namen so lange getragen hatte, unmöglich in eine so gemeine Mordaffäre verwickelt sein konnte. Er nahm ohne Bedenken Claires Beteuerungen an. Vielleicht, dachte er, war nur die Unbeirrbarkeit dieses Richters schuld daran, daß ich an Alberts Unschuld gezweifelt habe.

Die Vorstellung, Albert habe mit dem Mord nichts zu tun, wirkte lindernd auf ihn wie ein himmlischer Balsam, und Claire kam ihm wie ein Bote Gottes vor. In den schweren Tagen, die hinter ihm lagen, war ihm auch bewußt geworden, daß er sein Herz doch an Albert gehängt hatte, trotz des unausrottbaren Verdachts, daß er womöglich nicht der Vater sei.

Und jetzt diese Wendung!

Die Familie würde vor der Schande bewahrt bleiben, es würde keinen öffentlichen Skandal geben, der Name Commarin wäre fleckenlos sauber!

»Wird man ihn denn auch sofort entlassen?« fragte er mit einem Eifer, der ihm bisher im Eintreten für seinen Sohn gänzlich abgegangen war.

»Monsieur Daburon hat mir erklärt, das sei nicht möglich. Er könne nicht allein darüber befinden. Nur aus diesem Grund habe ich mich entschlossen, Sie um Hilfe zu bitten.«

»So sagen Sie mir doch, Mademoiselle, wie ich ihm helfen kann!« drängte der Graf.

»Wenn ich das wüßte ... Als Frau weiß man doch nicht, wie man einen Unschuldigen aus dem Gefängnis befreien kann. Sie haben Einfluß, Sie sind immerhin sein Vater ...«

»Was in meiner Macht steht, will ich tun. Wir dürfen keinen Augenblick verlieren!«
Die Lethargie des Monsieur de Commarin war wie weggewischt; seine Vorstellungen waren nicht mehr nur von der herannahenden Katastrophe beherrscht. Jede Resignation war zerstoben. Zum Vorschein kam seine tatkräftige Natur. Nun, da er Hoffnung für sich und sein Haus sah, kehrte die Tatkraft zurück.
»Kommen Sie, Mademoiselle. Wir machen uns gleich auf den Weg!« rief er. Doch dann verdüsterte sich seine Miene. »Aber wohin sollen wir gehen?« fragte er. »In der guten alten Zeit hätte ich den König aufgesucht, und er hätte mir geholfen. Aber dieser Kaiser? Er würde mir nur erklären, er könne der Entscheidung des Gerichts nicht vorgreifen.«
»Aber wir müssen etwas unternehmen.« Claire ließ nicht locker. »Sie kennen doch Richter, Generale, Minister. Stellen Sie mich ihnen vor. Für den Rest werde ich sorgen. Ich werde mit Engelszungen reden, und Sie werden es sehen, wir werden Erfolg haben!«
»Meine Anerkennung, Claire«, sagte der Graf. »Eben gutes Blut. Entschuldigen Sie, Kindchen, das habe ich bisher nicht erkannt. Albert und Sie, ihr sollt heiraten dürfen, das verspreche ich hier feierlich. Aber erst müssen wir Albert aus dem Gefängnis holen. Dazu brauchen wir irgendeinen, der sich in der Justiz auskennt, einen Anwalt ...« Er dachte einige Sekunden lang nach und rief dann: »Ich hab's! Wir nehmen am besten Noel!«
»Noel?« fragte Claire erstaunt.
»Meinen Sohn«, sagte der Graf, »Alberts Halbbruder.

Er ist ein ausgezeichneter Anwalt. Und den Justizpalast kennt er wie seine Hosentasche.«
Commarin sah, wie sich auf Claires Gesicht Unbehagen breitmachte.
»Keine Sorge«, beruhigte er sie. »Noel ist nicht nur Alberts Bruder, er ist auch Alberts Freund. Er hat mir in diesem Raum selbst gesagt, daß er Albert für unschuldig hält und daß er alles tun würde, um den Irrtum aufzuklären. Er will ihn, wenn es dazu kommen sollte, vor Gericht vertreten.«
Doch diese Worte konnten Claire offensichtlich nicht beruhigen.
»Ich schicke sofort nach ihm«, fuhr Monsieur de Commarin fort. »Er weilt am Sterbebett von Alberts Mutter, die ihn aufgezogen hat.«
»Das verstehe ich nicht ...«
»Geduld, mein Kind. Albert wird Ihnen das alles später erklären. Jetzt haben wir keine Minute zu verlieren. Ich werde also ...« Er hielt inne. Daß er nicht gleich daran gedacht hatte! Er konnte doch Noel selber holen. Bei dieser Gelegenheit wäre es dann auch möglich, Valerie wiederzusehen und sich damit einen drängenden Wunsch zu erfüllen. »Am besten ist es«, entschied er, »wir gehen selber zu Noel.«
»Dann lassen Sie uns aber sofort aufbrechen.«
»Aber ob ich Sie mitnehmen soll?« Der alte Graf zögerte. »Verstehen Sie mich recht: Es ist nur wegen der Schicklichkeit.«
»Schicklichkeit!« sagte Claire ungeduldig. »Wenn es um Albert geht, begleite ich Sie überallhin. Ich lasse meiner Großmama durch meine Gesellschafterin eine Nachricht zukommen.«

»Wenn Sie meinen«, sagte der Graf und klingelte nach einem Diener, der den Wagen bereitstellen sollte.
Auf der großen Freitreppe war er dann nicht davon abzubringen, Claire seinen Arm anzubieten.
»Sie haben mich um zwanzig Jahre jünger gemacht«, sagte er heiter. »Jetzt müssen Sie mich auch so, wie ich geworden bin, in Kauf nehmen.«
Als sie aber die Treppe zu Madame Gerdys Wohnung hinaufstiegen, blieb er auf jedem Podest schweratmend stehen. Das bevorstehende Wiedersehen mit Valerie ließ ihn sein wahres Alter wieder spüren.
Das Dienstmädchen gab ihnen die Auskunft, Monsieur Noel habe gerade das Haus verlassen, und sie wisse nur, daß er in einer halben Stunde zurück sein werde.
»Wir warten auf ihn«, entschied der Graf und ging durch die Tür, und das Dienstmädchen hinderte ihn nicht, obwohl Noel sie angewiesen hatte, niemanden einzulassen. Die Selbstverständlichkeit, mit der der Graf sich bewegte, ließ sie die Anweisung vergessen. Sie führte ihn und Claire in ein Zimmer, in dem sich schon drei Männer aufhielten: der Geistliche, der Arzt und ein großer, älterer Offizier, der das Kreuz der Ehrenlegion an der Brust trug.
Diese drei standen am Kamin und unterhielten sich. Den Gruß der unbekannten Neuankömmlinge erwiderten sie mit einigem Erstaunen. Der Offizier bot Claire einen Stuhl an.
Der Graf fühlte sich veranlaßt, sich vorzustellen und sein Erscheinen näher zu erklären.
»Entschuldigen Sie bitte mein Eindringen«, sagte er, nachdem er sich die erste Verlegenheit aus der Kehle geräuspert hatte. »Aber wir müssen Noel Gerdy in einer

dringenden Angelegenheit sprechen. Ich bin der Graf de Commarin.«
Die Nennung dieses Namens ließ den alten Offzier eine Kehrtwendung auf dem Absatz machen. Man sah ihm an, wie sehr er bemüht war, eine offensichtlich wenig schmeichelhafte Bemerkung zu unterdrücken. Verstimmt zog er sich in die eine Fensternische zurück. Doch nur Claire registrierte dieses Verhalten.
Da niemand antwortete, ging der Graf auf den Priester zu und fragte leise: »Wie geht es Madame Gerdy?«
Doch nicht der Priester, sondern der Arzt, der die Frage gehört hatte und begierig war, die Bekanntschaft eines so bekannten Mannes zu machen, antwortete: »Sie wird den Tag kaum überleben, Monsieur.«
Der Graf verzog das Gesicht, als hätte die Antwort ihm einen schmerzhaften Stich versetzt, und erst nach einer Pause, ausgefüllt mit bedrückendem Schweigen, wagte er eine zweite Frage.
»Kann sie ihre Freunde noch erkennen?«
»Ich glaube nicht, Monsieur. Zeitweise liegt sie im Delirium. Vor einer Stunde allerdings hatten wir den Eindruck, daß ihr Kopf wieder klarer würde. Deshalb haben wir auch nach dem Priester geschickt.«
»Bis jetzt aber ist sie noch völlig verwirrt«, warf der Gottesmann ein. »Ich kenne Madame Gerdy seit zehn Jahren und habe sie fast jede Woche besucht. Sie ist eine außerordentliche Frau ...«
»Sie muß Unsagbares leiden«, unterbrach ihn der Arzt, der sich den Gesprächspartner nicht wegschnappen lassen wollte, und wie zur Bestätigung seiner Worte hörte man einen lauten Schrei aus dem Nebenzimmer.

»Da! Da!« stammelte der Graf, der bleich geworden war und am ganzen Körper zitterte.
Claire saß bedrückt auf ihrem Stuhl. Sie spürte das Unheil, das in der Luft lag.
»Ist das wirklich ihre Stimme gewesen?« fragte Monsieur de Commarin verwirrt.
»Das war ihre Stimme!« klang es unwirsch aus der Fensternische. Dann trat der alte Offizier wieder näher an die Gruppe heran.
Der Graf hätte zu jeder anderen Zeit den rauhen Ton der Antwort registriert. In diesem Augenblick aber bemerkte er ihn nicht. Er war mit seinen Gedanken ganz in der Vergangenheit, und es kam ihm vor, als sei er noch gestern bei Valerie gewesen.
»Könnte ich sie sehen?« fragte er schüchtern.
»Auf keinen Fall!« entschied der Offizier.
»Und warum nicht?«
»Sie soll wenigstens in Frieden sterben können.«
Die Worte trafen den Grafen wie ein Hieb. Mit gesenktem Blick stand er nun vor dem Offizier wie vor seinem Richter.
»Warum sollte Monsieur de Commarin Madame Gerdy nicht sehen?« sagte der Arzt eilfertig. »Sie würde ihn ohnehin nicht erkennen.«
Das bestätigte der Priester, der zuvor ohne Erfolg mit Madame Gerdy zu reden versucht hatte.
Dann stimmte auch der Offizier nach langem Nachdenken zu.
»Gehen Sie zu ihr«, sagte er. »Vielleicht ist es Gottes Wille.«
Monsieur de Commarin wankte, als er mit dem Priester das Zimmer betrat, so daß der Arzt ihn stützen mußte.

Claire und der alte Offizier blieben im Türrahmen stehen.
Des Grafen Schritt stockte. Er konnte nicht weitergehen. War das wirklich die bezaubernde Valerie? Er sah in ein von Schmerz und Gram zerstörtes Gesicht, das ihm völlig fremd vorkam.
Doch dann geschah etwas Merkwürdiges. Madame Gerdy, als ahne sie die Gegenwart des einstigen Geliebten, richtete sich langsam auf, schob den Eisbeutel von der Stirn und strich mit den abgezehrten Händen durch das Haar.
»Guy!« schrie sie. »Guy!«
Den Grafen überlief ein Zittern, während die übrigen Anwesenden mit Erstaunen die Veränderung sahen, die mit der Sterbenden vor sich ging. Ihre Züge belebten und verklärten sich vor Freude, und in ihre Augen, die tief in den Höhlen lagen, trat ein Glanz von Zärtlichkeit.
»Guy«, wiederholte sie, diesmal mit sanfter Stimme. »So bist du doch gekommen! Warum hast du mich so lange warten lassen? Ach, wie habe ich gelitten. Der Schmerz, dich nie mehr zu sehen, hätte mich fast umgebracht. Wer hat dich von mir ferngehalten? Noch immer deine Familie? Konntest du ihnen denn nicht sagen, daß ich dich liebe wie niemand auf Erden? Oder warst du böse auf mich? Ich erinnere mich: Deine Freunde wollten uns auseinanderbringen. Man hat mich um mein Glück beneidet. Aber ich weiß, daß du ihren Lügen nicht geglaubt hast. Du hast die Verleumder verachtet. Wärst du sonst hier?«
Erschöpft hielt die Todkranke inne. Ihr Atem ging rasselnd, Schweißtropfen standen ihr auf der Stirn.

»Als ob ich dich je hätte hintergehen können!« fuhr sie fort, nachdem sie einigermaßen wieder zu Kräften gekommen war. »Du hast mir mehr gegeben, als ich von einem anderen hätte erhoffen können. Und ich habe mich dir ganz geschenkt.« Ihr ausgemergeltes Gesicht überflog ein Lächeln. »Erinnerst du dich? Ich verdiente mit Klöppeln meinen Unterhalt, und du erzähltest mir, als wir uns zum erstenmal sahen, du seist ein armer Student. Denkst du noch an das Landhäuschen in St-Michel? Da verlebten wir unsere glücklichste Zeit. Und das Kleid – weißt du noch? –, das schöne Kleid! So eins hatte ich noch nie besessen. Und die Schuhe...« Madame Gerdy schien, überwältigt von den Erinnerungen, die Sprache verloren zu haben. Doch dann fuhr sie fort: »Du warst kein armer Student. Eines Tages sah ich dich in einer eleganten Kutsche mit goldbetreßten Dienern. Am Abend hast du mir dann gesagt, du seist ein Mann aus der Hautevolee... Warum mußtest du mir das gestehen?«

Jeder im Sterbezimmer fragte sich, ob sie im Fieberwahn redete. Tränen des Schmerzes und der Freude über das Wiedersehen rollten über das Gesicht des alten Grafen.

»Du wolltest eine große Dame aus mir machen, hast Lehrer engagiert... Warum bist du nicht der Student geblieben? Mit Menschen wie dir, die Millionen besitzen, kann man auf die Dauer nicht glücklich sein. Ihr Herz gehört dem Mammon, und sie mißtrauen jedem, glauben, das Gefühl, das man ihnen entgegenbringt, gelte nur ihrem Reichtum. Warum mußten wir unser Häuschen verlassen? Wir hätten in stillem Glück leben können. Du wolltest mich zu dir emporheben und hast mich erniedrigt. Du warst stolz auf meine Schönheit, zeigtest mich überall herum. Bald wußte die ganze Stadt: Ich bin deine Geliebte. Man sagte, ich sauge dich aus. Aber du weißt: Ich habe nie gewollt, daß du so viel Geld für mich ausgabst. Und dann hast du die andere geheiratet, und ich hatte nicht die Kraft, dich aufzugeben. So blieb ich deine Freundin, auch wenn ich sehr litt. Gott hat mich dafür bestraft, daß ich mich nicht von dir trennte, weil ich dich so sehr liebte.«

Als sie wieder vor Erschöpfung innehielt, wagte abermals keiner der Umstehenden, ein Wort zu sagen. Alle standen starr und atemlos.

Claire sank auf die Knie und preßte ihr Taschentuch gegen den Mund, um ein Schluchzen zu unterdrücken.

Die Nonne hatte schon zu viele Kranke im Delirium erlebt, als daß sie den Sinn fürs Praktische hätte verlieren können. Sie ging zum Bett und deckte Madame Gerdy wieder zu.

»Sie können sich erkälten«, sagte sie dabei.

»Sie muß weitersprechen!« rief der Offizier.

Als hätte sie die Worte vernommen, fuhr Madame Gerdy fort: »Niemand weiß, was ich gelitten habe. Ich wurde beobachtet, und man bekam heraus, daß ich oft Besuch von einem Offizier erhielt. Dieser Offizier war mein Bruder, ein Oberst, der empört war, als er erfuhr, daß ich einen Liebhaber hatte. Doch er fand sich damit ab, als er sah, wie groß meine Liebe war. Da es mit seiner Stellung nicht vereinbar war, daß seine Schwester als die Mätresse eines reichen Mannes lebte, kam er nur heimlich. Er wollte dich, Guy, zum Duell fordern, als ihm zu Ohren kam, daß du mich der Untreue verdächtigtest. Nur schwer konnte ich ihn davon abhalten.

Louis, sag du ihm, daß ich die Wahrheit spreche!« wandte sie sich an den Oberst.
»Das kann ich beschwören«, erklärte dieser. »Meine Schwester spricht die Wahrheit.«
»In deiner Gegenwart fühle ich mich wieder gesund werden!« Madame Gerdy hatte sich wieder dem Grafen zugewandt und streckte die dünnen Arme nach ihm aus. »Umarme mich!«
Der Graf rührte sich noch immer nicht vom Fleck.
»Aber nimm mir mein Kind nicht, Guy!« rief die Kranke. »Ich flehe dich an! Sag nicht, du willst ihn mit deinem Namen und deinem Vermögen glücklich machen. Verlange dieses Opfer nicht von mir, auch wenn es zu seinem Besten sein sollte. Es ist mein Sohn, und ich will für ihn sorgen. Das andere Kind ist kein Ersatz für mich. Soll denn deine Frau meinen Sohn in den Armen halten? Nie! Laß mich meinen Noel behalten! Zürne nicht darum mit mir, gib dein schreckliches Vorhaben auf! Schon der Gedanke an so etwas ist gottlos, und Gott wird uns dafür strafen. EinesTages wird die Wahrheit ans Licht kommen, und die Kinder werden Rechenschaft von uns verlangen. Guy, ich sehe meinen Sohn zornig zu mir kommen mit deinen Briefen...« Ihr Gesicht wurde starr, als ob sie eine Erscheinung hatte. »Er droht mir, er schlägt mich! Hilf mir doch! Nein, das darf niemand erfahren. Ich bin doch seine Mutter, das kann ich beschwören. Aber mein Sohn tut so, als glaubte er mir nicht. Was soll ich tun, Guy? Damals konnte ich mich dir nicht widersetzen, ich konnte und wollte dir aber auch nicht gehorchen...«
Ein Geräusch an der Wohnungstür ließ sie innehalten. Als Noel bleich, aber gefaßt ins Zimmer trat, zuckte

Madame Gerdy wie unter einem Peitschenschlag zusammen. Mit weit aufgerissenen Augen sah sie ihm entgegen und schrie, während sie in die Kissen zurücksank: »Mörder!«
Dann durchlief ein Zittern ihren Körper, Madame Gerdy war tot.
Tödliche Stille herrschte im Raum, und jeder, der Zeuge des letzten Bekenntnisses geworden war, durchlebte Sekunden der tiefsten Erschütterung. Noch stand ihr Wort im Raum, jenes herausgeschriene »Mörder!«, und jeder, die Nonne ausgenommen, bezog es auf Albert, der, des Mordes angeschuldigt, im Gefängnis saß.
Noel kniete an Madame Gerdys Bett nieder und bedeckte ihre Hände mit Küssen. Er schluchzte laut auf. »Sie ist tot!« wiederholte er immer wieder.
Der Priester und die Nonne sprachen monoton die vorgeschriebenen Sterbegebete.
Der Graf ließ sich auf einen Stuhl sinken. Er war aschfahl, und seine Augen schienen aus den Höhlen treten zu wollen. Besorgt kümmerten sich Claire und der Arzt um ihn, öffneten ihm den Kragen, um ihm das Atmen zu erleichtern. Dann trugen der Arzt und der Oberst den Stuhl zum offenen Fenster.
An der frischen Luft erholte sich Monsieur de Commarin allmählich wieder. Er richtete seine Blicke auf das Bett. Das also war das Ende. Und ihm war es nicht vergönnt gewesen, sie um Verzeihung zu bitten, ihr zu sagen, wie sehr er jetzt bereue, daß er sie kalt von sich gewiesen hatte, auf einen bloßen Verdacht hin und ohne sie anzuhören. Hatte er damit nicht auch sein eigenes Leben zerstört, das vom Verdacht, er sei nicht Alberts Vater, vergällt worden war?

Und an der Leiche der einst geliebten Valerie dachte er auch an den Tod der Gräfin. Auch sie hatte ihn bis zum letzten Atemzug geliebt, und auch sie hatte von ihm nur Unverständnis erfahren. Jetzt wußte er, daß er beide Frauen getötet hatte! Doch seine Reue kam zu spät.

»Sie hat damals schon alles kommen sehen«, murmelte er vor sich hin. »Aber ich habe nicht auf sie gehört.«

Da fühlte er die Hand des Obersten auf seiner Schulter und hörte ihn mit schmerzzerrissener Stimme sagen: »Meine Schwester hatte eine große Seele. Sie hat Ihnen längst verziehen, hat Ihnen nie etwas nachgetragen. Ich möchte ihrem Beispiel folgen.«

»Ihre Großmut beschämt mich, Monsieur. Ich bin ihrer nicht würdig.« Der Graf wagte nicht, die Augen zu Madame Gerdys Bruder zu erheben.

»Sie ist in der Vorstellung gestorben«, sagte Claire, »daß ihr Sohn ein Mörder sei. Wir haben sie nicht mehr von ihrem Irrtum abbringen können.«

»Ja, es ist unsere Pflicht, ihren Sohn aus dem Gefängnis zu befreien. Er muß seiner Mutter die letzte Ehre erweisen können.« Der Graf sprach nun wieder ganz klar. »Noel, du mußt uns dabei helfen.«

Noel hatte das Gespräch zwischen Claire und dem Grafen mit angehört. Er erhob sich von den Knien, trat zu seinem Vater und sagte: »Ich habe es Ihnen schon versprochen, den unglücklichen Albert zu retten.«

Als er sich umwandte, begegnete sein Blick zum erstenmal den Augen Claires, in denen eine Abneigung stand, die sie vergebens zu unterdrücken suchte.

»Albert braucht nicht gerettet zu werden«, sagte sie kühl. »Sie sollen uns nur helfen, daß ihm schnellstens

Gerechtigkeit widerfährt und daß man ihn sofort freiläßt. Monsieur Daburon ist von der Wahrheit schon unterrichtet.«
»Von der Wahrheit?« rief Noel verblüfft.
»Es ist die reine Wahrheit, daß Albert den Abend, an dem Madame Lerouge ermordet worden ist, mit mir im Garten unseres Hauses verbrachte.«
Die Verwunderung wich nicht aus Noels Zügen.
»Für den Fall, daß Sie es nicht wissen sollten, Monsieur«, sagte sie kühl, »ich bin Claire d'Arlanges, Alberts Verlobte.«
Der Graf entwarf in wenigen Strichen ein Bild von dem, was Albert am Abend des Mordtages getan hatte, so, wie es ihm von Claire berichtet worden war.
»Aber Sie sehen doch, Monsieur«, antwortete Noel mit Unbehagen, »in welche Situation ich durch Madame Gerdys Tod geraten bin. Hat das alles nicht bis morgen Zeit?«
»Bis morgen?« Der Graf war sichtlich ungehalten. »Wir müssen sofort handeln. Du tust mehr für die Sache der armen Frau, wenn du ihren Sohn befreist, als wenn du für sie betest.«
Noel verbeugte sich steif.
»Wenn Sie es befehlen«, sagte er, »mache ich mich sofort auf den Weg. Ich hoffe, Sie heute abend schon im Schloß aufsuchen und Sie über den Erfolg meiner Aktivitäten unterrichten zu können. Kann sein, daß ich Albert mitbringe.«
Noch einmal sank er vor der Toten auf die Knie, umarmte sie zum letztenmal und verließ ohne ein weiteres Wort das Zimmer. Der Graf, Claire und der Arzt folgten ihm bald, während der Oberst aufs

Bürgermeisteramt ging, um den Tod seiner Schwester registrieren zu lassen.
Zurück blieben nur der Priester und die Nonne, die am Bett der Toten noch immer beteten.

16.

Nachdenklich von dem, was Claire d'Arlanges ihm enthüllt hatte, begegnete Daburon auf der Treppe des Justizpalasts Tabaret.
Er freute sich, den Alten zu sehen.
»Monsieur Tabaret!« rief er.
Der jedoch war sehr aufgeregt und gar nicht gesonnen, sich in ein längeres Gespräch verwickeln zu lassen. Er grüßte Daburon, bat aber dann sofort um Entschuldigung für seine Eile. Er werde zu Hause schon erwartet.
»Darf ich vielleicht dennoch ...«
»Er ist unschuldig«, unterbrach ihn Vater Tabaret. »Und ich habe Beweise für seine Unschuld. Gehen Sie nur in Ihr Büro. Der Mann mit den Ohrringen ist in Paris. Ich habe diesem Gevrol wohl doch ein bißchen Unrecht getan.«
Mit diesen Worten eilte er an Daburon vorüber.
Auf dem Korridor vor seinem Büro sah Daburon Albert zwischen zwei Wärtern auf der Bank sitzen.
»Ich lasse Sie gleich hereinrufen«, sagte er.
Im Büro traf er Constant, der ein Gespräch mit einem Beamten führte.
»Nun, Constant«, fragte der Untersuchungsrichter, »haben Sie meine Briefe erhalten?«

»Sehr wohl, Monsieur, und Ihre Anordnungen sind sofort befolgt worden. Draußen wartet der Gefangene, und Monsieur Martin ist gerade von seiner Recherche zurückgekommen.«
»Danke«, sagte Daburon. Dann wandte er sich dem Kriminalbeamten zu.
»Nun, Martin, was hat denn Ihre Untersuchung ergeben?«
»Jemand ist über die Mauer geklettert.«
»Wann?«
»Vielleicht vor fünf oder sechs Tagen.«
»Und das ist sicher?«
»Wie das Amen in der Kirche.«
»Sind die Spuren deutlich zu sehen?«
»So deutlich wie die Nase in Ihrem Gesicht, wenn ich mir den Vergleich erlauben darf. Ich nehme an, es handelt sich um einen Einbrecher, der über die Mauer kletterte, ehe der Regen einsetzte, und der sich auf demselben Weg empfahl, als er vorüber war. Dies ist leicht festzustellen. Man braucht nur die beim Aufstieg und die beim Abstieg auf der Straßenseite der Mauer hinterlassenen Spuren, die sich deutlich voneinander unterscheiden, zu betrachten. Nehmen wir nur die verschiedenen Abdrücke von einem Absatz. Einmal sind sie in trockener, einmal in feuchter Erde hinterlassen worden. Dann konnte ich feststellen, daß der Bursche beim Einstieg Hände und Füße benutzen mußte, um über die Mauer zu kommen. Beim Verlassen des Grundstücks benutzte er eine Leiter, die er zurückstieß, als er auf der Mauerkrone saß. Man sieht noch deutlich die Markierung an der Stelle, wo die Leiter an die Mauer gelehnt wurde, und unten im Garten

die tiefen, durch das Gewicht des Mannes verursachten Eindrücke im Erdreich.«
»Ist das alles?«
»Nein, Monsieur. Die Mauer ist oben mit Scherben bestückt. Drei von ihnen sind abgebrochen. Dazu habe ich noch diesseits der Mauer ein paar abgebrochene Akazienäste gefunden, die über die Mauer hinausreichten, und an einem dieser Äste ein Stückchen graues Leder, das mir von einem Handschuh zu stammen scheint. Es war auf einen Dorn gespießt. Hier ist es.«
Aufgeregt nahm Daburon den winzigen Lederfetzen entgegen. Es gab keinen Zweifel: Er stammte von einem Handschuh.
»Hoffentlich haben Sie die Untersuchungen ohne großes Aufsehen durchgeführt.«
»Versteht sich doch von selbst, Monsieur«, antwortete der Kriminalbeamte mit einem pfiffigen Lächeln. »Ich habe mich der Marquise gegenüber als Diener einer Familie aus der Nachbarschaft ausgegeben, deren Kanarienvogel entflogen sei. Sie hat mir erlaubt, in ihrem Garten nach dem Vieh zu suchen. Ich glaube nicht, daß sie eine Ahnung hatte, wer ich bin.«
»Das war ein ausgezeichneter Einfall, mein lieber Martin«, stellte Daburon zufrieden fest.
Strahlend entfernte sich der Kriminalist, und Daburon klingelte und befahl, Albert vorzuführen.
»Sind Sie heute bereit«, begann der Untersuchungsrichter, »mir eine Erklärung dafür zu geben, wie und wo Sie den Dienstagabend verbracht haben?«
»Das habe ich Ihnen schon erklärt, Monsieur.«
»Sie haben mich angelogen, weiter nichts.«

Alberts Gesicht überzog sich mit jäher Röte. Unruhig und gespannt zugleich, sah er sein Gegenüber an.
»Ich weiß jetzt alles«, fuhr Daburon fort. »Über alles, Monsieur, was Sie an dem betreffenden Abend getan haben, bin ich im Bilde. Ich sagte Ihnen doch: Das Gericht erfährt alles, was von Wichtigkeit ist.«
Er machte eine Pause und sah Albert fest an. Der versuchte, seinem Blick auszuweichen.
»Mademoiselle d'Arlanges war heute morgen schon bei mir.«
Daburon beobachtete, wie Alberts Züge sich entkrampften und wie sich ein schwer zu beschreibender Ausdruck von Erleichterung und Freude über sie ausbreitete. So sieht also jemand aus, dachte Daburon, der nicht mehr an seine Rettung geglaubt hat und der wie durch ein Wunder einer großen Gefahr entronnen ist. Vielleicht ist es auch die Freude, die ihm jetzt den Mund verschließt.
»Sie hat mir erzählt, wo Sie am Dienstagabend gewesen sind«, fuhr Daburon fort.
Doch der Gefangene sagte noch immer nichts.
»Befürchten Sie nicht, ich könnte Sie in eine Falle locken«, redete Daburon Albert zu. »Sie hat mir wirklich alles erzählt.«
Nun sprach auch Albert, und seine Aussage deckte sich bis aufs kleinste mit dem, was der Untersuchungsrichter vor kurzem von Claire gehört hatte.
Mademoiselle d'Arlanges' Glaubwürdigkeit war erhärtet, der letzte Zweifel beseitigt. Jetzt blieb für Daburon nur noch die Frage, ob Albert unschuldig oder ob Claire seine Komplizin war. Aber diesen flüchtigen Gedanken wies er sogleich von sich.

»Sie haben mich zu täuschen versucht, Monsieur«, sagte er wenig freundlich, »und damit Ihre Freiheit aufs Spiel gesetzt. Ganz abgesehen davon, daß Sie das Gericht der Gefahr ausgesetzt haben, einen Justizirrtum zu begehen. Warum das alles?«

»Mademoiselle d'Arlanges mußte sich auf meine Verschwiegenheit verlassen können.«

»Und um dieser Diskretion willen wären Sie aufs Schafott gegangen?« Daburon konnte den Spott nicht aus seiner Stimme heraushalten. »Sehr nobel, Monsieur, daß muß ich sagen, auch wenn es mich an das Gebaren der alten hohlköpfigen Ritter erinnert.«

»Ach, Monsieur, Sie haben alle Recht, über mich zu lachen. Ich bin kein Held, und ich müßte lügen, wenn ich sagte, daß ich nicht mit Claire gerechnet habe. Ich wußte, daß sie sich bedingungslos für mich einsetzen würde, sobald sie von meiner Verhaftung erführe. Und ich hatte Angst, man könnte die ganze Affäre vor ihr verheimlichen. Wie ich mich dann verhalten hätte – ich bin ganz ehrlich –, ich weiß es nicht.«

Daburon quittierte die bescheidene Aufrichtigkeit des jungen Mannes mit einem Lächeln. Fast tat es ihm leid, daß er ihn seine Ironie hatte spüren lassen, und so sagte er freundlicher: »Leider kann ich Sie noch nicht entlassen, Sie müssen in Ihre Zelle zurück. Aber ich werde Anweisung geben, Sie wie einen Verhafteten zu behandeln, dessen Unschuld erwiesen ist.«

Albert verbeugte sich und ließ sich abführen. Selbst seinem Gang sah man die Erleichterung an.

»Jetzt zu Gevrol!« sagte Daburon.

»Gevrol ist auf die Präfektur befohlen worden«, erwiderte Constant. »Aber der Mann mit den Ohrringen wartet schon eine ziemliche Zeit in einem Nebenraum.«

»Dann führ ihn vor.«

Der Mann, der mit wiegendem Seemannsschritt das Büro betrat, war untersetzt und weißhaarig. Seine Haut hatten Wind und Wetter gegerbt. Das Auffälligste an ihm waren die Ohrringe in Form eines Ankers. Verlegen seinen breitrandigen Hut in seinen rissigen Händen drehend, ging er zum Tisch des Untersuchungsrichters. Daburon musterte ihn eine Weile. Das mußte »der Mann mit dem roten Gesicht« sein, den einer der Zeugen in Jonchère beschrieben hatte. Wenn ihn seine Menschenkenntnis nicht trog, dann stand da ein offenherziger, ehrlicher Mensch.

»Ihren Namen, bitte«, begann Daburon die Vernehmung.

»Marie Pierre Lerouge.«

»Sind Sie mit Claudine Lerouge verwandt?«

»Ich bin ihr Mann, Monsieur.«

Da lebt also der Ehemann der Ermordeten noch, die wir für eine Witwe gehalten haben, dachte Daburon. Freilich sind die Recherchen nach Madame Lerouges Vergangenheit noch nicht abgeschlossen. Aber trotzdem ... Wir sind doch ziemlich leichtfertig an den Fall herangegangen.

»Sie hat sich aber doch stets als Witwe ausgegeben.«

»Das war so ausgemacht zwischen uns. Ich wollte nichts mehr mit ihr zu tun haben, und das hab' ich ihr auch gesagt.«

»Seltsam. Aber lassen wir das. Sie wissen, daß Ihre Frau tot ist, daß sie ermordet wurde?«

»Der Detektiv, der mich aufgestöbert hat, hat es mir

gesagt«, antwortete der Seemann unwirsch. Und er fügte hinzu: »Ich ahnte, daß das Miststück eines Tages so enden würde.«

»Wie sprechen Sie von der Frau, die doch immerhin Ihre Gattin war!« rief Daburon empört.

»Warum soll ich anders von ihr reden? Mein Vater selig, ja, der hat das alles kommen sehen, und er hat mich gewarnt, damals, als ich sie nahm. Aber ich hab' ja nicht hören wollen, hab' ihn ausgelacht, als er sagte, die würde mich noch mal in Teufels Küche bringen. Jetzt haben wir den Salat. Wegen ihr hat die Polizei nach mir gesucht wie nach einem miesen Halunken. Meine Beschreibung ist in alle Ämter gegangen, und überall wird gefragt worden sein: ›Was hat denn der auf dem Kerbholz?‹ Und jetzt steh' ich vor Ihnen! Ist das nicht eine Affenschande? Wir, die Lerouges, sind immer ehrliche Leute gewesen. Das kann Ihnen jeder bestätigen. Ein Wort von einem Lerouge hat immer soviel gegolten wie was Geschriebenes. Ich bleibe dabei: Sie war ein Miststück. Das hab' ich ihr auch oft gesagt. Und: daß es eines Tages ein schlimmes Ende mit ihr nehmen würde.«

»Das haben Sie ihr wirklich gesagt?«

»Tausendmal, Monsieur.«

»Und warum? Seien Sie ganz beruhigt, wir tasten Ihre Ehre nicht an, und wir glauben Ihnen. Welchen Grund also hatten Sie, ihr so etwas zu sagen?«

»Das ist schon dreißig Jahre oder noch länger her, da hab' ich es zum erstenmal gesagt. Sie hatte immer schon Hummeln im Hintern, wollte schon immer wissen, wie es bei dem vornehmen Volk aussieht, und wollte sich in ihre Intrigen mischen. Daran ist sie ja denn auch krepiert. Wenn man Geheimnisse wüßte und über sie schwieg, meinte sie, könnte man viel Geld verdienen. Daß sie sich den Strick damit verdienen würde, hab' ich ihr gesagt. Unsereins kann doch sein Glück nicht aus dem Dreck der Reichen fischen, stimmt's? Aber das war ihr nicht beizubringen.«

»Konnten Sie denn nicht ehelichen Gehorsam von ihr verlangen, wie das Gesetz und die Religion es vorschreiben?« wollte Daburon wissen.

Der Seemann schüttelte nur den Kopf und lachte unfroh.

»Gehorsam! Lieber Gott. Ich war es, Herr Richter, der gehorsam sein mußte!«

Daburon konnte noch nicht wissen, ob Lerouges Aussage von einigem Gewicht sein würde, und so beschloß er, die Weitschweifigkeit des Alten vorläufig zu ertragen. Erst wenn er sich zu weit von der Sache entfernen sollte, wollte er ihn wieder auf den richtigen Weg bringen.

»Erzählen Sie doch mal etwas über die Intrigen, in die sich Ihre Frau einmischte. Erzählen Sie so ausführlich wie möglich. Wir haben Zeit, und wir müssen alles wissen.«

»Ja, wenn Sie alles wissen wollen...« Lerouge legte seinen Hut auf einen Stuhl und kratzte sich ausgiebig den Kopf. Das tat er immer, wenn er über etwas Wichtiges nachdachte. »Also, vor fünfunddreißig Jahren war es. Da verliebte ich mich in Claudine, in St-Jean, wenn Sie das kennen. Sie war schön, hatte eine Stimme wie eine Glocke. Wirklich, an der ganzen Küste gab's keine mehr wie sie. Schlank wie ein Mast war sie, und ihre Augen funkelten wie ein Leuchtfeuer. Ihr einziger Fehler war: Sie hatte leere Taschen. Meine Leute hatten sich ein bißchen was erarbeitet. Mein Vater merkte, daß ich in sie verknallt war, und weil er sie nicht mochte, schickte er mich auf See, ein halbes Jahr und länger war ich auf einem Schoner. Luftveränderung tut gut, sagte er immer. Aber mich hat der fremde Wind, der mir um die Nase wehte, nicht geändert. Ich liebte Claudine noch immer, und je mehr sich mein Vater widersetzte, desto verrückter wurde ich nach ihr. Essen und Trinken schmeckten mir nicht mehr. Ich wußte, sie hat mich auch ein bißchen lieb. Schließlich sah ich damals auch noch nach etwas aus. Kurz und gut: Mein Vater kam dahinter, daß er bei mir nichts ausrichten konnte, und er ließ mir meinen Willen. ›Nimm das Aas zur Frau‹, sagte er, ›aber beklag dich nicht, wenn du es dann nicht bändigen kannst.‹ Gott, was war ich für ein Dummkopf!«

»Bitte, kommen Sie zur Sache!« sagte Daburon, der über die Erinnerungsseligkeit des alten Seemanns die Geduld zu verlieren begann.

»Gleich, Monsieur. Sie haben doch gesagt, ich soll alles erzählen.« Man merkte es Lerouge an, daß er nicht gern unterbrochen wurde. »Also, wir heirateten. Die ersten Monate waren das reine Honiglecken, dann kamen die ersten kleinen Rangeleien. Aber ich fühlte mich noch immer sehr wohl. Claudine konnte einem Mann ja auch ’ne Menge geben. Sie verlangte auch viel – viel Geld, meine ich, und sie war überspannt. Ich verdiente damals gut. Sie kam nicht damit aus. Kein Wunder, wenn sie sich andauernd neue Kleider und Schmuck und Hüte und was weiß der Teufel noch kaufte. Die Nachbarn fingen schon an, über uns zu reden. Ich kümmerte mich

nicht drum. Als unser Sohn Jacques getauft wurde, schenkte ich ihr meine ganzen Ersparnisse, über dreihundert Francs. Eigentlich wollte ich für das Geld eine Wiese kaufen.«
»Weiter, weiter«, sagte Daburon, der seine Ungeduld kaum noch im Zaum hielt. Doch Lerouge ließ sich nicht beirren und blieb in seinem gemächlichen Erzähltrott.
»Dann kam eines Morgens ein Diener des Grafen de Commarin ins Haus. Das Schloß der Commarins liegt ungefähr eine Viertelmeile von uns entfernt. Germain – so hieß der Kerl – gefiel mir nicht. Er sprach nur mit Claudine, und die sagte mir dann hinterher, der Graf wolle sie als Amme haben. Ich wollte das nicht. Schließlich brauchte unser Kind die Milch selbst. Claudine aber war nicht davon abzubringen, etwas Geld zu verdienen. Sie wollte nicht faul herumsitzen, sagte sie, und ich müßte mich abrackern. Und wenn sie genug gespart hätte, brauchte ich nicht mehr zur See zu gehen. Und die Wiese könnten wir uns dann auch kaufen. Ich hab' Ihnen doch von der Wiese erzählt. Die grenzte an unser Grundstück, und weil Claudine das Geld, das ich ihr zur Taufe ...«
Daburon versuchte, Lerouge wieder aufs rechte Gleis zu bringen. »Hat sie Ihnen damals schon erzählt, was für einen Auftrag sie übernehmen sollte?«
»Welchen Auftrag?« fragte Lerouge erstaunt. »Woher wissen Sie denn, daß es da einen Auftrag gab?«
Daburon lächelte nur in die Verblüffung des Seemanns hinein.
»Also, erst wußte ich nichts. Eine Woche später kam ein Brief, in dem stand, sie sollte nach Paris fahren und ein Kind abholen. Als sie mir abends, als ich von der

Arbeit kam, sagte, sie würde am anderen Morgen mit der Postkutsche nach Paris fahren, erklärte ich ihr, ich würde sie begleiten. Sie freute sich darüber, und das gefiel mir. In Paris sollte sie das Kind bei einer Madame Gerdy abholen. Sie wollte allein dahin gehen, und ich sollte im Hotel auf sie warten. Aber neugierig, wie ich war, bin ich ihr gefolgt und um das Haus von dieser Madame Gerdy rumgestreunt. Ich habe mich auch nach der Frau bei Dienstboten und Nachbarn erkundigt. Dabei erfuhr ich, daß sie die Geliebte des Grafen de Commarin war. Darüber habe ich mich sehr aufgeregt, und wenn es nach mir gegangen wäre, dann wären wir ohne die Göre wieder nach Hause gefahren. Ich dachte noch: Wenn das nur gut geht.«

Daburon war dem Verzweifeln nahe. Wenn der Mann doch nur ein bißchen zügiger erzählen würde!

»Bitte, Monsieur!« Der Untersuchungsrichter sah den Seemann mit fast flehendem Blick an. »Wir haben nicht so viel Zeit, daß Sie auch noch Ihre Gedanken hier ausbreiten können.«

»Ist aber wichtig«, sagte Lerouge gelassen. »Also, ich wollte mit dem Kind nichts zu tun haben. Drei Tage haben wir uns gestritten, dann hat Claudine sich durchgesetzt. Ich gab meine Einwilligung. Dann hieß es, wir fahren nicht mit der Postkutsche zurück, die Dame hätte das so geregelt, daß wir mit Unterbrechungen in ihrem eigenen Wagen führen. Sie lebte auf großem Fuß und wollte ihr Kind nicht den Strapazen einer Kutschfahrt aussetzen. Mir war's recht, denn so konnte ich in aller Ruhe die Gegend kennenlernen. Wir bestiegen dann mit den Kindern – meinen Sohn hatten wir auch mit – den Wagen der Madame. Das war ein prächtiges Ding. Und erst die Pferde! Und der Kutscher hatte eine goldstrotzende Livree an. Meiner Frau behagte dieser ganze Aufzug ungemein. Und sie zeigte mir einen Haufen Geld, und ich war wütend, weil ich kein Geld mag, von dem ich nicht weiß, wie es verdient worden ist. Aber sie wollte mich beruhigen und sagte: ›Hör zu, das ist nicht das letzte, was wir daran verdienen können.‹ Und ich fragte: ›Woran?‹ Sie sagte: ›Der Graf hat ein gleichaltriges Kind mit seiner Frau, will aber, daß der Kleine hier seinen Namen trägt und nicht der andere. Und dabei soll ich ihm helfen. In einen Gasthof, wo wir Rast machen, kommen auch Germain und die Amme mit dem anderen, dem ehelichen Kind. Wir werden alle in einem Zimmer übernachten, und ich soll, wenn alles schläft, die beiden Säuglinge vertauschen. Das ist ganz einfach, weil sie sich sehr ähnlich sehen. Dafür bezahlt der Graf achttausend Francs und jedes Jahr noch einmal tausend Francs.‹«

»Und das haben Sie zugelassen?« rief Daburon. »Sie sind mir ein feiner Ehrenmann! Ein Wort von Ihnen hätte genügt, diese Gemeinheit zu verhindern!«

»Moment, Herr Richter«, sagte der Seemann ruhig, »Sie müssen mich zu Ende erzählen lassen.«

»Dann erzählen Sie ...«

»Also, mir war erst mal speiübel, so wütend war ich. Aber Claudine lachte nur, als sie mein Gesicht sah. ›Du bist verrückt, ein Dummkopf‹, sagte sie dann, ›hör zu, ehe du dich giftest. Also: Nur der Graf will, daß die Kinder vertauscht werden. Er bezahlt mich ja auch dafür. Seine Geliebte ist dagegen. Sie tut zwar so, als mache sie alles, was der Graf will. Sie möchte es nicht mit ihm verderben. Sie hat aber ihren eigenen Plan, und als ich

bei ihr war, hat sie ihn mir verraten. Ich mußte ihr auf ein Kruzifix schwören, daß ich niemand was davon sage. Also: Sie will sich um keinen Preis der Welt von ihrem Kind für immer trennen und ein anderes aufziehen. Und sie gibt mir noch einmal zehntausend Francs und eine Rente von tausend Francs jährlich, wenn ich die Kinder nicht vertausche und dem Grafen gegenüber so tu', als hätte ich sie vertauscht. Und ich sollte gar nicht erst versuchen, sie zu hintergehen. Ihr Kind hätte nämlich ein Zeichen an sich, an dem sie es sofort erkennt. Sie hat es mir nicht gezeigt, und ich habe den Kleinen vergebens danach abgesucht. Na, das soll mir auch egal sein. Ich brauche nichts zu tun, muß nur dem Grafen sagen, ich hätte die Kinder vertauscht. Und von beiden Seiten kriegen wir Geld, und Jacques wird einmal ein reicher Mann! Was hältst du jetzt von deiner Frau? Hat sie nun mehr Verstand als du oder nicht?‹ Das hat Claudine mir damals gesagt.«
Der Seemann zog ein blaukariertes Taschentuch aus der Hose und schnaubte sich heftig die Nase, wahrscheinlich vor Erleichterung darüber, daß er diesen Teil seiner Geschichte hinter sich gebracht hatte.
Daburon fehlten die Worte. Dieser Fall zeigte sich immer wieder in einem anderen Gewand. Kaum hatte er sich ein bestimmtes Bild gemacht, so kamen neue Tatsachen ans Licht, die alles ganz anders aussehen ließen. Der Mann dort vor ihm, das wußte er, durfte um keinen Preis mehr unterbrochen und dadurch verärgert werden. Sollte er doch so weitschweifig erzählen, wie er mochte. Er, Daburon, wollte nur noch Ohr sein.
»Das war natürlich ein hundsgemeiner Trick, auf den Claudine da eingestiegen war«, fuhr Lerouge fort,

nachdem er sein Taschentuch wieder eingesteckt hatte. »Und Sie können mir glauben, daß ich mich mit Händen und Füßen gesträubt habe. Aber sie ließ nicht locker, erklärte mir, daß keiner einen Schaden bei dieser Sache hätte und daß unser Jacques sein Glück machen würde. Ich hab' schließlich den Mund gehalten und mich abgefunden. Am Abend dann, als wir in einem Städtchen in einem Gasthof abstiegen, war Germain schon da. Auch eine Amme, die ein Kind auf dem Arm hatte. Das sah dem von Madame Gerdy sehr ähnlich. Inzwischen hatte ich mir überlegt, wie ich sichergehen könnte, daß Claudine die zweite Geschichte nicht einfach erfunden hatte, um mich zu beruhigen. Ich nahm mir also vor, unser Kind, ich meine das von der Gerdy, nicht aus den Augen zu lassen. Den ganzen Abend hielt ich es auf den Knien, und um sicherzugehen, band ich ihm mein Halstuch um den Bauch. Nach dem Abendessen stellte es sich 'raus: Es waren nur noch zwei Zimmer und zwei Betten frei. Der Wirt sagte, die beiden Ammen könnten mit den Kindern doch in dem einen, und Germain und ich in dem anderen schlafen. Ich dachte: Sei wachsam, Lerouge! Den ganzen Abend hatten sich Claudine und die andere Amme heimliche Blicke zugeworfen, und das war mir denn doch zu verdächtig. Also blieb ich stur, erklärte, ich wär' zu eifersüchtig, um meine Frau auch nur eine Minute allein lassen zu können. Da konnten sie nichts machen. In dem Zimmer, in dem die Amme und Claudine sich ins Bett legten, setzte ich mich in einen Lehnstuhl. Ich war fest entschlossen, kein Auge zuzutun, und es gelang mir auch. Um Mitternacht hörte ich, wie Claudine aufstand. Will sie jetzt die

Kinder vertauschen oder nicht? dachte ich. Ich schwankte zwischen ja und nein und geriet darüber so in Wut, daß ich sie packte und auf sie einschlug. Dabei brüllte ich das ganze Haus zusammen. Die Amme zeterte auch, als hätte ich sie am Hals und würde sie würgen. Und in diesen Hexentanz stürzte Germain mit einer Kerze herein. Als ich den auch noch sah, war's ganz aus. Ich sah nur noch rot, zog ein Messer aus der Tasche und stieß die Klinge unserem Säugling in den Arm. Und ich schrie so was wie ›Das Kind kann jetzt nicht mehr vertauscht werden, ich habe es fürs Leben gezeichnet‹.«

Lerouge machte freiwillig eine Pause, um sich den Schweiß, der ihm in großen Tropfen auf der Stirn stand, wegzuwischen und um tief Luft holen zu können. Ehe er fortfuhr, schnaubte er sich noch einmal die Nase, um seiner Erregung Herr zu werden.

»Der Kleine blutete stark, und ich mußte ihn erst einmal verbinden. Aber damit war die Geschichte für mich noch nicht am Ende. Ich wollte ganz sichergehen und schrieb in ein paar Sätzen auf, was sich zugetragen hatte. Dann zwang ich alle drei, mit mir das Blatt zu unterschreiben. Selbst Germain wagte nicht, sich zu widersetzen. Ich hatte ja auch das Messer in der Hand, als ich ihn aufforderte. Ich mußte ihm nur versprechen, dem Grafen nichts von allem zu erzählen. Er würde schweigen wie ein Grab. Der anderen Amme sagte er, sie sollte auch den Mund halten.«

»Was ist aus dem Schriftstück geworden?« fragte Daburon.

»Das besitze ich noch. Ich hab' es mitgebracht, weil der Beamte, der mich zuerst vernommen hat, gesagt hat, es wäre besser, wenn ich es mitbringe. Hier ist es.«

Lerouge zog aus seiner Brieftasche ein vergilbtes, brüchig gewordenes Stück Papier, das er vorsichtig dem Untersuchungsrichter überreichte.

»Ich habe es seit der verfluchten Nacht im Gasthof nicht wieder gelesen.«

Daburon überzeugte sich davon, daß das Blatt eine kurze Darstellung der von Lerouge so umständlich erzählten Ereignisse enthielt und daß diese von vier Unterschriften bestätigt worden waren.

»Das Blatt haben wir. Wo aber sind die beiden Unterzeichner, die ich noch nicht kenne?« fragte der Untersuchungsrichter.

»Germain ist gestorben«, erwiderte Lerouge. »Claudine, das wissen Sie ja, wurde ermordet. Aber die andere Amme lebt noch. Sie heißt Brosette und wohnt im Dorf Commarin.«

»Haben Sie sonst noch etwas auszusagen?« fragte Daburon, nachdem er sich Namen und Adresse der Amme notiert hatte.

»Claudine hat am anderen Morgen versucht, mir das Versprechen abzuluchsen, mein Leben lang nichts von dem zu sagen, was sich in dieser Nacht abgespielt hat. Das Kind von Madame Gerdy lag im Fieber und hat eine große Narbe zurückbehalten.«

»Hat Madame Gerdy von diesen Ereignissen überhaupt je erfahren?«

»Ich weiß es nicht, kann es nicht mit Sicherheit sagen.«

»Was soll das heißen?«

»Das hat mit dem zu tun, was sich später noch alles ereignete, Monsieur.«

»Und was war das?«
»Das betrifft nur mich und...« Lerouge sprach nicht weiter.
»Monsieur Lerouge«, sagte Daburon streng, »ich halte Sie für einen Ehrenmann, auch wenn Sie einmal in Ihrem Leben unter dem Einfluß Ihrer Frau an einem schweren Unrecht beteiligt waren. Sie sind zumindest Mitwisser eines wenigstens geplanten Verbrechens. Machen Sie alles dadurch wieder gut, daß Sie jetzt die volle Wahrheit sagen. Ich versichere Ihnen, daß alles, was in diesem Raum gesprochen wird und nicht mit dem Verbrechen zusammenhängt, unter uns bleibt. Scheuen Sie sich nicht. Und das Peinliche an der Angelegenheit können Sie als Ihre Strafe auffassen.«
»Ich bin, bei Gott, hart genug bestraft worden«, antwortete der Seemann. »Das fing schon bald nach der Nacht im Wirtshaus an. Unrecht Gut gedeihet eben nicht. Als ich wieder zu Hause war, kaufte ich die Wiese. Es stellte sich heraus, daß das Gras sauer war. Claudine ließ jetzt ihren Lastern freien Lauf. Wir aßen immer üppiger, immer öfter wurden bei uns Feste gefeiert. Wenn ich auf See war, lud sie sich das Haus voll mit den übelsten Lumpen. Die bewirtete sie wie die Fürsten. Sie gewöhnte sich ans Trinken, und bald soff sie wie ein Besenbinder. Eines Nachts kam ich unerwartet nach Hause und überraschte sie, wie sie mit dem Bürgermeister im Bett lag. Ich hätte ihn zertreten können wie eine Wanze, aber ich hab' ihn nur am Kragen gepackt und durchs geschlossene Fenster geworfen. Claudine hab' ich verprügelt, bis sie nicht mehr stehen, sitzen oder liegen konnte.«
Der Seemann war offensichtlich von der Erinnerung an

diese Szene überwältigt. Er fuhr sich mit den Fäusten übers Gesicht und sprach mit rauher Stimme.

»Ich hab' ihr verziehen. Ein Mann, der seine Frau erst verprügelt und ihr dann verzeiht, ist ein Trottel. Sie hat sich in Zukunft nur mehr vorgesehen, betrog mich aber nach wie vor. Nachdem Madame Gerdy ihr Kind zurückerhalten hatte, führte meine Frau ein wüstes Leben. Jeder Kerl aus der Gosse war ihr willkommen, wenn ich zur See fuhr. Und ständig waren sie und das Gesindel besoffen. Wenn das Geld alle war, schrieb sie dem Grafen oder seiner Geliebten. Es kam neues, und die Saufereien konnten weitergehen. Und ich kam und kam nicht von ihr los. Ich hatte mich daran gewöhnt, sie abwechselnd zu umarmen und zu verprügeln. In der ganzen Stadt wollte keiner mehr mit mir verkehren. Die dachten alle, ich lebte von den Kerlen meiner Frau. Ein Glück, daß mein Vater das nicht mehr erlebt hat!«

»Wenn Sie eine Pause machen möchten?« sagte Daburon voller Teilnahme.

»Ich muß jetzt alles loswerden. Ich habe, um es kurz zu machen, Claudine dann verlassen. Selbst die Wiese hab' ich verkauft und Claudine das Geld gegeben. Ich wollte mit der ganzen Geschichte nichts mehr zu tun haben. Ich schrieb ihr einen Brief und teilte ihr mit, sie könnte in unserem Haus wohnen, sie sollte aber nicht darauf spekulieren, daß ich jemals zurückkommen würde. Am besten wär's, schrieb ich, sie würde sich als Witwe betrachten. Meinen Jacques nahm ich mit, als ich die Stadt verließ.«

»Wissen Sie, was aus Ihrer Frau wurde, nach Ihrer Abreise?«

»Nein, Monsieur. Ich hab' nur erfahren, daß sie ein Jahr nach mir auch aus der Stadt gegangen ist.«
»Und Sie haben sie nie mehr gesehen?«
»So ist es.«
»Aber drei Tage vor dem Mord sind Sie doch in ihrem Haus gewesen?« fragte Daburon scharf.
»Das stimmt, Herr Richter. Aber ich war nicht zu meinem Vergnügen da. Erst einmal war es sehr schwierig, überhaupt zu erfahren, wo sie wohnt. Zum Glück konnte ich mir die Adresse von Madame Gerdy besorgen. An die schrieb ich, und von ihr erfuhr ich, daß Claudine in Jonchère lebte. Ein Freund von mir, Kapitän Gervaise, nahm mich auf seinem Schiff mit. Ach, es war schon erschütternd, sie wiederzusehen. Sie erkannte mich nicht. Vielleicht glaubte sie inzwischen selbst, daß sie Witwe und ich tot war. Als sie meinen Namen hörte, hat sie sich aber hingesetzt, kann ich Ihnen sagen. Neben ihr stand eine große Flasche Cognac.«
»Warum haben Sie Ihre Frau denn überhaupt aufgesucht?«
»Es ging um Jacques. Der war inzwischen ein Mann geworden, und er wollte heiraten. Dazu brauchte er auch die Zustimmung seiner Mutter. Ich hatte eine von einem Notar aufgesetzte Urkunde bei mir. Die hat Claudine dann unterschrieben. Hier ist sie.«
Daburon interessierte sich für das Dokument nicht, gab sich aber so, als vertiefe er sich in seinen Inhalt.
»Was glauben Sie«, fragte er plötzlich, »wer Ihre Frau umgebracht haben könnte?«
Der Seemann schwieg.
»Haben Sie denn gar keinen Verdacht?«

»Was weiß ich. Vielleicht ist sie den Leuten, die sie dauernd geschröpft hat, lästig geworden. Oder sie hat im Suff zuviel gequatscht.«
Der Untersuchungsrichter war zufrieden mit der Befragung. Er hatte soviel wie möglich aus Lerouge herausgeholt. Er verabschiedete ihn, nachdem er ihn angewiesen hatte, sich in einem Hotel zur Verfügung des Gerichts zu halten. Die Unkosten würden ihm ersetzt.
Kaum hatte der Seemann das Zimmer verlassen, als etwas Ungewöhnliches geschah. Constant, der hölzerne, sture, gefühllose Protokollant, brach nach fünfzehn Jahren sein Schweigen, um eine eigene Ansicht vorzutragen.
»Dieser Fall, möchte ich behaupten«, sagte er, »ist eine ganz außergewöhnliche Angelegenheit.«
»Da haben Sie recht, Constant«, erwiderte Daburon, nachdem er sich von seinem Staunen erholt hatte. »Alle Prognosen und Vorurteile sind über den Haufen geworfen worden.«
Und er dachte daran, wie er noch gestern geglaubt hatte, einen simplen Mordfall zu bearbeiten, in dem es nur noch darauf ankam, das Geständnis des Mörders zu erlangen.
Zum Glück war nichts so falsch angefaßt worden, daß es nicht wieder hätte rückgängig gemacht werden können. Daburon schauderte, als er daran dachte, daß ihn nur der Zufall vor noch größerer Verwicklung in den Irrtum bewahrt hatte. Und er nahm sich fest vor, daß es sein letztes Verfahren als Untersuchungsrichter sein sollte.
Die Leidenschaft für seinen Beruf war erloschen.

Claires harte Worte hatten seine alten Wunden aufgerissen. Er fühlte, sein Leben war verfehlt.

Indessen wandte er sich entschlossen wieder seiner Arbeit zu, ohne danach zu fragen, was wohl aus ihm werden mochte, wenn er seinen Beruf aufgegeben hatte.

Ob Albert nun schuldig war oder nicht: Ihm gebührte der Titel des Grafen de Commarin. Aber der Mörder konnte er auch nicht sein. Er, Daburon, mußte so schnell wie möglich mit dem alten Grafen sprechen. Und er erteilte Constant den Befehl, diesen sofort holen zu lassen.

Der Untersuchungsrichter war sich bewußt, daß er eine ihm peinliche Pflicht würde erfüllen müssen. »Monsieur«, das würde er zu erklären haben, »ich bin von einem Irrtum befangen gewesen. Albert ist doch Ihr legitimer Sohn.« Vielleicht, so überlegte er, würde ihm die Mitteilung, daß Albert unschuldig sei, die Aufgabe ein wenig erleichtern.

Dann mußte auch Noel die Wahrheit erfahren, eine Wahrheit, die ihn aus allen Träumen reißen würde. Vielleicht fand sich der alte Graf zu einer finanziellen Entschädigung für ihn bereit.

Wenn aber Albert unschuldig war, wer konnte dann der Mörder sein?

Ein vager Verdacht kam Daburon. Doch er wies ihn sogleich als unsinnig zurück. Allein, er drängte sich wieder auf, immer wieder, sooft er ihn auch zu unterdrücken versuchte, und als der Graf de Commarin sein Büro betrat, hatte er schon feste Gestalt angenommen.

17.

Nach seinem vergeblichen Plädoyer für Albert hatte Vater Tabaret zu handeln begonnen, mit der ihm eigenen Hartnäckigkeit und ganz auf sich allein gestellt. Da Geld bei ihm keine Rolle spielte, hatte er ein Dutzend Detektive engagiert und war mit diesen und Lecoq nach Bougival gefahren. Haus für Haus hatte er in der ganzen Gegend abgesucht, und nun zeichneten sich erste Erfolge ab.

Der Mörder, das stand jetzt für ihn fest, war nicht in Rueil ausgestiegen, wie das die Einheimischen zu tun pflegten, sondern in Chatou. Der Stationsvorsteher erinnerte sich an einen jungen, dunkelhaarigen Mann mit Schnurrbart, der einen Mantel trug und einen Schirm bei sich gehabt hatte. Um acht Uhr fünfunddreißig abends war dieser junge Mann angekommen und war im Eilschritt in Richtung Bougival gegangen. Zwei Männer aus Marly und eine Frau aus Malmaison hatten ihn auf dem Weg gesehen, und ihnen war sein schneller Schritt aufgefallen. Außerdem, so sagten sie aus, hätte er geraucht. Dann hatte ihn der Zöllner an der Seine-Brücke in Bougival bemerkt, als er sie, ohne den Brückenzoll zu zahlen, überqueren wollte. Der Beamte war ihm hinterhergelaufen und hatte ein Zehnsoustück erhalten. Der Mann aber hätte nicht auf die Herausgabe des restlichen Geldes gewartet, sondern war im Geschwindschritt weitergegangen.

Ferner konnte sich der Stationsvorsteher vom Bahnhof in Rueil erinnern, daß ein Mann, der ganz außer Atem war, in letzter Minute vor Abgang des Zugs um zehn Uhr fünfzehn ein Billett zweiter Klasse nach Paris gekauft hatte. Seine Beschreibung des Passagiers stimmte mit der des Beamten in Chatou und des Brückenzöllners überein.

Vervollständigt wurde die Reihe der Zeugen durch einen Bäcker aus Asnières, der mit dem bisher noch Unbekannten im selben Abteil gefahren war und der Tabaret schrieb, er wolle ihn am Montagmorgen aufsuchen.

Solche Erfolge sozusagen in der Tasche, ging Tabaret am Montagmorgen in die Rue de Jerusalem, wo er etwas über das Vorleben der Madame Lerouge zu erfahren hoffte. Die Ermittlungen hatten aber noch zu keinem Erfolg geführt. Dafür traf er, nachdem er auf der Treppe Daburon abgeschüttelt hatte, in einem der endlosen Korridore auf Gevrol und den Mann mit den Ohrringen.

Der Chef der Detektive begrüßte den Alten mit deftigem Spott.

»Na, Sie Schnüffler!« rief er. »Haben Sie wieder was Besonderes rausgekriegt, womit Sie mich endlich von meinem Stuhl fegen können?«

»Machen Sie sich nur über mich lustig«, sagte Tabaret zum Erstaunen Gevrols mit einer Leidensmiene. »Ich habe es nicht besser verdient.«

»Ist Ihnen wieder mal was Exquisites gelungen, mein alter, allzu alter Freund?«

»Reden wir nicht davon.« Traurig schüttelte Tabaret den Kopf. »Mir ist es gelungen, einen Unschuldigen hinter Gitter zu bringen. Und jetzt will ihn das Gericht nicht wieder rausrücken.«

Gevrol rieb sich befriedigt die Hände.

»Einmalig, so etwas, unwiederholbar! Ein Stümper,

wer einen Verbrecher ins Kittchen bringt. Das kann jeder. Aber einen Unschuldigen so reinzureißen, daß man ihn nicht wieder rauskriegt, das nenne ich Kunst, Mein Kompliment, Vater Tabaret. Ich bewundere Ihr Genie.« Gevrol lüftete den Hut.

»Seien Sie nicht so streng mit mir«, bat der Alte. »Sie wissen doch, daß ich trotz der grauen Haare ein Anfänger in diesem Beruf bin. Ich habe mich überschätzt und das dann zu spät gemerkt. Mir sind ein paar Erfolge zu Kopf gestiegen. Sie waren mir immer voraus, Gevrol. Also haben Sie die moralische Pflicht, mir zu helfen, statt zu lachen. Stehen Sie mir mit Ihren Erfahrungen und Ihrem Rat zur Seite.«

Diese Rede war ganz nach Gevrols Geschmack. Sie schmeichelte seiner Eitelkeit, denn er hielt doch ziemlich viel von den Fähigkeiten des Alten, auch wenn er sich eher einen Finger abgebissen hätte, als das zuzugeben.

»Sie spielen wohl auf den Mord in Jonchère an?« sagte er freundlich, fast gönnerhaft.

»Auf was denn sonst? Ich wollte die Sache allein machen, ohne Sie. Das ist mir übel bekommen.«

Während er vor dem Chefdetektiv katzbuckelte, dachte er: Friß nur meine Schmeicheleien. Ich habe noch mehr davon auf Lager. Hauptsache, du tust, was ich will.

Gevrol rieb den Zeigefinger unter der Nase hin und her, schob die Unterlippe vor und murmelte etwas Unverständliches. Es machte ihm Spaß, den Alten zappeln zu lassen.

»Nur Mut, Tabaret«, sagte er, nachdem er sich lange genug den Anschein des Nachdenkens gegeben hatte. »Ich bin ja doch gar nicht so. Wenn ich kann, will ich

Ihnen gern unter die Arme greifen. Nur heute, leider, geht das nicht, heute habe ich zuviel zu tun. Wenn Sie mich morgen mal aufsuchen würden, dann könnten wir alles besprechen. Wissen Sie übrigens, wer der Zeuge ist, den ich aufgestöbert habe?«

»Nein.«

»Der Ehemann der Lerouge.«

»Machen Sie keine faulen Späße mit mir!«

»Das ist kein Spaß. Fragen Sie ihn doch, wie er heißt und mit wem er verheiratet war.«

»Aber Madame Lerouge war doch Witwe!« rief Tabaret.

»Ihr glücklicher Gatte ist jetzt Witwer.«

»Aber das ist ja ...« Tabaret fehlten die Worte. »Hat er etwas Wichtiges auszusagen?«

»Und ob!«

Fröhlich und kurz teilte Gevrol seinem Rivalen die Geschichte, die Lerouge dem Richter vortragen würde, mit.

»Nun? Ist das eine Geschichte?« fragte er strahlend, als er mit dem Bericht zu Ende war.

»Sie haben recht: Das ist eine Geschichte!« Tabaret blickte besorgt und nachdenklich drein. »Was soll ich dazu sagen?«

»Sic sehen aus, als hätte Ihnen ein Pferd ins Kreuz getreten. Kopf hoch, Tabaret.«

»Ach, lieber Gott!« Tabaret fiel der Bäcker aus Asnières ein, der am Morgen in seine Wohnung kommen wollte. »Mein Bäcker! Adieu, Gevrol, bis morgen.«

»Bei dem ist ein Sparren locker«, sagte Gevrol, als er den Alten den Korridor herunterhasten sah.

Das also ist bei alledem herausgekommen, dachte

Tabaret, als er die Treppen des Justizpalastes hinunterging. Noel wird nicht gerade entzückt sein. Aber er soll sich nichts daraus machen. Ich adoptiere ihn, wenn er will. »Tabaret«, das hat zwar nicht das Gewicht von »Commarin«, aber schließlich ist es auch ein Name. Gevrols Geschichte ändert allerdings Alberts Lage kaum. Daß er der legitime Sohn ist, beweist nicht seine Unschuld. Denn weder er noch sein Vater dürften von dieser überraschenden Tatsache etwas wissen. Nur Madame Gerdy muß gewußt haben, daß Noel nicht mit Albert vertauscht worden ist. Sie hatte ja das Erkennungszeichen. Als Noel ihr dann die Briefe des Grafen brachte, wird sie ihm erklärt haben...

Mit einem Ruck blieb Vater Tabaret stehen, vor Entsetzen über den Gedanken, der ihm gekommen war. Nein, sagte er sich. Das kann nicht sein. Noel der Mörder der Madame Lerouge, weil er ihrem Geständnis zuvorkommen wollte, daß die Vertauschung niemals stattgefunden hat! Verbrannte er deshalb die Briefe und Papiere der alten Frau, die das bewiesen hätten?

Sofort wies er den Gedanken von sich.

Das habe ich nun von meiner Liebe zur Kriminalistik, schalt er sich. Ich verdächtige Noel, meinen besten Freund, die Liebe meines Alters, meinen Erben, diesen korrekten, ehrlichen Menschen. Ein Mann wie er müßte von einer alles verzehrenden Leidenschaft befallen sein, um so etwas zu vollbringen. Aber er hatte nur zwei Leidenschaften: seine Mutter und seinen Beruf. Ich Hornochse! Kann ich es denn nicht lassen, Menschen zu verdächtigen. Ist mir nicht der Fall Albert de Commarin Lehre genug gewesen?

Doch er mochte sich mühen, wie er wollte, er wurde den

schrecklichen Gedanken nicht mehr los. Immer wieder stieg quälend die Frage in ihm auf: »Könnte es Noel sein?«

Vor seinem Haus wartete ein elegantes blaues Coupé. Hallo, dachte Tabaret, da hat aber einer vornehmen Besuch bekommen!

Im selben Moment sah er Clergeot das Haus verlassen, und dessen Anwesenheit bedeutete sicher finanziellen Ruin, wie der Besuch des Beerdigungsunternehmers mit Sicherheit auf einen Todesfall schließen läßt. Tabaret, der schon seines kriminalistischen Steckenpferdes wegen den Wucherer gut kannte, rief ihm zu: »Na, Sie alter Halsabschneider? Was haben Sie denn in meinem Hause zu tun? Doch wohl nichts Geschäftliches?«

Clergeot liebte solcherart Vertraulichkeit gar nicht, antwortete kurz: »Wahrscheinlich« und wollte weitergehen.

Tabaret aber ließ sich nicht abschütteln und fragte: »Wer ist denn gerade dran, von Ihnen zugrunde gerichtet zu werden?«

»Ich richte niemanden zugrunde!« antwortete Clergeot eisig. »Konnten Sie sich jemals in geschäftlicher Hinsicht über mich beklagen? Ich an Ihrer Stelle würde den jungen Anwalt da oben, mit dem ich momentan zu tun habe, einmal fragen, ob er es bedauert, daß er meine Bekanntschaft gemacht hat.«

Vater Tabaret fiel aus allen Wolken. Sein korrekter, sparsamer Noel war ein Kunde dieses Wucherers? Vielleicht war er auch nur in einer momentanen Verlegenheit. Dann aber dachte Tabaret an die fünfzehntausend Francs vom Donnerstag.

»Ja, ich weiß, der Junge gibt eine Stange Geld aus.«
Jetzt lag Tabaret daran, Clergeot aus der Reserve zu locken.
»Für sich selber tut er's ja nicht. Das Geldausgeben besorgt die Kleine, die er sich da angelacht hat. Das ist ein Weib, sage ich Ihnen, die selbst den Teufel mit Haut und Haar fressen und verdauen könnte.«
So hatte also Noel eine Freundin? Dazu noch eine, von der sogar Clergeot mit Verachtung sprach. Und sie war verschwenderisch? Tabaret schwindelte es. Aber er ließ es sich vor Clergeot nicht anmerken, versuchte vielmehr, ihn noch weiter ins Gespräch zu ziehen.
»Das weiß doch jeder«, sagte er so ungezwungen wie möglich. »Jugend kennt eben keine Tugend. Aber was mich interessiert: Was gibt denn der Lümmel so im Jahr für seine Mätresse aus?«
»Das kann ich nicht sagen. Ich weiß nur, daß er den Fehler gemacht hat, ihr kein Limit zu setzen. Nach meinem Überschlag muß sie ihn in den vier Jahren, seit er sie als Freundin hat, eine halbe Million Francs gekostet haben.«
Eine halbe Million!
Vater Tabarets Mund blieb offenstehen. Wenn das stimmte, dann war Noel ruiniert. Und dann ...
»Eine ganz anständige Summe«, brachte er mit Anstrengung über die Lippen. »Aber schließlich hat er Vermögen, und er ist überall kreditwürdig.«
»Der?« Clergeot lachte kurz. »Da ist nicht mehr so viel.« Und er schnippte den Daumen gegen den Zeigefinger. »Der ist am Ende. Aber wenn er Ihnen Geld schuldet, seien Sie beruhigt. Der Fuchs will eine gute Partie machen. Daraufhin habe ich ihm eben erst einen

Wechsel über sechsundzwanzigtausend Francs prolongiert. Auf Wiedersehen, Monsieur Tabaret!«

Tabaret blieb wie versteinert zurück. Bitter stieg ihm der Kummer in die Kehle, wie einem Vater, wenn er einsehen muß, sein Sohn könnte ein Gauner und vielleicht sogar Ärgeres sein.

Verzweifelt wehrte er sich gegen diese Vorstellung. Wußte er denn überhaupt, ob dieser Halsabschneider nicht log? Leuten von seinem Kaliber war das Böseste zuzutrauen.

Als er durch die Haustür gehen wollte, versperrte ihm eine schöne, junge Brünette, ganz in Seide und Spitzen gehüllt, den Weg, huschte an ihm vorbei und sprang in die blaue Chaise.

Tabaret war noch immer ein Verehrer weiblicher Schönheit, und das Mädchen war wirklich entzückend. Aber er hatte heute keinen Blick für das Graziöse. Ihn interessierte mehr der Pförtner, der mit dem Hut in der Hand vor seiner Loge stand und verzückt auf ein Zwanzigfrancstück blinzelte.

»Das war wirklich eine Dame«, sagte der Pförtner. »Monsieur, wenn Sie fünf Minuten früher gekommen wären...«

»Was wäre dann?« unterbrach ihn Tabaret.

»Dann hätten Sie hören können, wie sie mir ein paar Fragen gestellt hat. Über Monsieur Gerdy. Und zwanzig Francs hat sie mir gegeben. Für die Mühe. Sieht so aus, als wollte Monsieur Gerdy heiraten. Das hat sie, die Dame, meine ich, in Brast gebracht. So eine wie die würde ich ja nicht sausen lassen. Jetzt versteh' ich auch, warum er nachts so oft abhaut.«

»Wer? Monsieur Gerdy?«

»Natürlich. – Aber ich will nichts gesagt haben. Scheint so, als sollte es niemand wissen. Er hat sich von mir ja auch nicht die Haustür aufsperren lassen. Nie. Immer hintenraus ist er, durch die kleine Tür. Wollte mich nicht stören...«

Die letzten Worte hörte Tabaret schon nicht mehr. Er lief die Straße hinunter.

»Sieh da, der Alte! Läuft noch immer hinter den Weibern her«, sagte der Portier.

Und damit hatte der Portier gar nicht so unrecht. Tabaret verfolgte wirklich das blaue Coupé mit der Dame, die ihm wahrscheinlich einiges erzählen konnte, was er wissen wollte. Jetzt war die Gelegenheit, alles über Noel zu erfahren, zum Greifen nahe.

Doch sosehr er sich auch mühte, der Abstand zwischen dem Wagen und ihm vergrößerte sich zusehends. Zum Glück stieß er in der Rue de Trouchet auf eine vorbeifahrende leere Droschke. Er schwang sich aufs Trittbrett und rief, völlig außer Atem, dem Kutscher zu: »Das blaue Coupé dahinten! Schnell dem nach! Zwanzig Francs!«

»Wird gemacht!« sagte der Kutscher, nachdem er einen kritischen Blick auf seinen eiligen Fahrgast geworfen hatte. Ein eifersüchtiger Ehemann, der hinter seiner Alten her ist, dachte er. »Hü, alte Zosse!«

Es dauerte einige Zeit, bis Tabaret wieder zu Atem kam. Jetzt ärgerte er sich, wie ein Irrer hinter einem Wagen hergelaufen zu sein, anstatt Clergeot nach der Adresse gefragt zu haben.

Plötzlich sprang er im Wagen auf, hielt sich am Kutschbock fest und rief: »Wo ist das blaue Coupé? Ich sehe es nicht mehr!«

»Aber ich!« entgegnete der Kutscher. »Das ist ein verdammt gutes Pferd da vorn.«
»Sorgen Sie dafür, daß Ihres besser wird. Ich biete Ihnen vierzig Francs!«
Vierzig Francs! Der Kutscher drosch unbarmherzig auf seine alte Mähre ein. Daß so ein häßlicher alter Knabe noch so eifersüchtig sein kann.
An der Chaussee d'Antin hatte das Coupé nur noch einen Vorsprung von etwa dreißig Metern. Wenig später wandte sich der Kutscher zu Tabaret um.
»Das Coupé hält«, sagte er.
»Dann halten Sie auch, und warten Sie, bis es wieder abfährt.«
Die junge Dame stieg aus, überquerte die Straße und verschwand in einer Handlung für Seidenwaren und Spitzen.
Aha, hier ist also eins der Gräber für Noels Vermögen, dachte Tabaret. Eine halbe Million in vier Jahren! Kaum zu glauben.
Die nächste Station für das Coupé war wenig später ein Antiquitätenladen.
Kauft die denn ganz Paris leer? Vater Tabaret geriet in Rage. Wenn Noel etwas mit dem Mord in Jonchère zu tun hat, dann hat sie ihn auf dem Gewissen. Da werden wohl geradc meine fünfzehntausend unter die Leute gebracht. Wenn er die alte Lerouge wegen des Gelds ermordet hat, wäre er wirklich ein gemeiner Schurke. Wie kann sich jemand nur so verstellen? Und ich wollte ihn zu meinem Erben machen! Kommt denn dieses Frauenzimmer nicht mehr aus dem Laden?
Es hatte keine Eile, dieses Frauenzimmer. Das Wetter war schön, man sah ihr nach. Sie empfand Freude

daran, sich zu zeigen. Ihr Wagen hielt noch vor drei oder vier Geschäften, und jedesmal trat sie vollbepackt auf die Straße. Dann ließ sie sich noch in ein Café fahren.

Jetzt raste Tabaret bereits vor Zorn. Ungeduldig stampfte er mit den Füßen gegen den Boden der Droschke. Am liebsten wäre er ausgestiegen, hätte sie am Arm gepackt und sie angebrüllt: Ab nach Hause, du mieses Weibsstück! Du weißt wohl nicht, daß dein Freund wahrscheinlich einen Mord begangen hat, weil du ihm das Blut ausgesogen hast?

Nach einer Ewigkeit verließ sie das Café und bestieg wieder ihren Wagen. In der Rue de Provence ließ sie sich vor ihrer Wohnung absetzen.

»Hier wohnt sie also.« Vater Tabaret stieß einen Seufzer der Erleichterung aus.

Er stieg vom Wagen, gab dem Kutscher die versprochenen vierzig Francs, bat ihn zu warten und eilte der Frau nach. Er fragte den Pförtner nach dem Namen der jungen Dame, die soeben vorübergegangen sei.

»Sie heißt Juliette Chaffour, wohnt in der zweiten Etage.«

Dann saß Vater Tabaret in Madame Juliettes Salon. Die Zofe sagte, Madame zöge sich um und würde gleich erscheinen.

Der Luxus, der ihn hier umgab, verschlug Tabaret den Atem. Alles war wertvoll und schön. Er schätzte, daß allein der Krimskrams auf dem Kaminsims mindestens zwanzigtausend Francs gekostet hatte. Clergeot hatte fürwahr nicht übertrieben.

Juliettes Eintritt unterbrach seine Musterung. Sie hatte einen schwarzseidenen Morgenrock übergeworfen; das offene Haar fiel ihr in weichen Wellen auf die Schultern. Tabaret war tief beeindruckt von ihrer Erscheinung. Da kann man schon den Kopf verlieren, dachte er.

»Sie wünschen, Monsieur?« sagte sie und neigte anmutig den Kopf.

»Ich bin ein Freund von Noel Gerdy, Madame, sozusagen sein bester Freund.«

»Nehmen Sie doch Platz.«

Sie bot Tabaret einen Sessel an, während sie sich auf ein Sofa setzte.

»Madame«, sagte Tabaret, nachdem er seine Blicke von den schönen Füßen in den seidenen Pantoffeln losgerissen hatte, »ich komme in einer ernsten Angelegenheit. Sie waren heute bei Monsieur Gerdy zu Haus.«

»Ich kann mir schon denken, was Sie von mir wollen. Sie sind von Noel geschickt, um mir die Leviten zu lesen. Ich weiß, er mag nicht, daß ich ihn besuche. Er hat es mir sogar streng verboten. Und ich habe mich gefügt, bisher. Aber sagen Sie selbst, Monsieur: Muß es einem nicht auf die Nerven gehen, einen Freund zu haben, über den man nichts weiß, als daß er für gewöhnlich einen schwarzen Mantel und eine weiße Krawatte trägt?«

»Sie waren unvorsichtig.«

»Warum soll ich noch vorsichtig sein, wenn ich höre, daß er heiraten will?«

»Woher wollen Sie das wissen?«

»Von Clergeot. Und wenn es auch keine Heirat ist, ihm geht etwas Ungewöhnliches im Kopf herum. In der letzten Zeit ist er kaum wiederzuerkennen.«

Tabaret ging es vor allem darum, zu erfahren, ob sich Noel ein Alibi für den Abend der Tat zurechtgezimmert hatte. Die Frage war für Tabaret entscheidend. Wenn er das getan hatte, dann war er schuldig; wenn nicht, dann konnte er unschuldig sein. Juliette, glaubte er, konnte ihm hier am ehesten weiterhelfen.

»Wollen Sie die Heirat denn verhindern?«

»Seine Heirat verhindern!« Juliette lachte. »Soll er doch heiraten, der brave Noel. Je früher ich nichts mehr von ihm höre, desto besser ist es für mich.«

»Sie lieben ihn also nicht?« fragte Tabaret.

»Das war einmal, Monsieur. Ich hab' ihn sogar sehr lieb gehabt. Vier Jahre lang dieses Leben zu führen, das war zuviel. Ich habe zuviel Freude am Leben, um mich schon lebendig einsargen zu lassen. Ich hätte mich bald von ihm getrennt, wenn er mich von sich aus nicht verläßt. Muß ich mir einen Freund aufbürden, der sich meiner schämt, der mich versteckt hält?«

»Wenn ich mich in Ihrem Salon umsehe, Madame, so erkenne ich nichts von seiner Verachtung für Sie«, antwortete Tabaret, um Juliette aus der Reserve zu locken.

»Ja, Monsieur, er gibt sehr viel für mich aus, das meinen Sie doch wohl? Er behauptet sogar, er hat sich meinetwegen ruiniert. Auch das ist möglich. Aber was geht das mich an? Wenn ich weniger Geld, dafür mehr Liebe bekäme, ich wäre glücklich. Meine Extratouren kommen doch nur aus der Langeweile, aus einem sinnlosen Leben. Ihr Monsieur Gerdy behandelt mich wie eine Hure. Muß ich mich da nicht auch so benehmen? Wir haben uns gegenseitig nichts vorzuwerfen.«

»Aber er verehrt Sie.«
»Er schämt sich meiner. Er hält mich verborgen, wie man ein Verbrechen verbirgt. Monsieur, Sie sind der erste seiner Freunde, mit dem ich mich unterhalte. Nicht einmal ist er mit mir ausgefahren. Wahrscheinlich denkt er, damit legt er keine Ehre ein. Nehmen Sie nur den Dienstag vergangener Woche. Da sind wir ins Theater gegangen. Natürlich hatten wir eine separate Loge. Und was geschah? Ich saß den ganzen Abend allein in der Loge. Er verschwand einfach, noch ehe die Vorstellung begann.«
»Und Sie mußten allein nach Hause fahren?«
»Das nicht. Gegen Schluß des Stücks, so gegen Mitternacht, hatte ich wieder die Ehre seiner Gesellschaft. Und weil Karneval war, sind wir noch auf den Opernball gegangen. Denken Sie, er hätte dort einmal seine Maske gelüftet? Beim Diner mußte ich so tun, als kenne ich ihn nicht. Seine Freunde sollten nichts merken.«
Also doch ein zusammengezimmertes Alibi!
Juliette war so sehr mit sich selbst und ihren eigenen Gedanken beschäftigt, daß sie nicht sah, wie Tabaret blaß wurde.
»Ich hoffe, Sie haben sich trotzdem amüsiert«, sagte er mit Mühe.
»Amüsiert?« Juliette zog verächtlich eine Braue hoch. »Sie hätten ihn kaum wiedererkannt. Er war betrunken wie ein Clochard. Dabei verträgt er nichts. Er redete dummes Zeug und fand nichts mehr, weder Mantel noch Schirm, Portemonnaie, Zigarrenetui ...«
Tabaret konnte sich das nicht länger anhören. Mit einem Satz war er aus dem Sessel, stürzte, ohne sich zu

verabschieden, zur Tür und schrie: »Er ist es! Dieser Schurke! Aber er entkommt mir nicht!«
Juliette klingelte entsetzt nach ihrer Zofe.
»Ich glaube«, sagte sie voller Angst, »ich habe etwas Schlimmes angerichtet. Ich weiß auch nicht, aber ich muß da etwas gesagt haben, was ich nicht hätte sagen dürfen. Das war kein Freund von Noel. Der alte Kerl wollte mich nur aushorchen. Und ich bin ihm auch in die Falle gegangen. Was ihn so in Wut gebracht hat, weiß ich nicht. Aber ich muß Noel warnen. Am besten ist es, ich schreibe ihm ein paar Zeilen. Sieh dich inzwischen nach einem Boten um.«
Tabaret stieg in die noch immer wartende Droschke und dirigierte den Kutscher zur Polizeipräfektur.
Tabarets grenzenloses Vertrauen schlug in ebenso grenzenlosen Haß um. Er fühlte sich von einem abgefeimten Verbrecher aufs gemeinste hintergangen. Dieser Bursche war ja nicht nur ein Mörder. Er hatte alles so in Szene gesetzt, daß der Verdacht auf einen Unschuldigen fallen mußte. Und wer weiß – vielleicht hatte er auch noch den Tod seiner Mutter auf dem Gewissen.
Noel dem Gericht so schnell wie möglich zu überantworten, dieser Gedanke beherrschte Tabaret.
Alle diese Sachen, die er auf dem Ball vermißte, hatte Noel natürlich in der Eisenbahn liegenlassen. Er mußte ja so schnell wie möglich wieder bei seiner Geliebten sein, um sein Alibi zu stützen. Hoffentlich ist er nicht auf die Idee gekommen, die verlorenen Gegenstände unter einem falschen Namen abholen zu lassen. Dann habe ich einen Beweis weniger gegen ihn. Was Madame Chaffour aussagen wird, reicht kaum aus. Wenn sie

überhaupt aussagt! Die braucht bloß Wind davon zu bekommen, daß ihr Galan in der Klemme sitzt, und sie streitet alles ab, was sie mir erzählt hat.

Als die Kutsche die Rue Richelieu hinunterfuhr, bekam Tabaret einen Herzanfall.

Ich darf jetzt nicht sterben, dachte er wieder und wieder. Nein! Sonst entkommt Noel, und außerdem beerbt er mich noch!

Als er das Schild eines Arztes sah, ließ er halten. Der Arzt gab ihm eine Pille, die nach kurzer Zeit wirkte. So konnte er die Fahrt fortsetzen.

Er ließ sich auf der Präfektur die nötigen Vollmachten geben und begab sich zum Fundbüro der Eisenbahn. Tabaret hatte sich nicht geirrt. In der Nacht auf Aschermittwoch hatte man in einem Abteil zweiter Klasse des Zuges Nr. 45 einen Mantel und einen Schirm gefunden. Beide erkannte er wieder: Sie gehörten Noel. In den Manteltaschen fand er unter anderem ein Paar schmutzige und zerkratzte graue Lederhandschuhe und eine unbenutzte Rückfahrkarte von Chatou nach Paris.

Ohne sich eine Atempause zu gönnen, ließ er sich zum Justizpalast fahren. Noel mußte sofort verhaftet werden! Hoffentlich traf er Daburon noch an.

Er hatte Glück. Daburon arbeitete noch trotz der späten Stunde in seinem Büro. Er war gerade damit fertig geworden, den Grafen de Commarin mit der Aussage von Pierre Lerouge bekannt zu machen, als Tabaret ins Zimmer stürzte, ohne den Besucher zu beachten.

»Monsieur Daburon!« Die Hast und die Aufregung nahmen ihm für Sekunden die Luft zum Sprechen. »Wir haben ihn, den wirklichen Mörder! Es ist Noel Gerdy, mein Adoptivsohn, mein Erbe. Noel!«

»Noel!« wiederholte Daburon. Unwillkürlich stand er auf. »Ich hatte es vermutet«, fügte er hinzu.
»Sie müssen sofort einen Haftbefehl ausstellen«, fuhr Tabaret fort, »zögern Sie keine Minute. Sonst entkommt er uns. Wenn seine Freundin ihn noch warnen kann, weil ich bei ihr gewesen bin, dann weiß er bald, daß alles entdeckt ist. Schnell, Monsieur! Schreiben Sie den Haftbefehl aus.«
Vergebens bemühte sich Daburon, von Tabaret eine nähere Erklärung all der Vorgänge, von denen er sprach, zu bekommen. Der Alte fiel ihm schon ins erste Wort.
»Das erkläre ich Ihnen später. Denken Sie daran, daß ein Unschuldiger noch immer in Haft ist.«
»Ich habe soeben seine Freilassung angeordnet«, sagte Daburon. »Aber zurück zu Noel Gerdy...«
In ihrem Eifer hatten die beiden Männer nicht bemerkt, daß der Graf de Commarin aus dem Zimmer gegangen war.

18.

Noel hatte seinem Vater und Claire zwar versprochen, alles zu unternehmen, um Alberts Freilassung zu erwirken, und er sprach auch mit einigen Leuten im Justizpalast. Doch es gelang ihm, den Fall in einem solchen Licht darzustellen, daß sein Antrag stets abgelehnt wurde.
Am Nachmittag gegen vier Uhr fand er sich im Palais de Commarin ein, um dem Grafen über seine Tätigkeit zu berichten.

»Der Graf ist ausgegangen«, sagte Denis. »Wenn Sie warten wollen...«
»Ich warte.«
»Dann, Monsieur, folgen Sie mir. Ich habe Anweisung, Sie in das Arbeitszimmer des Grafen zu führen.«
Dieser simple Satz eines Lakaien ließ Noel bewußt werden, welch eine Wandlung in seinem Leben eingetreten war. Er war von nun an im Palais zu Haus, war mit dem Grafen Herr über dieses Schloß, er war der Erbe. Die Ahnentafel über dem Kamin fesselte seine Aufmerksamkeit. Er trat an sie heran, las voller Behagen die Reihe der klangvollen Namen, die mit Frankreichs Geschichte eng verbunden waren. Er war ausersehen, diese Reihe fortzusetzen. Ein überwältigendes Gefühl des Stolzes ließ sein Herz schneller schlagen. Das war der Höhepunkt seines Lebens.
»Ich bin ein Graf de Commarin«, sagte er leise und voller Triumph vor sich hin.
Als er die Tür leise in den Angeln knirschen hörte, wandte er sich um und verbeugte sich tief vor dem eintretenden Grafen. Aber er erstarrte, als er sich wieder aufgerichtet hatte und ein Gemisch von Haß, Wut und Verachtung auf den Zügen seines Vaters bemerkte.
Er wußte sofort: Alles war verloren.
»Du Dreckskerl«, schrie der Graf. Er warf seinen Spazierstock in eine Ecke, um nicht in Versuchung zu kommen, Noel zu schlagen. Der durfte ihm keinen Schlag wert sein.
Für Sekunden lag tödliches Schweigen über dem Raum, ehe Noel sich ein Herz faßte.
»Monsieur...«, begann er.

»Ich will kein Wort von dir hören! Ja, du bist mein Sohn, und Gott möge es mir nicht anrechnen, daß dem so ist. Aber zweifeln kann ich wohl nun nicht mehr. Aber du wußtest auch, daß du der Sohn von Madame Gerdy bist! Du gemeines Aas hast nicht nur einen Mord auf dein Gewissen geladen. Du hast einen Unschuldigen mit diesem Verbrechen belastet. Mörder! Ja, auch Mörder deiner Mutter!«

Als Noel eine Bewegung des Protestes machte, wischte der Graf sie weg, wie man eine lästige Fliege verscheucht.

»Ja, du hast auch sie getötet! Jetzt ist mir alles klar. Sie war heute morgen bei Verstand, und du wußtest, was sie sagen wollte. Du hast nämlich an der Tür gelauscht. Dein Schicksal hing an *einem* Wort aus ihrem Mund. Du mußtest ins Zimmer kommen, denn du konntest dir die Wirkung deines plötzlichen Eintritts auf die arme Frau ausmalen. Und du warst es, dem ihr letztes Wort galt: Mörder! Wir waren dumm genug, das nicht zu begreifen.«

Noel hatte sich soweit wie möglich von dem tobenden Grafen zurückgezogen. Er stand bleich da, den Kopf an die Wand gelehnt. Unstet wanderten seine Blicke im Raum umher; sein Gesicht spiegelte die Angst des überführten Verbrechers.

»Ich weiß alles, aber nicht ich allein. In dieser Stunde ist ein Haftbefehl gegen dich unterwegs.«

Noel stieß einen Schrei aus, in dem Schrecken und Wut lagen.

Unbeeindruckt ging der Graf zu seinem Schreibtisch.

»Ich müßte dich eigentlich dem Gericht übergeben«, sagte er. »Aber bei dem Gedanken daran, daß ich dein

Vater bin... Hier, schreib dein Schuldbekenntnis. In dieser Schublade findest du einen Revolver. Der Himmel möge dir vergeben!«
Als Rheteau de Commarin das Arbeitszimmer verlassen wollte, trat Noel ihm in den Weg. In der Hand hielt er einen Revolver.
»Sie sehen, Monsieur, ich brauche Ihre Waffe nicht. Ich habe selbst dafür gesorgt, daß ich der Polizei nicht lebend in die Hände falle. Dennoch...«
»Dennoch?« wiederholte der Graf.
»Dennoch möchte ich Ihnen erklären, daß ich noch nicht bereit bin, mich umzubringen. Noch nicht, Monsieur.«
»Du Feigling!«
»Nennen Sie mich, wie Sie wollen. Jedenfalls gebe ich mich erst verloren, wenn ich keine Möglichkeit der Rettung mehr sehe.«
»Dann muß ich es eben tun«, sagte der Graf de Commarin entschlossen und wollte zu seinem Schreibtisch zurückgehen. Aber Noel stellte sich mit gezücktem Revolver zwischen ihn und das Möbelstück.
»Hören Sie mir gut zu«, sagte er in einem Ton, der seine Entschlossenheit, auch das Letzte zu wagen, deutlich machte. »Ich habe nicht so viel Zeit, um Ihnen lange Erklärungen abzugeben. Das muß Ihnen genügen: Ich habe einen Mord begangen, und ich denke nicht daran, meine Tat vor Ihnen zu rechtfertigen. Denn Sie haben ja erst den Grundstein zu dem Verbrechen gelegt. Und jetzt wollen Sie sich aus der Affäre ziehen, indem Sie mir einen Revolver anbieten. Wirklich vornehm! Aber leider muß ich Ihr Angebot ablehnen. Mit dieser sogenannten Großzügigkeit wollen Sie nur den Skandal

abwenden. Ein Prozeß gegen mich würde auch Ihre Schande offenbar werden lassen.«
Die Anklage traf den Grafen ins Herz. Er war unfähig, etwas zu entgegnen.
»Lassen Sie mich also gehen!« forderte Noel. »Solange ich mein Leben noch retten kann, wäre ich ein Dummkopf, wenn ich Selbstmord beginge. Verhelfen Sie mir zur Flucht, und ich verspreche Ihnen, daß ich mir das Leben nehmen werde, bevor man mich verhaften kann. Für die Flucht brauche ich natürlich Geld, und das werden Sie mir geben. Ich besitze keine zwanzig Francs mehr.«
»Nie wirst du Geld von mir bekommen!« stieß der Graf zwischen zusammengebissenen Zähnen hervor.
»Wie Sie wollen, Monsieur. Dann werde ich mich der Polizei stellen. Schade um Ihren Namen, auf den Sie so stolz sind.«
Der Graf wollte sich, blind vor Wut, auf den Schreibtisch stürzen, um an seinen Revolver zu kommen.
»Zwingen Sie mich nicht zum Äußersten«, sagte Noel. »Sie wissen: Ich habe den Finger bereits am Abzug.«
Entsetzt wich der Graf zurück. Nur der bevorstehende Prozeß und seine Folgen für ihn beherrschte sein Denken. Er zögerte nur kurz, überdachte nur flüchtig, daß es seine Pflicht sei, einen Verbrecher seiner Strafe auszuliefern.
»Schluß mit dem Theater«, sagte er mit zitternder Stimme. »Wieviel brauchst du?«
»Alles Geld, was Sie hier haben. Aber schnell!«
»Es sind achtzigtausend Francs.«
»Viel ist das nicht, aber es ist mehr als nichts. Ich hatte mit fünfhunderttausend gerechnet. Wenn ich heil

davonkomme, bitte ich Sie, die Differenz von vierhundertzwanzigtausend Francs bereitzustellen. Ich brauche nichts als Ihr Wort als Ehrenmann – verzeihen Sie den Ausdruck –, daß Sie bereit sind, mir diese Summe auf meine erste Aufforderung hin auszuzahlen. Wie ich an das Geld komme, ohne mich dabei in Gefahr zu begeben, das ist meine Sache. Ihre Sache ist nur: den Preis dafür zu zahlen, daß Sie mich nie wiedersehen.«

Der Graf öffnete einen in die Wand eingelassenen Safe, nahm ein Bündel Geldscheine heraus und warf es Noel vor die Füße.

»Treiben Sie es nicht zu weit!« sagte Noel drohend und ging einen Schritt auf den Grafen zu. »Ich habe nichts mehr zu verlieren, und daher bin ich gefährlich! Es könnte sein, ich behalte meine Freiheit, und dann ...«

Er bückte sich, um das Bündel aufzuheben.

»Wie steht's mit Ihrem Wort, daß ich den Rest bekomme, sobald ich ihn anfordere?«

»Sie haben mein Wort.«

»Dann kann ich gehen. Befürchten Sie nichts. Ich vertraue auf Ihr Wort, und ich verspreche Ihnen, daß man mich nicht lebend fangen wird. Adieu, Papa. Es ist eine Schande, daß der wirkliche Verbrecher seiner Strafe entgeht. Ja, der Himmel ist nun einmal ungerecht.«

Eine Stunde später fanden die Diener den Grafen in seinem Arbeitszimmer auf dem Boden liegen. Er war aufs Gesicht gefallen und gab nur noch schwache Lebenszeichen von sich.

Noel ging schnellen Schritts, nachdem er das Palais verlassen hatte, die Rue de l'Université hinunter. Ihm

war, als schwanke der Boden unter ihm und als drehten sich die Häuser und die Passanten. Aber er war auch merkwürdig erleichtert, ja fast fröhlich.
Alles war vorbei! Es gab keine Angst mehr, kein Erschrecken; er mußte sich nicht mehr verstellen, sich nicht mehr quälen! Er hatte seine Rolle bis zum bitteren Ende gespielt. Jetzt konnte er die Maske herunterreißen, konnte er wieder frei atmen. Mit der Erleichterung stellte sich eine große Müdigkeit ein. Eine Woche lang hatte er seine Nerven bis zum Zerreißen angespannt; jetzt überkam ihn ein großes Bedürfnis nach Ruhe, das ihm alles gleichgültig erscheinen ließ.
Würde man ihn in dieser Stimmung verhaftet haben, er hätte nicht an Widerstand oder an Flucht gedacht. Für einen Augenblick trat sogar die Versuchung an ihn heran, sich der Polizei zu stellen. Dann hätte er endgültig seinen Frieden.
Aber dann durchzuckte ihn das Bewußtsein der Gefahr, in der er schwebte. Er sah die Guillotine vor sich, und ihr Bild verscheuchte die Betäubung. Sein Lebenswille regte sich wieder und ließ ihn an seine Rettung denken.
Auch die Todesangst stellte sich ein. Sie ließ ihn jeden, dem er begegnete, mißtrauisch mustern. Schließlich begann er zu rennen. Er rannte ohne Ziel, ja, ohne es zu wollen, so als versuche er, sich selbst zu entfliehen. Als ihm bewußt wurde, daß er Aufsehen erregte, fiel er wieder in normalen Schritt.
Als ihm zum erstenmal der Gedanke gekommen war, man könnte ihn als Mörder entlarven, hatte er sich einen Plan zurechtgelegt, in dem jede nur denkbare

Vorsichtsmaßnahme ihren Platz hatte. Aber nun, in der Aufregung, fiel ihm nichts mehr ein. Zudem war jetzt alles Vorausdenken sinnlos geworden. Tatsache war, daß man nach ihm suchte, und er konnte sich nicht vorstellen, daß er an irgendeinem Punkt der Welt vollkommen sicher war.

Sicherlich war man ihm schon auf der Spur, zirkulierte schon die Beschreibung seiner Person. Seine Krawatte, sein Schnurrbart, alles konnte ihn verraten. Er überlegte, ob er sich den Schnurrbart bei einem Friseur abnehmen lassen sollte. Aber selbst das würde ihn verdächtig machen, dachte er.

Mit der hereinbrechenden Dunkelheit fand er sein Selbstvertrauen und seinen Mut wieder. Er dachte daran, wie viele Menschen vor ihm schon in einer ähnlichen Lage gewesen waren und sich gerettet hatten. Wenn er erst jenseits der Grenzen war, würde er einen anderen Namen annehmen, ein ganz anderer Mensch werden. Er besaß Geld, und das war die Hauptsache. Wenn die achtzigtausend Francs ausgegeben waren, konnte er vom lieben Papa noch fünfmal soviel fordern. Vielleicht noch mehr.

Doch mitten in seine Überlegungen, wie er am besten über die Grenze kommen könne, drängte sich der Gedanke an Juliette.

Sollte er sie nie wiedersehen? Sie war es doch, für die er den Mord und alles, was damit zusammenhing, begangen hatte. Sie hatte ihn zu allem getrieben, durch ihre Verschwendungssucht. Warum also sollte sie nicht ihren Teil zu seiner Rettung beitragen?

Sie hat mich nie geliebt, sagte er sich. Jetzt, wo ich ihr nicht mehr nutzen kann, weint sie mir erst recht keine

Träne nach. Sie hat ihr Schäfchen im trockenen, sie wird sich einen neuen Galan suchen. Zum Teufel also mit ihr. Außerdem ist es gefährlich, eine Frau auf der Flucht mit sich herumzuschleppen. Das lenkt nur die Aufmerksamkeit auf mich.

Doch die Leidenschaft erwies sich schließlich stärker als alle Vernunft. »Wenn sie mich auch nicht liebt«, sagte er laut vor sich hin, »ich liebe sie. Ich brauche sie. Sie muß mit mir kommen.«

Aber wie und wo sollte er Juliette sehen und sie überreden? In ihrer Wohnung? Ob die Polizei dort schon nach ihm suchte? Aber es wußte doch niemand etwas von der Verbindung. Um das herauszufinden, brauchten die Schnüffler mindestens drei bis vier Tage.

Er winkte eine Droschke heran und nannte dem Kutscher Juliettes Adresse. Dann saß er in den weichen Polstern und wurde durch die Monotonie der ratternden Räder eingelullt. Seine Gedanken trieben dahin und zurück zu den Ereignissen, die hinter ihm lagen. Es war, als wolle er sich noch einmal Rechenschaft ablegen, wie alles gekommen war.

Er war pleite gewesen, hatte sein und seiner Mutter Vermögen verschleudert, und alle anderen Hilfsquellen waren ihm verschlossen. Doch er brauchte Geld, wollte er Juliette nicht verlieren. In dieser Situation stieß er durch Zufall auf die Briefe des Grafen de Commarin, und zwar nicht nur diejenigen, die er Vater Tabaret vorgelesen und Albert gezeigt hatte, sondern auch spätere, aus denen hervorging, der Graf sei davon überzeugt, daß die Vertauschung der Kinder stattgefunden habe.

Die Gewißheit, der legitime Sohn des Grafen zu sein, machte ihn glücklich, bis ihn seine Mutter über den wahren Sachverhalt aufklärte. Sie konnte ihm durch Briefe von Madame Lerouge und durch die Narbe an seinem Arm beweisen, daß sie seine Mutter war.
Wie ein Ertrinkender, der keine Wahl hat, an welchen Ast er sich klammern soll, beschloß Noel, von den Briefen den besten Gebrauch zu machen. Zuerst ließ er seinen ganzen Einfluß auf seine Mutter spielen, um sie dahin zu bringen, den Grafen in seiner Unwissenheit zu lassen. Dann hätte er ihn erpressen können. Doch Madame Gerdy wies dieses Ansinnen mit Empörung zurück und blieb auch dann noch auf ihrem Standpunkt, als er ihr von seiner Liaison erzählte und ihr ohne Schonung ihrer beider finanzielle Lage enthüllte. Nicht mit Bitten und nicht mit Drohungen konnte er ihren Sinn ändern. Fast eine Woche dauerten diese Auseinandersetzungen, bei denen Noel schließlich unterlag, wenn auch Madame Gerdys ohnehin schwache Gesundheit dabei Schaden litt.
Jetzt erst kam ihm der Gedanke, Claudine zu ermorden. Da er glaubte, sie sei Witwe, glaubte er auch, wenn sie aus der Welt geschafft sei, wäre auch ihr Wissen aus der Welt. Wer stünde ihm dann noch im Weg? Madame Gerdy? Der Graf? Mit denen würde er schon fertig werden. Denn wer sollte schon der Aussage einer Frau vertrauen, die einen berühmten Namen für ihren Sohn gestohlen hatte und die nun natürlicherweise vor keiner Lüge zurückscheuen würde, um ihm diesen Namen zu erhalten?
Aber wie konnte er Claudine beseitigen, ohne den Verdacht auf sich zu lenken?

Er überlegte lange, bis ein Plan in ihm gereift war, den er für unübertrefflich hielt.
Zunächst vernichtete er alle Briefe des Grafen, die den Austausch der Kinder bestätigten, und bewahrte nur die auf, die einen solchen Austausch als wahrscheinlich vermuten ließen. Die nun wollte er Albert zeigen. Befaßte sich das Gericht mit der Mordsache, müßte der Verdacht natürlich auf den fallen, der das größte Interesse am Tode Claudines hatte.
Er hatte nicht von vornherein den Plan gehabt, Albert mit dem Mord zu belasten. Dieser Schritt sollte ihn, Noel, nur absichern. Dann rechnete er auch damit, daß die Polizei bei der Rätselhaftigkeit des Falls und bei den Schwierigkeiten, die seiner Aufklärung entgegenstehen würden, nicht ewig einem unbekannten Verbrecher nachjagen würde. Die Sache würde im Sand verlaufen, dessen war er sicher.
Er hatte auch nicht daran gedacht, sich an Alberts Stelle zu setzen. Er wollte nach dem Mord nur abwarten. Alles würde seinen Gang gehen, und er würde mit dem Grafen, dessen Angst um die Reinhaltung seines Namens ihm bekannt war, verhandeln und um den Preis eines Vermögens einen Kompromiß schließen. Dabei rechntete er damit, daß seine Mutter schweigen würde, es sei denn, ihr Verdacht fiele auf ihn als den Mörder.
Am Karnevalsdienstag wollte er zum entscheidenden, tödlichen Schlag ausholen. Er hatte sich für diesen Abend mit Juliette im Theater verbredet und wollte anschließend mit ihr den Opernball besuchen. So war für ein Alibi gesorgt.
Zwar beunruhigte ihn dann nach der Tat der Verlust

seines Mantels; doch beschwichtigte er sich bald selbst mit der Überlegung, daß es unmöglich sei, ihn als den Besitzer eines solch unscheinbaren Kleidungsstücks zu ermitteln. Er brauchte sich nur in Geduld zu fassen und die weitere Entwicklung abzuwarten.

Doch Madame Gerdys Verdacht, nachdem sie in der Zeitung über den Mord gelesen hatte, brachte seine Pläne durcheinander. In furchtbarer Erregung sagte sie ihm auf den Kopf zu, er sei der Mörder und sie wolle ihn anzeigen. Nur die tiefe Bewußtlosigkeit, in die sie fiel, hinderte sie daran, ihren Vorsatz in die Tat umzusetzen.

Jetzt, in seiner Angst, verließ ihn die Selbstbeherrschung. Er setzte alles auf eine Karte, indem er die Polizei auf Alberts Spur brachte. Er wußte von Vater Tabarets Zusammenarbeit mit den Männern in der Rue de Jerusalem, und er nutzte dessen Besuch bei ihm dazu aus, den Stein ins Rollen zu bringen.

Solange Madame Gerdy noch lebte, mußte er zwar noch Entdeckung befürchten, da nicht feststand, ob sie nicht doch noch einmal zu klarem Bewußtsein kommen und ihn dann als den Mörder bezeichnen würde; aber als sie dann gestorben war, glaubte er sich außer aller Gefahr.

Er hatte gewonnen! Er war der Sohn des Grafen und der Erbe seines unermeßlichen Vermögens!

Und jetzt war er auf der Flucht. Wie hatte es dazu kommen können, daß sein Geheimnis gelüftet worden war, das Geheimnis, das Madame Gerdy doch mit ins Grab genommen haben mußte?

Die Kutsche hielt in der Rue de Provence.

Vorsichtig ließ Noel vom Fenster aus seinen Blick über

die Straße und die Häuser streifen. Nichts Verdächtiges fiel ihm auf.
Er bezahlte den Kutscher, legte den Weg zur Haustür in einigen großen Sätzen zurück und rannte die Treppe hinauf.
Die Zofe war sehr erleichtert, als sie ihn sah. »Gott sei Dank, daß Sie da sind! Madame erwartet Sie schon. Sie ist sehr besorgt um Sie.«
Juliette war in Sorge? Was konnte das bedeuten? Umständliche Überlegungen waren jetzt nicht am Platz. Es ging um jede Sekunde.
»Lassen Sie niemanden ein«, befahl er, »ganz gleich, wer es ist. Niemanden, verstehen Sie?«
Juliette, die seine Stimme erkannt hatte und herbeieilte, stieß er in den Salon zurück. Er schloß die Tür hinter sich ab. Sein Blick irrte von einer Ecke des Zimmers in die andere.
»Was ist mit dir?« fragte Juliette verängstigt.
»Liebst du mich?« fragte er heiser und ergriff ihre Hand. »Juliette, sag mir die Wahrheit.«
Obwohl sie spürte, daß etwas Furchtbares geschehen sein mußte, spielte sie ihre übliche Rolle, als könne sie dadurch das Unheil bannen.
»Ach, du kleiner Schuft«, antwortete sie mit Schmollmund, »eigentlich verdienst du nicht ...«
»Schluß mit der Komödie!« Noel stampfte mit dem Fuß auf. »Ich will Antwort!« Er hielt ihre Hand mit eisernem Griff. »Liebst du mich?«
War das noch der Noel, mit dessen Gefühlen sie so oft gespielt hatte, voller Lust daran, seine Erregung und seine Unsicherheit immer mehr zu steigern, nur um den Genuß zu haben, ihn mit einem einzigen Wort wieder

zu besänftigen? Es kam ihr so vor, als habe sie diesen Mann noch nie gesehen. Sie wußte, daß sie ihm in der Vergangenheit viel Unrecht angetan hatte, und so wagte sie es nicht, sich gegen ihn aufzulehnen.
»Ich liebe dich«, sagte sie fast schüchtern.
Er ließ ihre Hand los.
»Dann beweis es mir«, sagte er. »Gib alles auf, folge mir. Sofort. Wir haben keine Zeit zu verlieren.«
»Was ist geschehen?« fragte Juliette entsetzt.
»Nur eine Kleinigkeit ist geschehen. Ich habe dich zu sehr geliebt, Juliette. Und dann hatte ich kein Geld mehr, um deine Ansprüche zu befriedigen. Das hat mich verrückt gemacht. Um Geld für dich zu beschaffen, habe ich ein Verbrechen begangen. Ja, sieh mich nicht so entsetzt an! Jetzt sind sie hinter mir her. Ich muß ins Ausland. Kommst du mit?«
»Ein Verbrechen? Du?« stammelte Juliette mit weit aufgerissenen Augen.
»Ja, ein Verbrechen. Einen Mord, wenn du's ganz genau wissen willst. Aber ich habe ihn für dich begangen.«
Juliette stand noch eine Weile unbeweglich da. Kein Wort kam über ihre Lippen, kein hysterischer Schrei. Noel, der eine Szene erwartet hatte, sah sie fassungslos an, sah, wie ein Lächeln allmählich die Starre der Züge lockerte, wie sie auf ihn zukam, die Arme um seinen Hals legte und mit ernster Stimme sagte: »Ich liebe dich sehr. Jetzt liebe ich dich.«
Noel vergaß, was er hatte auf sich nehmen müssen, um diese Leidenschaft zu wecken. Er gab sich ganz dem Augenblick hin, den Sekunden höchsten Glücks.
Doch dann kehrte das Bewußtsein der Gefahr, in der

er sich befand, in ihn zurück. Er löste sich aus ihrer Umarmung.

»Schnell, Juliette! Die Gefahr ist groß. Vor allem weiß ich nicht, wer mir auf die Spur gekommen ist, von welcher Seite ich also den nächsten Schlag zu erwarten habe.«

Da erinnerte sich Juliette an den Besuch vom Nachmittag. Nun war ihr alles klar.

»Ach, wie dumm, wie gemein von mir!« rief sie verzweifelt. »Ich habe dich verraten! Nicht wahr, am Dienstag hast du's getan.«

»Ja, am Dienstag.«

»Dann habe ich alles deinem Freund erzählt, dem alten Tabaret. Ich dachte, du hättest ihn geschickt.«

»Tabaret war bei dir?« Noels Gesicht drückte nichts als Fassungslosigkeit aus.

»Vor ein paar Stunden erst.«

»Wir müssen fort! Es ist ein Wunder, daß er noch nicht wiedergekommen ist!«

Er wollte sie mit sich fortziehen, aber sie machte sich frei.

»Mein Geld! Mein Schmuck! Wir werden es brauchen können.«

»Laß alles liegen, ich habe Geld genug! Juliette, wir müssen fort!«

Aber Juliette hörte nichts mehr. Wahllos warf sie Ketten, Broschen und Ringe, alles, was ihr unter die Finger kam, in einen kleinen Koffer.

»Du lieferst uns ans Messer, Juliette! Komm!«

Trotz seiner Angst durchzog ihn ein großes Glücksgefühl: Juliette war bereit, um seinetwillen alles aufzugeben!

Der kleine Koffer war gepackt; Juliette wollte sich einen Mantel überwerfen. Da klingelte es.
»Das sind sie!«
Noel wurde kalkweiß.
Beide standen einander gegenüber, unbeweglich wie zwei Statuen. Und die Angst hauste in ihren Augen.
Wieder läutete es. Dann noch einmal.
Die Zofe kam auf Zehen herein.
»Vor der Tür steht ein ganzer Trupp!« flüsterte sie. »Ich habe sie miteinander sprechen hören.«
Jetzt wurde heftig gegen die Tür geschlagen, und bis in den Salon hörte man eine Stimme rufen: »Polizei! Aufmachen!«
»Aus!« murmelte Noel.
»Komm, Noel. Kopf hoch!« sagte Juliette leise. »Die Hintertreppe!«
»Wenn die nicht auch bewacht ist.«
Wie zur Bestätigung dieser Befürchtung hörten sie schwere Schritte auf der Hintertreppe.
»Es muß doch einen Ausweg geben!« Man sah Juliette an, daß sie fieberhaft nachdachte.
»Ja, es gibt einen Ausweg«, sagte Noel plötzlich ganz ruhig, »und ich habe mein Wort gegeben, ihn zu gehen. Sie werden die Wohnungstür mit Gewalt öffnen. Verschließ alle anderen Türen auch, verriegle sie, wenn es möglich ist. Dadurch gewinne ich Zeit.«
Juliette und die Zofe wollten seinem Befehl schon nachkommen, als Juliette sah, wie Noel, der am Kamin lehnte, einen Revolver zog und gegen seine Brust richtete. Verzweifelt warf sie sich gegen ihn, doch es gelang ihr nicht, ihm die Waffe zu entreißen. In dem kurzen Handgemenge löste sich ein Schuß. Die Kugel

traf Noel in den Magen. Er stieß einen furchtbaren Schrei aus. Er taumelte und stützte sich am Sims, krümmte sich, spuckte Blut.
Noch immer hielt Juliette ihn umklammert und versuchte, ihm die Waffe zu entreißen. Dabei überschüttete sie ihn mit einem Schwall von Worten.
»Das darfst du nicht tun! Nein, du sollst dich nicht töten! Du gehörst mir! Ich liebe dich doch! Sollen sie dich doch einsperren. Du kannst vielleicht fliehen! Ich helfe dir. Ich besteche die Wächter. Komm, wir werden weit weg von hier, in Amerika, glücklich leben! Dort weiß keiner, wer wir sind.«
Das Schloß der Wohnungstür flog krachend auf. Die Verfolger arbeiteten schon an der Tür zum Vorzimmer.
»Sie dürfen mich nicht lebend bekommen«, sagte Noel mit letzter Anstrengung.
Er überwand seine Todesschwäche, schleuderte Juliette beiseite und richtete den Revolver gegen die Herzgrube. Noel fiel vornüber und rollte dann zur Seite.
Im selben Moment hatte die Polizei auch die Tür zum Salon gesprengt. Juliette sprang den Männern entgegen und schrie: »Holt einen Arzt! Sofort! Vielleicht ist er noch nicht tot.«
Einer der Polizisten lief aus dem Salon. Die übrigen hoben Noel nach Vater Tabarets Anweisungen auf und legten ihn auf Juliettes Diwan.
»Er stirbt«, sagte Vater Tabaret nach einem kurzen Blick auf Noel. Sein Zorn war verflogen. »Ich habe ihn wie mein eignes Kind geliebt. Sein Name steht noch in meinem Testament.«
Noel stieß einen Seufzer aus und öffnete die Augen.

»Da! Sehen Sie! Er wird leben!« Juliettes Rufe gingen in einem Schluchzen unter.
Noel schüttelte den Kopf. Auf ein Zeichen von ihm schob man ihm ein zweites Kissen unter den Kopf.
Dann sagte er mit fast unhörbarer, am Blut erstickender Stimme: »Ich bin der Mörder... Schreiben Sie es auf... Ich unterzeichne... Damit Albert wieder freikommt.«
Er hatte noch die Kraft zu unterschreiben. Zu Vater Tabaret gewandt, sagte er, fast scherzend: »Du bist also ein Detektiv... Das muß großen Spaß machen... Die eigenen Freunde zu erwischen... Ich hatte ein schönes Spiel auf der Hand... aber gegen drei Damen verliert man meistens...«
Dann fiel er zurück.
Als der Arzt eintrat, konnte er nur noch den Tod des Rechtsanwalts Noel Gerdy feststellen.

19.

Einige Monate später konnte die um zehn Jahre jünger aussehende Marquise d'Arlanges ihrer Freundin Mademoiselle Goello über die Hochzeit ihrer Enkelin Claire mit dem Grafen de Commarin berichten.
»Also, das Fest fand auf unserem Gut in der Normandie statt. Ohne alles Trara. Der Bräutigam hat es so gewollt. Nach meinem Geschmack war's ja nicht. Aber der junge Mann hat sich eben durchgesetzt. Er wollte in aller Stille feiern. Ist ja andererseits auch verständlich, nach all dem Unerfreulichen, das er durchlebt hat. Doch daß meine Enkelin voll und ganz zu ihrem Mann stand

und ihre Großmutter nicht ein bißchen unterstützt hat, das kränkt mich doch. Aber schließlich war es ihre Hochzeit. Sollen sie glücklich werden und Kinder haben. Teuer genug erkauft ist ja das Glück. Übrigens hat sich der alte Graf zum erstenmal in seinem Leben und wahrscheinlich auch zum letztenmal wie ein richtiger Mensch benommen. Denken Sie nur, meine Liebe, sein ganzes Vermögen hat er seinem Sohn vermacht. Seinen Lebensabend will er ganz allein auf einem seiner Landsitze verbringen. Manchmal denke ich, der Alte ist nicht mehr der, der er war. Vielleicht hat er sich nicht richtig von seinem Schlaganfall erholt. Meine Enkelin ist ja nun glücklich unter der Haube. Aber fragen Sie mich nicht, was mich das gekostet hat und wie sparsam ich in Zukunft noch leben muß. Trotzdem: Ich verachte Eltern, die keine Opfer bringen können, wenn es um das Wohl ihrer Kinder geht.«

Der Marquise war bei ihrem Bericht nur ein kleiner Fehler unterlaufen: Sie erwähnte nicht, daß Albert noch vor der Hochzeit einen erheblichen Teil ihrer Schulden getilgt hatte. Seitdem hatte sie sich von ihm noch neuntausend Francs geborgt, und sie wollte ihm demnächst auch noch gestehen, wie sehr sie von ihrer Schneiderin, ihrem Dekorateur, ihrer Weißnäherin und den Kaufleuten geplagt würde.

Doch war die Marquise eine ehrenwerte Frau und sagte nie ein schlechtes Wort über ihren Schwiegersohn.

Daburon war, nachdem er um Entlassung aus seinem Amt gebeten hatte, nach Poitou übergesiedelt und suchte dort Ruhe und Vergessen. Seine Freunde haben allerdings die Hoffnung noch nicht aufgegeben, daß er eines Tags doch heiraten wird.

Vollkommen getröstet war nach einigen Wochen der Trauer Madame Juliette. Sie hatte viel zurückgelegt und verkaufte auch noch ihre wertvolle Wohnungseinrichtung.
Vater Tabarets Glaube an die Unfehlbarkeit der Justiz war zerstört. Er gründete eine Gesellschaft, die es sich zur Aufgabe machte, unschuldigen Opfern des Gesetzes zu helfen.

Einige Bemerkungen zu diesem Buch

In Literaturgeschichten wird er selten, meist überhaupt nicht registriert, dieser Émile Gaboriau, der am 9. November 1833 in Saujon, Departement Nieder-Charente, geboren wurde und der, noch nicht vierzigjährig, in Paris gestorben ist; und es fällt die Prophezeiung nicht schwer, daß sein hundertster Todestag am 28. September 1973 nicht mit der Aufmerksamkeit bedacht wird, die man literarischen Zelebritäten darbringt. Und doch: Dieser Mann, der den Journalismus an den Nagel hängte, um sich der einträglicheren Schriftstellerei zuzuwenden, kann zumindest als einer der Väter, wenn nicht als *der* Vater eines der folgenreichsten und sicherlich eines der am meisten verbreiteten Genres der Literatur angesehen werden: des Kriminal*romans*.

Die Betonung der Gattungsbezeichnung ist wichtig. Denn das lernt man sozusagen schon in der Schule, erfährt es spätestens beim Durchblättern von Literaturgeschichtswerken (die, Sie erinnern sich, Gaboriau meist ignorieren oder nur am Rand erwähnen), daß die Kriminal*novelle* auf Edgar Allan Poe, den Amerikaner, zurückgeht, der 1841 mit »The Murders in the Rue Morgue« den Beispielfall der Detektivstory geschaffen hat, dem er noch drei Werkchen derselben

Art folgen ließ. In ihnen werden einem »detective«, einen »Entlarver« also, Aufgaben gestellt, an denen er seine Fähigkeiten erweisen kann, aus bestimmten Situationen die einzig möglichen »ratiocinations« (Schlußfolgerungen) zu ziehen. »Ratiocination« – das ist das Schlüsselwort, unter das Poe seine Kriminalnovellen stellt. »Welches Lied die Sirenen sangen oder welchen Namen Achilles annahm, als er sich unter den Frauen verbarg, das sind verwirrende Fragen, und doch liegen sie nicht jenseits aller Vermutbarkeit.« Dieses Zitat hat Poe seiner Story von den »Morden in der Rue Morgue« vorangestellt, und es bezeichnet Charakter und Richtung des von ihm angestrebten Genres, in dem das Moment der Spannung, das »verwirrende Fragen« mit sich bringt, Vorrang vor der Anteilnahme am Schicksal eines Menschen hat: Das Opfer des Verbrechens rückt an den Rand des Leserinteresses; derjenige, der das Verbrechen begeht, übernimmt die Funktion der Sphinx, die das Geheimnis hütet; aber in den Mittelpunkt nicht nur der Komposition, sondern auch der Aufmerksamkeit von Autor und Leser rückt die Figur des Entdeckers. »Ratiocination« – ein Begriff, den Poe in Gegensatz zur »Imagination«, der Phantasie also im weitesten Sinn, setzt – beherrscht die Szene. Sie ist die Instanz, der die Aufgabe zufällt, Wahrheit zu erlangen; Conan Doyle, der berühmte englische Nachfahr des Amerikaners, umschreibt diesen Prozeß so: »Die Wahrheit ist das, was übrigbleibt, wenn man alles Unmögliche ausscheidet.« Damit wird die Absicht dieser Art von Literatur deutlich definiert. Sie liegt auf der Linie des reinen Gedankenspiels, das nicht im wesentlichen an

das Verbrechen und seine psychologischen und sozialen Wurzeln rührt (wo diese, auch und besonders bei vielen der Nachfolger Poes, ins Spiel kommen, werden sie meist nachgeliefert, gleichsam als Alibi dafür, daß die Geschichte nicht in einer konstruierten Welt stattgefunden hat) und vornehmlich um der Aufdeckung eines verdeckten Tatkomplexes wegen betrieben wird.
Émile Gaboriau ist ohne Zweifel von dieser Methode Poes beeinflußt, er hat selbst ausdrücklich darauf hingewiesen. Und doch: Zwischen Poes Dupon und etwa Gaboriaus Vater Tabaret – beide werden übrigens als Amateure in der Kriminalpraxis vorgestellt – gibt es beträchtliche und grundlegende Unterschiede, die auch die Kompositions- und Schreibweise bestimmen. Dupon verkörpert sozusagen pur das unerbittlich deduzierende Prinzip, er ist ein Rechercheur, dessen Grad von Scharfsinn Poe selbst unheimlich zu werden scheint, weshalb er davon spricht, daß er – ebendieser Scharfsinn – »der gewöhnlichen Vorstellung als übermenschlich erscheinen« müsse. Gaboriaus Vater Tabaret hingegen hat zwar auch Ansätze zu jenem »übermenschlichen« Scharfsinn – so, indem er in einer ersten Analyse des Mords in Jonchère aus Spuren einen kompletten Tathergang rekonstruiert –, doch wird seine Allwissenheit dadurch arg reduziert, daß sie im Entscheidenden, in der Anwendung der Schlußfolgerung auf die Praxis, versagt: Er schließt aus den Spuren auf einen falschen Täter und führt damit einen nur allzu bereitwillig seine Folgerungen akzeptierenden Untersuchungsrichter kriminalistisch wie auch menschlich in die Irre. Durch diese Aufgabe des »geraden Wegs

zur Wahrheit«, wie Doyle die Pfade seines Super-Denkers Holmes nennt, geht die novellistische Form verloren, und an ihre Stelle tritt der Roman, der auf breiterer Front Widersprüche spiegelt – und nicht nur Widersprüche im Zusammenhang mit dem Mord, der auch hier das die Handlung auslösende Moment ist. Die absolute Vorherrschaft des Schlußfolgerns gegenüber der praktischen Polizeiarbeit – die bei Poe im Licht biederer und nicht sehr gescheiter Handwerkelei erscheint – geht verloren; die Kombination aller Mittel erst führt zum Erfolg: Spurensicherung, Schlußfolgerung, Herbeischaffen von Zeugen, diverse Methoden des Verhörs, Aufklärung von Vergangenheit usw. Gegenüber der lupenreinen Denk-Welt Poes ist der »Rück-Schritt« aufs Abbilden der Gesellschaft getan, indem mehr Wirklichkeit und damit mehr Widersprüchlichkeit verarbeitet wird.

Wenn sich auch nicht sagen läßt, der gewesene Zeitungsschreiber und Groschenautor Émile Gaboriau setze mit »Der Fall Lerouge« seinem ersten ernst zu nehmenden Roman, der 1866 in der Zeitschrift »Pays« erschien und im nächsten Jahr beim Wiederabdruck in »Le Soleil« Furore machte, die Reihe der großen Gesellschaftsschilderer in der französischen Romanliteratur fort, so ist doch gewiß, daß die glänzende Tradition des französischen Realismus auch auf dieses Stück Literatur am Rand buchstäblich einen Abglanz geworfen hat. Man schrieb nicht unbeeinflußt von Balzac und Stendhal, von Hugo und Flaubert in diesem Frankreich der Jahrhundertmitte, auch dann nicht, wenn man – wie Gaboriau im »Fall Lerouge« – eingestandenermaßen keine weitere Ambition hatte, als dem Publikum die mögliche Lösung eines wirklichen, weitgehend nach Akten rekonstruierten Mordfalls anzubieten. (Eine Witwe Lerouge war nahe dem Place d'Italie erwürgt aufgefunden und der Täter nie gefaßt worden.) Man schrieb indes auch nicht unbeeinflußt vom Pariser Theater à la mode, das seit dem Sensationserfolg der »Kameliendame« von Dumas fils (1852) die Kurtisane zum begehrenswerten Schreckgespenst für die bourgeoise Goldene Jugend machte; und schließlich schrieb man nicht in Paris und über Paris, diese Stadt, die Heine 1830 in revolutionärer Begeisterung »die Hauptstadt der Welt« genannt hatte und die um die Mitte der sechziger Jahre zu einer Metropole des Kapitals, der Ausbeutung und – wie sich wenige Jahre später in der Kommune zeigen sollte – des revolutionären Widerstands gegen die Ausbeutung wie auch das europäische Zentrum von High life, Demimonde und Verbrechen geworden war, ohne daß das Produkt einen Widerschein der kontrastierenden sozialen Erscheinungen offenbaren würde.

Die Tradition des französischen Realismus ist unverkennbar in diesem Roman und den Romanen, die folgten und Gaboriau zu einem der meistgelesenen Schriftsteller seines Landes machten. Der nächste Roman, »Das Verbrechen von Orcival«, erreichte 1867 eine Auflage von 400 000 Exemplaren, und auch die nun in dichter Folge erscheinenden Bücher – u.a. »Monsieur Lecoq«, 1869, »Das Geld der anderen«, 1870, und »Akte 113«, 1870 – wurden, auch wenn es diesen Terminus noch nicht gab, Bestseller. Eine Gestalt wie Vater Tabaret mit seiner pittoresken Vorgeschichte und die des unerbittlichen Wucherers hätte einen Platz

gehabt im Riesenensemble der Balzacschen Romanfiguren, und bei Daburon, dem zweifelnden und schwankenden Untersuchungsrichter, leuchtet manchmal die Gebrochenheit der Gestalten Stendhals hervor, wenngleich Daburon weniger den am Geist der Zeit denn den an der eigenen Liebesmisere leidenden Menschen vertritt.
Ganz deutlich aber wird Gaboriaus Verbindung zum zeitgenössischen bürgerlichen Theater Frankreichs. Die das Verbrechen auslösende Liebesbeziehung zwischen Noel Gerdy und der Kokotte Juliette ist eine zu deutliche Nachahmung jener beliebten moralisierenden Warn-Dichtung systemtreuer Autoren an die Adresse des bourgeoisen Nachwuchses, die als ewig gesetzten bürgerlichen Moralnormen zu wahren. Und diese Moralnormen waren: den angeblichen Fleiß der Väter zu kopieren, nicht – oder wenigstens nicht zu früh – einem ruinösen Lasterleben zu verfallen, und vor allem: das Geld und sein Zusammenhalten und Mehren als den Gipfel ethischen Verhaltens anzusehen. Gegen diesen Katalog verstößt Noel grob, und das bringt ihn auf den abschüssigen Weg des Verderbens. In dieses Schema paßt auch die gefühlvolle Lösung, die Juliette – hierin ganz die Kameliendame des jüngeren Dumas kopierend – als die liebende Frau agieren läßt, die durch die unersättlichen und damit gegen die bürgerliche Vernunft handelnden Männer in den zweifelhaften Status hineingetrieben worden ist. Selbst die Figur des alten Grafen de Commarin, jenes Royalisten aus dem Geist des Ancien régimes, der der Urheber all der Verwicklungen und der eigentliche Schuldige an dem Verbrechen ist, dient dazu, die Unanfechtbarkeit einer

auf Vernunft gegründeten bürgerlichen Gesellschaft zu untermauern.
Unbestritten originell ist Gaboriau dort, wo er polizeiliche Methoden in die Handlung hineinnimmt. Von seiner Reportertätigkeit her war er mit dem Milieu der Pariser Polizei auf das beste vertraut, und er zählte den Inspektor Tirauclair von der »Police de Sûreté«, der geheimen Sicherheitspolizei, zu seinen Freunden. Zudem war er ein Bewunderer des Begründers dieser Organisation, des ehemals berüchtigten Ein- und Ausbrechers Vidoq, der später sein kriminalistisches Damaskus erlebt hatte und aus einem Gejagten zum gefürchteten Jäger in der Pariser Unterwelt geworden war und der in den Jahren 1828/29 seine berühmten »Memoires de Vidoq, Chef de la police de Sûreté« hatte erscheinen lassen. Ihm setzte Gaboriau ein Denkmal in der Gestalt des Detektivs Lecoq. Im »Fall Lerouge« spielt dieser Detektiv und ehemalige Sträfling noch eine kleine Rolle am Rand, doch in den folgenden Romanen, besonders in »Monsieur Lecoq«, rückt er in den Mittelpunkt des Interesses.
Noch eines bleibt zu erwähnen, will man dem hier vorgelegten Kriminalroman im heutigen Verständnis Gerechtigkeit widerfahren lassen: Unbeschadet aller Apologie bourgeoiser Moral im Frankreich am Vorabend des Debakels von 1870, läßt Gaboriau keinen Zweifel daran, daß das Verbrechen – und nicht nur das Verbrechen, von dem er erzählt – seine Wurzeln in einer Gesellschaft hat, die seit dem Beginn der fünfziger Jahre zum zweitenmal versuchte, das nackte ökonomische Interesse hinter dem legalistischen Pomp eines Kaisertums zu verbergen. Sowohl Vater Tabaret als

auch der Untersuchungsrichter Daburon resignieren am Ende des Romans. Aus scheinbar rein privaten Gründen ziehen sich die beiden Männer zurück – Tabaret, weil er fast einen nicht wiedergutzumachenden Justizirrtum durch seine Eilfertigkeit im Schlußfolgern heraufbeschworen hätte, und Daburon, weil er fast der Versuchung erlegen wäre, seine beschworene Unparteilichkeit aufzugeben. Doch hinter diesen individuellen Entschlüssen steht unübersehbar der Zweifel des Autors, ob die bürgerliche Massengesellschaft je imstande sein wird, die Lücke zwischen Recht und Gerechtigkeit zu schließen.

»L'Affaire Lerouge oder Gefahren eines Irrthums« – unter diesem Titel erschien schon 1867 die erste deutsche Übersetzung dieses Romans, und dieser Übersetzung sind wir bei unserer Neuauflage weitgehend gefolgt. Wir haben gekürzt, haben die Sprache so weit modernisiert, daß der heutige Leser ihr, ohne zu stocken oder komischen Anstoß zu nehmen, folgen kann; wir haben die Charaktere behutsam von allzu Romantisch-Sentimentalem befreit. Denn es lag uns nichts an der Akribie des Antiquars, der zum höheren Ruhm seiner Wissenschaft ein Buch originalgetreu wiederbeleben will. Uns ging es darum, zu zeigen, daß ein vor über einhundert Jahren geschriebener Kriminalroman in seinem Kern nicht nur heute noch genießbar ist, daß er vielmehr schon fast all die Elemente enthält, die auch dem heutigen Liebhaber dieses Genres teuer sind.

November 1972 Der Herausgeber

ISBN 3-360-00192-3

3. Auflage

Lizenz-Nr.: 409-160/277/88 · LSV 7354
Einbandentwurf: Klaus Ensikat
Printed in the German Democratic Republic
Satz: INTERDRUCK Graphischer Großbetrieb
Druck und buchbinderische Verarbeitung:
LVZ-Druckerei »Hermann Duncker«,
Leipzig — III/18/138
622 174 9

00640